不負相思 1

藍嵐 著

風文創 378

目錄

序

藍嵐

每本書都是作者幻想的一種人生，本書中，姜蕙背負著滅門慘案重生，從她一醒來，她肩頭的負擔就比尋常人沈重許多。

我便是想寫這樣一個女性，堅韌、聰慧、美麗，即便有著巨大的壓力，她也能迎風而上、不屈不撓。在她努力地改變命運，挽救家人的過程中，她的人生也朝著不一樣的方向而去。

她重新遇到了穆戎，不是以前世的身分，不是以當時的心境，但也同樣吸引了他。這輩子，他沒有負她，一見傾心，費盡了心思將她娶回來當王妃；而她雖對他有怨意，卻也在共同生活後，漸漸被感動，二人攜手並進，風雨同舟。

在一次次的危難中，他們從不離棄對方、信任對方，她最終解開了心結，喜歡上了穆戎，也坐上了帝后的寶座，成為他心目中唯一的、摯愛的女人。

這樣的女人，也是我所偏愛的，不似菟絲花般柔弱，要依靠著男人；她們沒有男人，仍然活得精采，不畏懼困難，不瞻前顧後，憑著自己的能力光明磊落地立於世間。

當然，有男人則更好，錦上添花，並肩而行，她們也有機會展露女兒家的柔情，可以在疲累的時候有個休息的港灣，他們在互相扶持間能走得更遠、更好。

我喜歡這種感情，大概心底覺得經過磨難的感情才是最穩固的吧，就像被打磨過的寶石，才能散發出耀眼的光彩一樣。

男與女，就像舒婷的〈致橡樹〉所寫的——
我們分擔寒潮、風雷、霹靂；我們共用霧靄、流嵐、虹霓。彷彿永遠分離，卻又終身相依。
這才是偉大的愛情。

第一章

三月才過不久，苑中的金雀花陸續就開了。淡淡的香味飄進來，帶來初夏的味道。

姜蕙坐在鏡前，鏡中映出她的臉，眉毛漆黑彎長，眼眸似水，不染一點脂粉已極是嫵媚了，且又生得白皙，臉孔像是美玉雕成。

桂枝心想，也難怪旁的婢女懷疑她不是中原人，魏國人好些便是膚色如雪，不過姜蕙從不提起身世，也無從知曉。

此刻她梳著頭髮，好似要把這頭髮梳到天荒地老。

桂枝看出她有心事，輕聲勸道：「既然殿下不肯讓妳贖身，妳也莫鑽牛角尖，在這裡不愁吃不愁穿，可比咱們好多了，興許將來還給妳封個側妃。」

姜蕙是衡陽王府的奴婢，乃穆戎從玲瓏軒的曹大姑手上搶來的。說是搶，自是因一文錢都不曾給。

如今已有三個年頭，姜蕙早前對穆戎還有幾分真心，只當他喜歡自己，也想依仗他尋得走丟的妹妹，誰想到卻是錯覺，她這等身分，只不過是個玩意兒。

認清這點後，她就生了贖身的念頭，得到的東西，不管是首飾還是銀錢，都小心存起來。

辛辛苦苦攢了一百餘兩，她央求穆戎放她走，可穆戎冷心冷肺地不准。如今倒好，要有個繼王妃嫁進來了，她這樣一個身分與王妃相比，好似地裡的泥一般，別說那王妃還不喜她。

姜蕙冷聲道：「姨娘都沒當上，還側妃呢！那衛鈴蘭嫁進來，妳看著，定會偷偷把我弄死了。」

桂枝訝然。「怎麼會？衛姑娘人很好的。」

姜蕙嗤笑。旁人都覺得衛鈴蘭善良又大方，將來她的日子不知道如何難過……她可是看得出來衛鈴蘭的敵意。

她不再多話，與桂枝道：「妳且去吧，我昨兒沒睡好，得好好歇息。」

桂枝點點頭，端來一碗紅棗羹。「怕睡了中途餓，妳先把這個吃了。」

同為奴婢，但桂枝是服侍她的人，從來盡心盡力，姜蕙與她關係不錯，聽從地喝了下去，拿帕子擦擦嘴。

桂枝臨走時停頓會兒，想說什麼，終究沒說。

姜蕙見門關上，上前幾步把門閂起來。她哪裡是真的想睡覺，只是支開桂枝好離開王府。既然穆戎不肯讓她輕鬆得過，也唯有這法子。

她脫了身上華美的裙衫，穿上一件粗使婆子的衣服，又把頭髮紮起來，戴個頭巾，再用布蒙住臉。

府中有個婆子與她一般身高，最近臉上生了瘡，便是這般打扮，她如今偷了穆戎權杖，蒙混出去不難。她收拾一番，推開後窗翻了出去。這一趟極是順利。

雇得牛車出了城外，姜蕙只覺渾身輕鬆，那是久違的、闊別八年的自由。八年前，她是一個地主家的小姑娘，無憂無慮，後知後覺；八年後，她吃盡苦頭，看盡人間冷暖。

如今唯一讓她覺得自己不是那麼孤單的，便是還未尋到的妹妹了。這會兒妹妹該已長大，等她找到妹妹，二人相依為命，已能滿足。

然而，她打的主意雖好，卻沒那麼容易實現。到得前方路口，車夫回過頭來，顫聲詢問：「姑娘，妳可是犯了事？」

牛車被人攔下，姜蕙爬起來往前一看，只見那幾人雖未穿官服，可渾身散發出來的血腥氣，任誰瞧了都知道必是軍營裡出來的。她眼睛睜大，往更前方看去。

穆戎負手立在那裡，她雖看不清他的臉，也是一眼認出。風吹得他衣袍舞動，姜蕙只聽他問：「妳要去何處？」

聲音很輕。他說話的方式便是如此，像是不願花費力氣。可奇怪的是，不管他用多輕的聲音，一字一字總是很清晰，也有點低沈，讓人想起山雨欲來時的陰天，忍不住就會提起精神，仔細聽他的話。

姜蕙哪裡願意答他，她費盡心機，最後還是被他追到，如何不氣？

見她沈默，穆戎往前走了幾步。晚風中，他面容漸漸清晰。

姜蕙呼吸不由一滯。這人生得一張極俊的臉，卻教人恨得要死，也難怪前王妃懸梁自盡，想必是被他傷透了心。幸而她這幾年經歷得多了，不似個小姑娘被他冷一冷就尋死覓活。

她又慢慢抬起頭來，直視著穆戎。這是第一次，她表露出不滿。

穆戎挑眉。「妳私盜權杖出府，可知是死罪？」

他那麼快就追上來，定然想帶她回去。姜蕙也不與他藏著掖著，眼見他拿死罪威逼，她回道：「是殿下不放我走，我原想去找尋妹妹。」這話滿是怨氣，她提過好幾回，他不肯，現在是無可奈何。

穆戎眼眸半斂，稍許沈默過後，道：「妳不信本王？」

姜蕙忍不住就笑了。她是求過穆戎，他那日認真答應，她就信了，可兩年過去，妹妹一絲一毫音訊都無，可見他並不曾多花心思，不然以他的能力，豈會尋不到？也是自己傻，寄託於他身上。姜蕙淡淡道：「此事不敢再煩勞殿下。」她略揚起下頜，翦水雙瞳華光流轉，一身布衣難掩麗色。

穆戎看她在牛車上顯得不倫不類，轉過身道：「權杖一事，本王姑且不追究，妳隨我回去。」

聲音忽地柔和下來，帶著些許情意。他偶爾有溫柔的時候，在瞬間，能教人離不了他，能教人掏出自己的心。可她不會再當真。深吸一口氣，她頷首道：「殿下又要娶妻了，奴婢先恭喜您。」

這話有些突兀，可細品起來，內裡百轉千迴。穆戎目光不由深了一些，回頭卻見她從包袱裡拿出一物。「不過十方圖在我這兒，今日殿下需得放了我走。」

這幾年，她服侍他的次數不少，總也有紅袖添香的時候，他有些東西放在哪兒，她像是不曾注意，其實是看在眼裡的。十方圖便是一幅很要緊的軍事地圖，穆戎派人花費四年方才繪製完成，她為以防萬一，當時便不只取了權杖，也取了地圖，並且藏了起來，此物乃是地圖的綢套。

穆戎不曾想到，臉色一變，沈聲道：「把十方圖交出來！」

姜蕙冷笑。「把賣身契拿來，放我走！」

穆戎不答應。他少有地露出了怒氣，黑眸中像是有驚濤駭浪，揮手命人舉起弓箭道：「小心我取妳性命。」

因他那話，周遭都好似帶了寒氣。姜蕙看著那些弓箭抬起來，嘴角一揚。他這一輩子大概還沒被人要脅過吧？可能滋味很不好。可她這生嘗過的滋味太多了，誰又能知曉呢？姜蕙瞇起眼睛，明眸閃著狡黠的光。「便是殺了我，你也取不到地圖。我死了，這地圖得傳到別國去。」

這是穆戎也絕不敢輕易嘗試的冒險，今日，她一定能得自由之身的——

然而，就在她胸有成竹，自以為勝券在握的瞬間，腹中傳來一陣劇痛，痛得她無法站立，呼吸也透不過來。恍惚間，腦中閃過一個人影。桂枝……是了，定是那碗紅棗羹有毒。

她嘴角不由露出一抹諷笑。陰溝裡翻船，最後竟死在桂枝之手，可惜了她這一番努力，原本還想找到妹妹……

原本，還以為能過一段自由自在的日子。偏偏在這時候……

她無力再支撐，仰面倒了下去，烏髮雪膚，紅唇似花，像是這天地間最美的顏色。

第二章

崇光十八年。正是二月好春光，剛剛過了寒冬，漫天枯黃慢慢生出綠意。姜府除了二老爺姜濟顯起早去衙門辦公外，眾人都仍在睡夢中，除了姜蕙。她瞇著眼睛，翻了好幾次身，仍是無法入眠。

自從那次被毒死後，她重生在十一歲，如今已過去兩年，可這兩年裡，她時不時地便會作些惡夢。今日也是一樣，再也睡不著了。她索性一掀被子爬起來，烏黑的頭髮披在肩頭，像滑軟的綢緞。

外頭的金桂聽見聲音，連忙跑來，見她只著個抹胸在屋裡找茶吃，連忙道：「姑娘，是不是要喝茶？要奴婢熱一熱嗎？這天兒喝冷的不好。」

不等她說完，姜蕙已經一盞茶吃了下去。這會兒才舒服些，她揉揉眼睛。「現在什麼時辰？」

「才卯時呢，姑娘要不再睡會兒？」

姜蕙道：「不睡了，肚子也有些餓，妳叫銀桂去廚房要碗白米粥，還要野鴨春餅、鵝油酥、醬肉，叫他們快些。」

金桂笑道：「姑娘就是不怕胖，旁的哪個大早上吃肉？」她給姜蕙拿來裙衫。「姑娘先穿上了，小心著涼。」

「正是長身子，不吃哪行。」姜蕙垂頭看看自己的胸脯，十三歲正當發育，這兒已經鼓起來，像兩個小包子，現就是要多補補，才能長好呢。「妳看堂姊都十五了，就是吃得少，胸無三兩肉，也不見得好看。」

她說話直爽，金桂差點笑出來。「姑娘，二太太是讓大姑娘、三姑娘少吃些的，說京中都這般呢，一個個苗條纖細，行路似弱柳，這等樣子才好看。」

姜蕙撇撇嘴。她那二嬸懂什麼，只知道跟京中的風，女人真瘦得跟排骨似的，還有什麼樂趣可言？再說，吃得少興許還長不高。

她拿起犀角梳順頭髮。金桂吩咐銀桂去廚房，回來只在旁邊看著，並不插手。姜蕙這點很奇怪，但凡梳頭、上妝，從不假手於人，說是怕別人梳壞了她一頭好髮，又怕上粉上不好。

她總是親力親為，梳個頭要幾十遍，早上梳了，晚上還得梳。金桂盯著她的頭髮，只見這髮絲垂直，烏黑油亮，當真也漂亮。金桂見她梳好了，才上去給她梳了個平髻，又插上一支金光閃閃的蝴蝶簪子。

銀桂端來早膳，一樣樣擺在桌上道：「姑娘，廚房一大早忙得很，奴婢一問，才知今兒二太太要請金家來作客。」

因姜蕙才從鄠縣上來宋州，怕她不知，金桂解釋道：「金老爺早前跟二老爺是同窗，二老爺在宋州轄下盂縣當了縣丞，便常往來。」

姜蕙拿起筷子，聞言，手一頓。原來是那個金家，她嘴角浮起一抹冷笑。上一世，他們姜家捲入謀反案，二房男人俱被砍頭，女眷入教司坊，他們大房好一些，淪為軍戶，但也沒能逃得過滅頂之災，後來她帶著妹妹投奔金家，只求金家能收留妹妹。

可結果呢？姜蕙深吸一口氣，垂下眼簾道：「倒是未見過，今日正好見一見。」

慢條斯理吃完早膳，她起身去了上房。老太太正與二太太胡氏說話。「妳莫計較了，雖說女兒要高嫁，可咱們家也是無家世的，只得些田地；那金公子如今也考上舉人了，早晚能做官，妳還有什麼不滿意？將來定是會越過越好。」

胡氏與姜家老二姜濟顯同在鄠縣長大的，如今姜家老二姜濟顯從農門一飛衝天，做上了宋州知府，她也就成了知府夫人，來到宋州，世面見過了，眼光也更高，對那金公子不太看得上，覺得長女姜瑜能配個更好的。

不過作為兒媳，多數時候仍得受制於婆婆。胡氏點點頭。「娘見多識廣，說什麼就是什麼了。倒是兒媳還有一事要與娘商量……」她身子往前傾了一些。「現在老爺是知府，不比以前做縣令時候了，平日裡來往甚多，我瞧著是不是把家中良田變賣掉一些，在宋州置辦些商鋪？」

老太太奇怪。「怎麼？是老二說的？」

「老爺成日事務繁忙，哪裡顧得了？我是瞧著做生意掙錢多，娘啊，這官場上的來往真是了不得的，錢財才到手一下就沒了。」

有道是水至清則無魚，要想步步高升，除了自己有本事，別的也不能少，這點道理誰都懂。老太太一時沒說話。

這時，姜蕙進來請安，規規矩矩叫了聲祖母、二嬸。她與哥哥姜辭能來宋州，那是託了二叔的光，至於她爹娘與小妹寶兒，仍在鄠縣。

胡氏笑咪咪道：「阿蕙，今兒來得真早，妳堂姊堂妹怕是還沒起來哩！」

姜蕙道：「早早醒了便睡不著，二嬸也很早啊。」

「哎喲，老太太也起得早，我這兒媳哪裡能晚，別說還有那麼多事情要我管，老太太也能享些清福。」

老太太就笑了。「是啊，多虧妳賢慧，我也越來越發福啦。我想一想，既然妳覺得做生意好，那我與老爺子說一聲，總歸家裡田多，賣掉一些也無妨。」

姜蕙心裡咯噔一聲。怎麼無妨了？就是大地主，也不能亂花錢！那回便是賣了田與胡氏做生意，結果虧得連本錢都拿不回來，所以說，沒那個本事，最好還是老實些。

姜蕙好奇地問胡氏。「二嬸是要做什麼生意？」

胡氏道：「進些熏香賣。」

「熏香好呀。」姜蕙露出天真的笑。「我聽說十合香的熏香就很好賣呢！每日不知道多少客人，堂姊也送過我一盒芙蓉味的，我很喜歡。二嬸，妳賣的熏香有十合香好嗎？」

宋州是十合香一家商行獨大，他們還賣熏香不是找死？這等東西都是靠配方掙錢，可不似旁的用錢就能購得。

胡氏被她說得噎住，一句話回不出，憋得臉都紅了。

老太太聽著有些道理，也跟著問：「是啊，老二媳婦，阿蕙問得不錯，妳真是要賣熏香？」

胡氏立時改口。「其實還未想好呢。」她一邊說一邊瞄了姜蕙一眼。

作為二房太太，原本獨享大院，不料大房姪兒考中秀才，來宋州唸書，還跟了這一個，不說搶她兩個女兒風頭、白吃白住，今兒還多嘴多舌。不過她怎麼也想不到姜蕙是故意的。

老太太道：「是得好好想想，做生意還是不易的，不然老祖宗當年也不會把錢全買了田地，總是平安妥當，鄠縣一向又風調雨順。」

胡氏點頭。「兒媳自會好好考慮，也是為姜家多一條路。」她起身。「兒媳去廚房看看，一會兒金家得來了。」

她走了之後，姜蕙仍還在。老太太笑道：「阿蕙，在宋州住得可慣？」

「有祖父祖母疼，自然慣了，就是有些想阿爹阿娘，還有寶兒。」她上前挨著老太太坐。

「等到逢年過節，更是想的。」

老太太好笑。「早前哭著要跟阿辭來宋州，現在後悔了？」

「不後悔，這兒天天能看到祖父祖母。孫女兒只是想，要是阿爹阿娘跟寶兒也在，那就更好了。咱們一大家子原本也是在一起的，可二叔做了官，就非得分開了。」她頗是委屈，搖著老太太的手道：「我看二嬸每日很忙，阿爹阿娘在，也能搭把手。」

這小人精，說來說去，是不只自己想在宋州住，還想接了家中的人一起來。老太太略一思忖道：「我會與妳祖父說的。」

姜蕙歡呼一聲，抱住老太太的腰蹭道：「我就知道祖母最好！」

看她跟小貓兒似的，老太太笑道：「看把妳高興的，我還得與妳祖父說。」

姜蕙連連點頭，暗想老爺子一早就享清福，不管事情，家中多數都是老太太拿主意，她既然答應，定是能成的。祖孫兩個說笑會兒，姜蕙便告辭回去。

胡氏到得房裡，臉色很是不快，張嬤嬤察言觀色，問道：「可是老太太不准賣田？」

「哪裡，本是要賣了，還不是阿蕙多嘴，問我是否要賣熏香，結果惹得老太太懷疑，怕生意做不好。」

張嬤嬤笑道：「二姑娘懂什麼，也是隨口一問。如今太太要當家作主，必是要把錢攢在手裡，不然鄠縣收到的錢先是經過大太太一道，又到老太太手裡，再發給太太，自是不寬鬆了。」

胡氏也是這麼想，她起早貪黑的，總不能一點好處也無，故而想著開幾家鋪子，都由她管，不用隨時伸手跟老太太要錢。

張嬤嬤道：「下回等老太太高興，太太再問問，眼下不是正有金家一事嗎？」

胡氏嘆一聲，捏了捏眉心。「那金公子，我是真不喜歡，可老太太非看上，老爺也說不錯，我一人反對，倒是全得罪了。」

做人媳婦難，尤其是做這官家兒媳；可做女人也是富貴險中求，她嫁給姜濟顯便是為他將來的富貴。

張嬤嬤眼睛一轉。「其實也不難，二姑娘……」她湊到胡氏耳邊說話。

姜蕙從上房回來，正歪著看書，就聽見姜瓊的聲音。「阿蕙、阿蕙，妳可起來了？」

這人是個急性子，等不得的，姜蕙忙起來，可鞋子還沒來得及穿，又聽門簾子嘩啦之聲，姜瓊已經走到面前。

「妳才起來？」她瞪著姜蕙。「真是個懶鬼。」

臉。

「什麼啊，我早去給祖母請過安了，妳瞧瞧，我像是才起來的？」她仰起一張水光滑嫩的臉。

「是了，大美人兒。」姜瓊點她鼻子，轉頭說道：「阿荷，快來，見見我堂姊，她跟妳一般大，都是十三呢。」

姜瑜與金荷一起進來。姜瑜道：「本待叫阿蕙去廳堂的，妳倒是好，拉著阿荷就過來，女夫子白教妳了。」她責備姜瓊。「又走那麼快，急匆匆的，一點也不知道禮儀，宋州可不是縣城，女兒家都要知道規矩的。」

金荷抿嘴一笑。「便是阿瓊這般走，也挺好看，瑜姊姊更是不用說了，我看比宋州布政使家的姑娘還要美。」

姜瓊噗哧笑起來。「妳就是一張甜嘴，到哪兒都不吃虧。」

姜蕙斜睨金荷一眼。晨光裡，只見她細眉細眼，笑得格外甜美，極是容易教人親近。姜蕙微微一笑。「原來妳就是金姑娘，早前就聽說了，妳常與堂姊堂妹一處玩。」

金荷這才看向姜蕙，眼睛一下子瞪大了。沒想到，姜家大房有個這麼漂亮的姑娘。她恨不得就要誇讚一番，可一想到姜瑜跟姜瓊在旁邊，她二人與姜蕙一比，有些差距，便沒有提，收斂了臉上驚豔，客套道：「也常聽瑜姊姊跟阿瓊提到妳呢，如今妳也來宋州，咱們就更熱鬧了。」

姜蕙暗地裡冷笑一聲，從頭到腳又看金荷一遍。只見她穿了身半新不舊的荷色裙衫，很是樸素，頭上也只插了一支銀簪，別的首飾一點也無，可見家中窮困。是了，他們金家不像姜家是地主，金老爺是真正寒門裡出來的，做個縣丞又有什麼油水可撈？

她從桌上描金盒子裡拿出一支金步搖給金荷，笑咪咪道：「金姑娘真討人喜歡，這支步搖我送妳，看著與妳挺配的，妳頭上那銀簪子太不好看了。」

金荷變了臉色。姜蕙假裝不知，仍往她手裡塞。「妳別客氣呀！」

金荷雖然羨慕姜家財大氣粗，每回見到姜瑜、姜瓊穿了時興的衣服，戴了昂貴的首飾，她這心裡都癢得不得了。

可一碼歸一碼，她心裡想要，和別人贈與那是不一樣的。如今姜蕙見她窮，送步搖給她，那是一種羞辱！

第三章

金荷恨得差點哭起來，只不敢鬧翻，把步搖往外推。「阿爹說無功不受祿，我、我不能要。」

見她這般吃癟，姜蕙心裡快意。當年她求到金家，金家今非昔比，金荷一身華貴，她是如何做的？扔了一錠銀子在她腳下。那天，大雨滂沱，誰人救她與妹妹？

姜蕙抓住金步搖，硬是往金荷頭上一插，笑道：「真好看呀，真配！」

金荷死死抓住衣角，臉色都白了。

姜瑜忙道：「阿蕙，妳這般可不妥。」她一邊把步搖拔下來，一邊安慰金荷。「阿蕙性子直率了一些，妳莫往心裡去，她是喜歡妳才送這個。」

姜蕙道：「是啊，這麼漂亮的，為何金姑娘不喜歡？」

看似她轉不過彎，姜瑜也不好說。她雖與姜蕙從小長大，可自父親做了縣令之後，他們就隨父親離開了鄠縣，其實也是隔了好幾年才又見到姜蕙，她只當姜蕙太過單純，不懂人情世故。

金荷好不容易才露出一絲笑。「不是不喜歡，就是不能要的。二姑娘，我要送妳銀簪子，難道妳會要？」她還當真把銀簪子拔下來。

姜蕙一把拿了。「妳真心送，我自然要了，這簪子瞧著不錯。」她直接就把簪子插在頭上。

金荷一下又白了臉。她本想將姜蕙一下，誰料到這人厚臉皮，銀簪子雖然不值錢，可做工很好，是她最喜歡的一件首飾。她勉強一笑，道：「妳喜歡就送妳好了。」

誰料姜蕙又拿下來。「算了，到底是銀的，我還是戴慣金的；不是金的，也得有寶石的，這等銀簪子，我在鄠縣都不戴。」

一席話說得金荷心裡滿是惱火。她的手在袖中捏緊了，指甲都差點戳進肉裡。

姜瑜見二人有些鬧僵，又想道歉，金荷笑道：「無妨，二姑娘天真單純，其實也挺好的。」

姜蕙一挑眉，心道：真厲害，都這樣了還不翻臉。

姜瓊性子大大咧咧，一點也沒看出來，笑道：「過幾日是清明節，咱們也能出去玩了，阿荷妳早點來。對了，帶些醃肉過來，妳娘做的醃肉真好，比咱們家廚子還厲害，咱們拿去烤來吃。」

姜瑜皺眉。「怎麼好麻煩金夫人。」好歹那也是縣丞太太。

金荷卻道：「無妨的，妳們喜歡吃，我娘也高興。」又看姜瑜。「瑜姊姊要吃什麼？我們那兒有條河，今年蓮藕又長了好多，妳要吃糖糯米藕嗎？」

「還用問，姊姊最愛吃這個，不過做起來頂麻煩。」姜瓊道。

「不算麻煩，反正咱們家本來也要做的，我叫阿娘多放點糖，家中還有乾桂花呢，撒一些更香。」

姜瑜握住她的手。「總是送咱們吃的，多不好意思，旁的都咱們準備吧。」

正說著，幾個小丫鬟端來點心茶水，其中一人道：「太太說了，叫姑娘們別光顧著在屋裡，出去走走，今兒天也好。」

姜瓊笑道：「那快出去，我待長了也覺得悶。」

姜蕙原本不想去，這金荷她越看越虛偽，偏偏姜瑜不知她的真面目，不過人總是如此，不然為何又有「日久見人心」這句話？

這金荷也確實厲害，剛才自己屢次打擊，她都能忍住，真是個成大器的，自己怎麼也得多觀察觀察，知己知彼，於是便同她們一起去了。

在園子裡也就賞賞花，姜蕙無甚興趣，倚在欄杆上觀魚，扔一把飼料進去，魚兒都圍上來，很是熱鬧。

時間消磨過去，很快就到午時，眾人去往廳堂。金荷見到母親金太太，拉著她假裝去如廁，撲到她懷裡抽泣起來。

金太太嚇一跳，眼見四下無人，忙問：「怎麼了，可是誰欺負妳？妳與阿瑜、阿瓊不是挺好的嗎？」她伸手拍金荷的後背，輕聲安撫。

金荷哭了會兒，從袖子裡拿了帕子擦眼睛，嘟嘴道：「是那個二姑娘，真真討厭，一來就送我金步搖。阿娘沒見她的眼神呢，多看不起人。」

金太太臉色一沈，半晌又笑起來。「阿荷，她不是從鄠縣來的嗎？鄠縣這種地方，小姑娘不懂禮數，妳與她計較什麼？我一向叫妳與那兩位姑娘親近親近，便是這個道理，她們可是有女夫子教的。那個大房的姑娘是鄉野出來的，妳別理會她，尋常見到打聲招呼便罷了。」

聽母親教誨，金荷嗯了一聲，又嘟嘴道：「可女兒還是氣得很。」

金太太笑起來。「為娘如何教妳的？小不忍，則亂大謀，咱們家如今這境況，妳也不是不知，為娘早與妳說過。」

「娘是說瑜姊姊的嫁妝……」金荷道，又覺失口，忙點頭。「我知道了，娘，等哥哥以後考上進士，咱們家便什麼都不缺的。」

母女兩個說了會兒方才回去。

用完飯，姜蕙從花池繞回自己住處。姜家幾代都是地主，錢財富足，故而在宋州買的院子也夠大，她一人獨占一處小院。

誰料才走到花池，就見一個年輕公子迎面走來，穿了身團花袍，眉目端正，甚是斯文，見到她，顯是一愣。

姜蕙皺了皺眉。這不是金家公子金佑安嗎？怎會來這兒？

她滿心的不屑。上輩子姜瑜嫁到金家，不過才半月，姜家就遭逢大難，可金家不曾被牽連。那時她走投無路，求到金家，卻知姜瑜不久前懸梁自盡；又見金荷披金戴銀，滿面得意，金佑安卻是滿面憔悴，好似為姜瑜的死很是傷心。

可那又如何，作為丈夫，他總是沒能護住妻子！也不知姜瑜是真自盡，還是被人逼的？

姜蕙假裝沒看見他，轉身就走。金佑安在身後道：「妳是姜二姑娘吧？請問二姑娘，令兄現在何處？原本有個小廝帶路，竟不知去哪兒了。」

姜蕙不由起了疑心，怎會是來找她哥哥？「那你為何不與我哥哥一起走？」

她轉過身來，眉目如畫，非言詞能形容，金佑安看了一眼，更是吃驚。他原以為姜瑜已是很漂亮了，可沒想到她這堂妹這般出色。

他定一定神道：「本是一起的，不過姜夫人叫了令兄與阿照去，我也不知，後來便有個小廝來領路。」

姜蕙聽他這麼說，也想不出個所以然。「興許在書房吧，你去看看再說。」她轉身走了。

金佑安只得往書房去。

到得晚上，姜蕙去姜辭那兒。姜辭正在看書，案上一盞油燈，光色甚暗，她上去搶了姜辭的書道：「哥哥，早說了晚上不要看書，怎得不聽？到時眼睛壞了，可莫要我領著你走路。」

姜辭挑眉笑起來。「嘴真毒，咒我呢！不看就不看。」

姜蕙把書放一邊問：「今兒我遇到金公子，真是來找你的？」

「是啊，原本我們三個一起說話，後來二嬸叫我與阿照過去，問入春了可要添置什麼，便與金公子分開了，怎麼？」

姜蕙搖搖頭。「也無甚。」

「無甚就好了，這麼晚了，快些去睡，莫還走來走去的，路上著涼，別又生病了。」

她兩年前得了風寒，一病數日，便是在那時重生回來，故而家人總念叨，要她小心身體。

姜蕙笑道：「好。」轉過身又叮囑。「哥哥也早些睡，莫看書了。」

姜辭便吹了油燈給她看，她這才笑盈盈走了。

等姜蕙一走，姜辭又點上油燈。什麼眼睛壞了，學子們個個都唸書，哪個不勤奮？他現在依仗二叔能入應天書院，自然要更加刻苦些。以後考上舉人做了官，他們大房也不至於還要寄人籬下……這油燈一直亮到深夜。

第二日，胡氏來與老太太請安，滿口抱怨。「這金公子就兒媳來看，不是個安分的，昨兒硬是偷偷跑去見阿蕙，想必知道她生得漂亮。」

老太太正在吃飯，筷子差些掉了。「妳別胡說，金公子我瞧著很老實。」

「怎麼胡說？娘，不信問阿蕙。」

胡氏心道，要是姜蕙不承認，那是心裡有鬼，反正總有人見到，正好也一併收拾一下，省得以後還出來多嘴。

老太太差人去叫姜蕙。姜蕙今日起得晚，連打了兩個呵欠，走到上房時，臉色還有睏意，老太太叫她坐，詢問道：「妳昨兒見到金公子了？」

姜蕙一怔，大早上的居然問她這個問題？她轉眸看了胡氏一眼，胡氏也正盯著她。她忽然就想到那年姜瑜出嫁，胡氏好似有些不快，聽聞金公子騎馬來了，她才勉強扯些笑意……她那時不曾想那麼多，如今倒是明白胡氏的心。

「祖母，是遇到金公子的。」姜蕙眉頭一皺，很是不悅。「說是找哥哥，我就奇怪了，找哥哥怎麼找到花池來，還總看著我？我心想男女授受不親，連忙就走了。」

老太太大吃一驚，沒想到自己會看錯人，心煩意亂道：「好了，妳們都回去。」

胡氏面上隱有笑意，與姜蕙出去。

姜蕙道：「二嬸，這金公子看著真不像好人。」

這話實在太投胡氏的意，她一下子對姜蕙又有了幾分好感，笑著道：「阿蕙，這話到外頭莫亂說。」

姜蕙好笑，金公子那事顯然出自胡氏之手，不過為大計著想，她便不計較了。

胡氏拍拍她的手。「阿蕙，缺什麼一定要記得告訴二嬸。」

「好。」姜蕙笑咪咪道。「對了，二嬸，上回瑜姊姊與金姑娘約好了一起踏春，還叫她早些，像是要一起去的，金姑娘還要帶醃肉跟糯米藕來呢。」

胡氏皺一皺眉，對金家如此討好更是反感。

等到清明後，家家戶戶都要出去遊玩，姜家自不例外，胡氏提早幾日就準備了一應物品。她做事很周到，故而老太太也信任，全部交託她，只是錢財還不曾鬆手，讓胡氏很有怨念。

一大早，姜蕙還在睡，金桂就把她叫醒。「姑娘，該起來了。」

她睜開眼睛，窗外一片黑，立時又躺倒下去。

金桂急道：「二太太說今日人多，最好早些出去，省得一會兒在城門口擠，姑娘，快別睡了啊！」

姜蕙睏得很。她昨日似又作了好些夢，頭昏腦脹的，可胡氏為避開金家，弄那麼早，她怎麼也得配合下。

見她終於起來，金桂拿來裙衫。姜蕙眼見紅的紅、綠的綠，皺眉道：「總是清明節，穿那麼豔，妳給我把那柳黃色雙繡蟲鳥的襦衣拿來，還有那條鈿花裙。」

金桂依言給她拿來穿上，笑道：「還是姑娘自己選的好。」

想她在曹大姑那兒學的東西，全是打扮的，怎能不好？就是有些風塵氣，她自己也知，總會刻意改一些。

她吃過早膳便出去了。日頭還沒出來，風一起，吹得人渾身發冷。剛到廳堂，就聽見姜瓊的聲音。「阿娘，怎麼走那麼早，咱們還與阿荷說好了，今日一起去的。」

胡氏不好明說，只得道：「等會兒人多擠在一起，多心煩，我會派人去金家說一聲。」

老太太知她的意思，沒有說話。她還在想金佑安這事，總覺得自己應該不會看錯人。當年姜濟顯與金老爺是同窗，金老爺人很好，很老實，而金公子在應天書院唸書，平日也看不出哪兒不對。她想，還是再看看，或是冷落金家一下也好，姜家長孫女終身大事，是得謹慎些。

故而一家子老早就出去了。路上果然不是很擠，他們很快就出了城門。清明踏春，多數人都會去紅玉河，來回一個多時辰，既不會疲於趕路，也領略了風光，可謂一舉兩得。

三個姑娘家這會兒正坐在一輛馬車上，車裡放了點心茶水，姜瓊嗑著瓜子道：「我原本還想帶魚竿來紅玉河釣魚，娘不准。大了便是不好，那麼多規矩。」

姜瑜道：「姑娘家便得有個姑娘家的樣子。」

「是了、是了，不然不好嫁人！」姜瓊斜睨姜瑜。「姊姊越發像阿娘，也是，過不了多久便做人媳婦了呢。」

姜瑜被她說得臉紅，啐道：「別胡說，不然我告訴阿娘去。」

姜蕙沒說話，把半塊點心塞進嘴裡，看姜瑜一眼，只見她臉紅雖是紅，卻不曾有嬌羞，想來還未喜歡那金公子。其實說起來，宋州人傑地靈，又有應天這樣聞名越國的書院，金佑安要不是考上舉人，還真算不得什麼。

姜瓊看她只顧吃，打趣道：「阿蕙，妳嘴不停，小心長胖了，到時候我姊姊又要說，不好嫁人。」

姜蕙一笑。「是了，我少吃點。」她坐在車窗旁，此時掀起簾子問：「我第一次來，那紅玉河一到清明，當真人多？」

「當然多了，都出來玩的，到時候我帶妳去見見其他家的姑娘，妳才來這兒不久，除了金荷，一個都不認識吧？」

「那自是好。」她笑問：「聽說宋州公子也俊俏，是不是？」

姜瓊挑眉道：「妳怎麼問這個？姊姊又要說了，說咱們姑娘家不能提及男兒的。」

姜瑜氣了。「妳們說好了，我才不管！」

二人哈哈笑起來。

第四章

行一會兒，馬車緩緩停下。三位姑娘下得車來，姜蕙往前一看，只見是紅玉河到了。說是河，便真是一條河，寬約三、四丈，也不知有多長，一眼看不到盡頭；河兩岸種了春柳，此時已發了新芽，嫩綠生出，帶著清新的春意。再旁邊又是一大片草地，中間有個亭子，裡頭已經有人坐著在下棋。

姜瓊興奮道：「幸好咱們來得早，可以選個好地方！」她熟門熟路的，快快往前走去。

老太太道：「莫急莫急，小心摔了，這丫頭！」

老爺子則跟姜濟顯說話。「聽說今兒何家也來，何老爺子愛吃茶，一會兒我教人送些明前茶去。」

姜濟顯道：「阿爹莫操心，何老爺子前不久回老家探親去了。再說，何大人也不喜這些，貿然送東西，反倒不好。」

「也罷，你總是清楚。」老爺子笑笑。這二兒子雖不是原配所生，如今卻是姜家的頂梁柱，姜家也是第一次出了個入仕的，讓老爺子無比驕傲，也最為看重姜濟顯，一切期望都放在他身上。「老二，你做事我沒有不放心的，但凡要疏通的地方，你儘管與你娘說一聲。」

姜濟顯道了聲好。老爺子便慢悠悠地往河邊看垂柳去了。

姜瓊已經吩咐下人選好地方，把几案設下，擺了瓜果點心。

胡氏抬眼間，見前方一輛馬車停下，面上一喜，等到馬上女眷緩步下車，她迎上去笑道：「何夫人，沒想到那麼巧，這兒遇上了。」一邊招呼女兒、姪女兒來問好。「快些來見過何夫人和何大姑娘、何二姑娘。」

那何夫人一張鵝蛋臉，從眉眼看，年輕時應也生得不錯，只是現在不過三十來許，頭髮竟已花白一片。

見到胡氏，她有幾分輕蔑，聽到姜家姑娘來問安，見多了一人，目光落在姜蕙臉上，誰料這一眼卻使得她心頭像被大鼓敲了一下。但她很快鎮定下來，含笑問胡氏。「這莫非是妳姪女兒？」

「正是，才來家中。」

胡氏朝何家兩位姑娘看了一眼，暗道：可惜，這何家竟連一個男兒也無，兩位姑娘也是庶出，莫非正如傳言所說，何夫人竟無法生育？

可惜啊可惜，若有個相當的公子，阿瑜嫁到何家可不是好？何大人出自名門，何夫人更是出自侯府，宋州沒有比他們家更顯赫的了。

何夫人笑笑，問姜蕙。「妳幾歲了？」

「回夫人，十三。」姜蕙也抬頭看她，目中有打量之色。

她一雙眸子像是水做成似的，光華璀璨，何夫人瞧一眼，只覺胸口發悶，面色冷淡下來道：「妳們且忙去吧。」

她往前走了，兩個庶女跟在後面，看起來戰戰兢兢。

姜蕙嘴角一挑。她來宋州，最大的目的便是會會這位何夫人。當年姜家遭逢大難，可不是她一手安排的好戲？不只如此，還逼得母親投河，家中最後只剩下她與寶兒。

想起那年之事，痛入骨髓，姜蕙暗地裡咬了咬牙，朝那三人背影看去，問姜瑜。「兩位何姑娘瞧著都不愛說話？」

姜瓊搶著道：「哪裡呀，她們是怕何夫人，何家家教很嚴的。」

「那妳們尋常會來往嗎？」

姜瓊搖搖頭。「不曾，難得一見，何夫人很清高，看不起人，也就阿娘喜歡請她們來。」

聽到女兒說自己壞話，胡氏瞪她一眼。「小姑娘懂什麼，我還不是為咱們家著想。走吧，還愣著幹什麼！」

姜瓊不比姜瑜，姜瑜十五歲了，甚為懂事，姜瓊與姜照乃龍鳳胎，今年才十歲，正是天真爛漫的時候。

姜瑜拉著妹妹走。「妳啊，說話小心些。」

幾人剛回，就見到金荷正等在那兒，一見到她們，笑道：「妳們來得真早。瑜姊姊，我帶了糯米藕來，妳快嚐嚐。」

她這般熱情，姜瑜更是不好意思，小聲道：「娘說早些來不會擠，對不住。」

「沒什麼，夫人說得對，是早些好呢，不然城門口好些車，來得早，也能挑個好地方。你們這處就好，前頭有樹擋著遮蔭，旁邊就有河景看，真漂亮。」

「那是我挑的。」姜瓊喜孜孜。

金夫人與老太太說話。「知道您胃最近不好，我做了南瓜龍眼羹來。」她取了個瓷碗，細心放上調羹。

老太太笑了。「難為妳記得，妳手巧，做什麼都好吃，聽說這次還帶了醃肉？咱們家那幾個丫頭委實是不像話。」

「反正佑安跟阿荷也要吃的，倒沒什麼。」姜瓊道。

胡氏皺眉，甚覺心煩，看到姜蕙在旁邊，眼神一轉，把她叫來，從袖中摸出塊玉墜，道：「阿蕙，妳去問問金公子，可是他掉的？」

姜蕙眼睛都差點瞪起來。一次利用不夠，還想兩次？

她心下惱火，但終是沒說什麼，小聲道：「二嬸，我上回聽到金家丫鬟說話，好似金夫人在當鋪當了東西。」

金家捉襟見肘，金老爺是個縣丞，想做縣令不易，金夫人四處打點，沒少花費，加之金佑安在書院唸書也是要花錢，又見她們女眷不管是作客，還是出來，身上都無貴重之物，姜蕙便想可能是當掉了。

胡氏眼睛一亮。她在看金夫人時，心裡又有了底氣，抽空與老太太道：「金家窮得都當東西了，阿瑜真嫁過去，那不得過苦日子？不說這個，他們金家便是想娶阿瑜，連聘禮都出不起！娘，您莫被金太太哄騙了，難道咱們家嫁女兒，還得倒貼他們錢不成？」

老太太一怔。「還有這事？」

「娘難道看不出他們家窮？金公子現在只是考上舉人，又不是做官，以後要三、五十年考不上，如何是好？阿瑜嫁過去，連個下人都養不起，上得伺候公婆，下得服侍相公，還有個小姑子，這金荷年紀也不小了，他們家還能拿出嫁妝來？」

胡氏很能借題發揮，老太太果然也猶豫起來。一開始聽說金公子人不老實，現在又知道窮成這樣，那確實不好。

她抬眼看去，只見前頭草地上踏春的人家陸續而來，鮮衣怒馬、衣香鬢影，再回頭看看金太太，看看金荷，當真是不能比。

她微一沈吟，跟胡氏道：「妳莫急，容我再想想。」

胡氏看有轉機，眉開眼笑。

姜蕙坐在案前喝茶，姜瓊吩咐幾個婆子燃炭烤肉。不久，濃郁的肉香味徐徐飄來，引人口水，姜蕙吃得幾塊，也頗覺美味，看來金太太的手藝還真是不錯。

「可惜寶兒不在。」姜瑜想念那個漂亮得好像白雪堆成的小堂妹。「她很小時就愛吃烤肉，那時候咱們在鄠縣，經常吃，妳可還記得？」

不等姜蕙回答，姜瓊搶著道：「我也記得，那時候祖父一發令，大伯就殺整羊來烤，那個更好吃。」

姜蕙笑道：「妳們走了之後，阿爹也常弄的，寶兒現正是白白胖胖。」

「好想見見她。」姜瑜道。「都快兩年不曾見了。」

姜蕙眼睛一轉，輕聲道：「堂姊，我前不久跟祖母提了這事，想讓阿爹阿娘跟寶兒一起來，不知道祖父會不會同意。」

「啊？是嗎？」姜瑜驚喜。「那再好不過了，妳放心，等會兒我與阿爹阿娘也說一下！」

「多謝堂姊。」

「客氣什麼，咱們本就是一家子，人多熱鬧。」姜瑜拍拍姜蕙的手。

金荷一直聽著，此刻拿了烤好的肉給姜瑜。「瑜姊姊妳人真好，難怪哥哥說，就沒見過比瑜姊姊更溫柔的，也最有風度，不似有些人家的姑娘，仗著父親是官兒，看不起這個又看不起那個。」

姜瑜臉紅。「我哪有這麼好……」

看她又在不遺餘力地討好人，姜蕙這回懶得理，只要老太太對金家介懷，這門婚事自然成不了，她只消提醒胡氏便行。這金姑娘麼，就當看個笑話好了。

姜蕙低頭吃肉、喝涼茶，十分快意。

見自家妹妹埋頭吃不停，姜辭走過來道：「阿蕙，妳肉吃多了，小心胃不舒服，倒是挾一塊給我吃。」

姜蕙噗哧笑道：「是你嘴饞吧，說得好像關心我，你那邊沒有嗎？」

「我什麼都還沒吃呢，二叔帶我與阿照見了幾位大人，現在才回來。」

男人與女人不同，女人們聚一起吃東西談笑，興許就真只是如此，可男人家裡一旦有入仕的，便複雜起來。

雖然姜辭還只是個十五歲的少年，已經被姜濟顯灌輸了不少官場常識。

「真是辛苦哥哥了。」姜蕙給他挾了塊烤肉。

姜照也過來，因是堂兄妹，沒什麼顧忌，兩個少年就坐在旁邊。金荷這是第二次看到姜辭，上回匆匆一面，只覺他生得不錯，這次再看到，才發現比印象裡要俊多了，修眉鳳目、溫文爾雅。

她暗道，聽說姜家大太太臉上有塊很可怕的疤痕，十分嚇人，怎地她孩兒個個出色？

吃一會兒，幾人也飽了，姜瓊活潑開朗，拉著姜蕙道：「走，咱們去散散步，妳看那頭好些姑娘，我帶妳去見見。」

胡氏道：「帽戴好了，別失禮。」

金荷道：「我也一起去。」

此時河邊已是好些人，不過她們四個姑娘一起走出來，裙衫飄飄，黑髮微揚，很是引人注意。好些年輕公子紛紛側目，目光一一落在姜蕙的身上。

她不似旁的大家閨秀這般走路，只見她蓮步輕移，一搖微擺，身姿風流，端是看個背影就令人遐想。已經有人忍不住詢問這是誰家的姑娘。

聽得耳邊議論，姜瓊輕笑道：「定是在說妳呢，大美人兒！妳走路好看，女夫子都說不知如何走的，叫她教也教不來。」

這是在曹大姑那兒學的狐步，曹大姑說媚在骨子裡，才能渾然天成，不然旁人學了風塵氣甚重，也是不合適的。

不過女人都喜歡被人誇讚，姜蕙也一樣，她從帷帽裡往外看去，果見有不少公子正朝她看，什麼神色都有。

她起先高興，但忽地又厭煩起來。當年在玲瓏軒，這等目光見多了，卻也教人噁心……她快步往前走去。

誰料將將走到柳樹叢，卻見對面立著一名年輕男子，身著淡紫色雲紋夾袍，一雙眼眸幽深如墨。她的腳步慢下來。

好似隔了一世似的，姜瓊在前面道：「阿蕙，妳怎麼了，走那麼慢？」

姜蕙猛地驚醒，走過去，與他擦肩而過。

第五章

拂動的面紗下，露出她小巧的下頷，肌膚白如雪。穆戎鼻尖聞到一股冷香，似芙蓉，恰如她這人，瞧一眼，便覺掩不住的豔色從周身透出，如無邊春意。

何遠見狀，識趣地低聲道：「稟殿下，這姑娘是姜家大房的姑娘，像是才剛來宋州。」

穆戎詫異。「你如何知道？」

何遠嘿嘿一笑。「那些公子剛才互相打聽，屬下也是聽說的。」

「不過一個女子罷了，耳朵倒是靈敏。」穆戎挑眉。「本王叫你查的事情如何？」

「周王確實暗地裡招募了大批盜匪，至於旁的，屬下還在查證。」何遠垂手而立，有些疑問，遲疑道：「殿下，您當真要在應天書院唸書？」

「應天名揚天下，想當年父皇邀請蔣大儒來宮中，他直言拒絕，父皇也不曾生氣，今次既然來了，何必浪費機會。」穆戎轉身往回走去。「反正父皇也准許。」

何遠暗想，皇上真真是寵極了這三皇子，旁的皇子哪裡好到處走動？

周知恭湊上來。「殿下，您不再看看了？要不屬下弄些魚竿來，那裡好些人在釣魚。」

「算了，下回再來。」穆戎正要走，卻有學子來搭話，一時又走不成。

四位姑娘此時已到河邊，姜瓊轉過身，指指那個方向，驚訝道：「妳們剛才看到沒？那個公子長得真俊。」

姜瑜眉頭一皺。

金荷笑道：「我看到了，真是少見，也不知是誰家的公子，不過咱們姑娘家，不該說這些的。」

姜瑜點頭。「可不是。」

她們嘰嘰喳喳，唯有姜蕙沈默。她著實沒想到會在這兒遇見穆戎。原來這一年，他竟是在宋州，不過她上輩子一直留在鄠縣，等到事發時，早已來不及……一夜之間，姜家就倒了下來。

「阿蕙。」姜瓊拉著她去見旁的姑娘。「與咱們都有來往的，妳總要認識認識。」

姜蕙露出笑來。「是了，走吧。」

便是他在，又有什麼？前塵往事如雲煙，她記得他，可是他不會記得她，也不會再與她有任何關係。她輕輕吐出一口氣，快步跟著姜瓊走了。

等到回來，姜辭正等著，見到她大喜，過來拉著她就往幾個學子那兒走，姜蕙嚇一跳。「哥哥，何事？」

姜辭道：「無甚，我幾個同窗，妳見見。」說是這麼說，卻把她帽子戴好。

「這是梁公子，這是吳公子，這是胡公子。」姜辭一一介紹，最後目光落在穆戎臉上。「這是穆公子，才來咱們書院唸書。」

姜蕙聽得眼睛都睜大了，幸好戴了帽，不然她這驚訝之情無處藏掖。

她不信自己會認錯人。雖然穆戎這會兒成了學子，可天底下哪有與他長得一模一樣的人？別說這神態舉止，更是難以想像。

公子們上來見禮，比起那些拿眼睛不停盯著她的男人，這幾個很收斂。至於穆戎，他向來自持，只略一頷首。

姜辭一本正經道：「妹妹，我還與幾位公子有話說，便送妳到這兒，妳且往前走，便是亭子了，自去賞花。」這番話掩蓋了意圖，好似他只是帶著姜蕙路過。

可姜蕙被他這般擺弄，氣得牙癢癢，從袖中伸出手，在姜辭手腕上狠狠一擰，這才轉身走了。她動作雖小，仍落在眾人眼裡。

其實姜辭這拙劣的舉動，旁人不難猜到目的，故而見姜蕙這般，都忍不住心中發笑，知道是姜辭硬帶她來的。

小姑娘羞惱這才擰了哥哥，顯得率真又可愛。不過姜蕙是真的生氣，所以再見到姜辭，一點也不想搭理他。

姜辭笑道：「阿蕙，我這還不是為妳，這幾位公子都是書院裡很得蔣夫子看重的，必是前途遠大，妳若有合意的與我說一聲，我總是會想法子……」

「哥哥說得我好像嫁不出去？」姜蕙更生氣，默默捏起拳頭，要是姜辭再說，她就給他一拳。

姜辭哎呀一聲。「阿蕙，妳長得那麼漂亮，豈會嫁不出去？只是……」他頓一頓，聲音低了些。「咱們不比二叔家，等我入仕，還不知幾年呢，妳要得個好姻緣不易，可我想著也不能比堂姊差了。」

原是怕委屈她。姜蕙也不知自己是不是該感動，嘆口氣道：「哥哥，你想得太遠了，我嫁人還要好幾年，以後的事情誰又知？」

「不知才得籌謀啊！」

「哥哥還不如把心思用在唸書上！」

看她不接受，姜辭只得道：「妳現在還小，以後自會懂的。」

姜蕙哭笑不得。怎麼說，照她上輩子的年齡也是比姜辭大，豈會不懂？只是她沒有閒心考慮自己的終身大事，眼下麻煩夠多了。

她眼睛一轉。「哥哥，你既然覺得那幾位公子不錯，不如時常請他們來家中坐坐？」

「妹妹改主意了？」姜辭大喜。

「不是，只哥哥既是要籌謀，如何只能限於姻親？哥哥將來若能入仕，助力自是越多越好，朋友總是不嫌多的。」

這話不錯，姜辭摸摸她的腦袋。「阿蕙還是挺聰明的。」

跟摸隻貓兒似的，姜蕙著惱，可瞧他滿臉疼愛，也知是真關心自己，便由他了。倒是想起穆戎，詢問：「這穆公子才來書院，哥哥便覺得了解他？」

「此前我與他說得幾句，見他對事都頗有見解；再說，他是蔣夫子遠親，想必不差的。」

蔣夫子遠親？姜蕙更是糊塗，他假扮學子真為唸書，還是有旁的目的？倒不知會留多久？轉念一想，又關她何事？

她叮囑姜辭。「哥哥莫忘了我說的。」

一直到下午申時，他們才坐了馬車回去。

過幾日，老太太想起姜蕙說的，與老爺子道：「如今阿辭與阿蕙都在這兒，我看，是不是把老大一家都叫了來？阿辭跟阿蕙到底也還小，身邊豈能沒有娘親？老大媳婦原本也疼幾個孩子，讓他們分開總不太好。」

聽到老大媳婦，老爺子面露不喜。當年梁氏暈倒在路上，大兒子姜濟達救回來，後來生了情愫，死活要娶她。老爺子一開始不答應，好歹姜家在鄠縣也是有頭有臉的大地主，姜濟達娶個良家女子一點不難，偏偏梁氏卻是個來歷不明的，說是父母雙亡逃難至此，老爺子覺得不像，父子倆從那時候就鬧僵了。

這件事最後還是老太太兩邊勸說，老爺子才退了一步，但他還是很不喜歡梁氏，直到姜辭出生，聰敏伶俐，與老爺子頗是投緣，情況才有些改觀。

見老爺子眉頭皺著，老太太道：「這次看到阿蕙，當真是漂亮，不可能再嫁到鄠縣去，自是要在宋州訂親的。或許老二哪日高陞，也得跟去了，這訂親哪裡能少得了父母？」

老爺子心頭一動。「妳的意思是？」

「如今咱們也不只是地主家了。」老太太心思細膩。「自濟顯做了官，咱們跟著也看了許多，那些官宦人家，哪個不是有幾門好親家的？便是沒有，也是使盡了法子。」

老爺子終於明白她的意思，不由笑起來。「還是妳想得周到，雖說阿瑜、阿瓊將來的婚事定是好，阿蕙也不能太差。」

「是這個理，便是老二跟老二媳婦也希望他們來，阿瑜也很想念寶兒。」

老爺子點點頭，但忽地又皺眉。「那家裡一大片田怎麼辦？」

「雇人看管無事的，那些侯爵家，我聽說不知道多少良田呢，人家未必就住那兒啊！」老太太比起老爺子，腦子就是活絡。「要麼，讓老大常回去看一看，他反正也閒著，兩邊走走。」

老爺子想一想，答應了。

老太太還有旁的要說。「既然老大一家來，那秀秀也不能一個人留在鄠縣。」

那是她的親生女兒，自從死了丈夫之後，在夫家守寡，他們來了宋州後，她不止一次寫信給老太太，說要跟著來，可老爺子不准。現在正是個機會。

「老大走了，萬一夫家欺負她，哪個能幫忙？給那王家些許錢，自會放她來的。」

老爺子道：「可女人家死了男人，不就得守寡嗎？」

老太太一聽，眼睛紅了。「老頭子，那可是咱們親閨女啊，你真忍心她受苦？她才二十二歲啊！以後一輩子怎麼過，給夫家做牛做馬不成？」

看她真要哭了，老爺子又心軟。這老太太雖然不是原配，可在他看來，比原配夫人強多了，不只把整個家打理得井井有條，還給他生了個爭氣兒子，故而老爺子很是看重，當下就嘆口氣。「那妳拿主意吧！」

不等第二日，老太太就叫姜濟顯去信給姜濟達。消息傳到姜蕙耳朵裡，她自然高興。總算一家又能團聚，也正朝她希望的方向走。

姜辭聽了姜蕙的話，果然等到休沐日，總會與那幾位公子在一起，要麼請來家中喝茶，要麼一起去攀山看景，不過聽說穆戎從不去旁人家作客。
他這等身分，自是如此，尋常不與人親近。但這樣也夠了，因胡氏早晚會發覺。
正如她想的，胡氏這時正跟老太太說：「上回來家中作客的公子，有位胡公子，您當是誰？他二伯竟是在京中當侍郎的！那可是三品官，我瞧著這胡公子為人也不錯，便是還沒考上舉人，可在應天書院唸書，總是不差。」
老太太有點興趣。「那他是宋州人氏？」
「倒不是，他父親在衡陽做知府，他現是住在三叔家。他三叔在此地經商，開了糧油鋪的，來宋州，還不是為在應天唸書？」
這等家世自是教人心動，老太太心想，姜瑜生得也不差，有女夫子教導，一言一行堪稱大家閨秀，如今老二又是宋州知府，要促成未必難。可是姜家與金家多年交情，她想來想去，總是難以開口。畢竟那金佑安也不差，還是個舉人。
胡氏看她猶豫，便有些沮喪，回來與張嬤嬤道：「我還是低估兩家情誼了，可情誼能當飯吃？」
張嬤嬤笑道：「太太莫急，老太太只是不好意思開口。」
「如何不急？萬一哪日要定下來，可是委屈我阿瑜了，嫁到這等窮人家，還得我拿錢出來補貼。」她越來越看金家不順眼。
等到這日金家來作客，金太太當眾誇讚姜瑜，說她秀外慧中，不知誰家有福氣娶到……
胡氏暗地裡冷笑一聲。「是啊，不是我誇自己女兒，當真是天上有地下無的，要娶我家瑜兒，非得是個好人家，聘禮不能少了二十四抬，家中服侍我女兒的，怎麼也得六人，這樣我才好放心。」

一席話說得金太太滿面赤紅。老太太也驚愕，沒想到胡氏這麼忍不住。

倒是姜蕙笑盈盈看好戲，眼見金太太跟金荷都垂下頭，又不能露出惱恨的樣子，她只覺渾身舒爽。這樣才對嘛，一早就該撕破臉，看金家如何受得了這羞辱！

果然金太太坐不住，與老太太道：「家中還有事，便先走了，改日再來看您老人家。」

金荷卻不走，抬起頭時又笑得璀璨。「娘，咱們才來，我還未與瑜姊姊、阿瓊、阿蕙說話呢，一會兒我自個兒回去。」

姜蕙一怔，打量金荷一眼。遇到這種情況，居然還不知難而退？

金太太准許，先告辭走了。老太太叫了胡氏單獨說話，四個姑娘家在園子裡玩。

姜瑜這樣的年紀，自然聽得懂胡氏的意思。看來母親是不願把自己嫁給金佑安……對此，她無甚想法，只覺得對不住金荷。

姜瑜柔聲說道：「妳別怪我娘親，她說話有時太直了。」

金荷笑道：「瑜姊姊說什麼呀，不管如何，我跟瑜姊姊總是好友吧？難道太太說了這幾句，我就不理瑜姊姊不成？咱們還是跟往前一樣。」

看她心中沒有芥蒂，姜瑜很高興。「這就好了。」二人又如好姊妹一般。

姜蕙看姜瑜這樣單純，嘆了口氣。要是她一門心思討好某人，結果到頭來白費工夫，心裡不恨才怪，也就姜瑜相信金荷。不過話說回來，她不曾重生的話，興許也難以識得。人總是要遭遇些經歷，才能變得聰明一些。

胡氏被老太太訓了一通，哭哭啼啼，後來姜濟顯知道，又說了幾句，胡氏滿腹委屈。她這還不是為女兒好？一個個只知道來指責她。

但總是值得的，金太太自上回便再沒來過，也必是知道這事成不了。

到四月中，園子裡海棠花開時，姜濟達偕妻子梁氏、寶兒、姜秀，終於來了宋州。

第六章

姜蕙高興壞了，撲到梁氏懷裡哭。「總算到了，我可想你們了！怎麼走那麼慢，這麼久才到？」

梁氏輕撫她腦袋，笑道：「宋州離鄠縣本就那麼遠，能多快？快別哭了，還跟小孩子似的。」

寶兒拉著姜蕙的手。「阿姊、阿姊，我也想妳，妳走了，阿娘給我梳的頭不好看。」

姜蕙噗哧笑道：「是了，以後還是我天天給妳梳。」這小妹長得粉妝玉琢般，最是漂亮，將來定是個大美人兒。姜蕙抱起她。「走，寶兒，咱們去看堂姊堂妹。」

那二人已經迎上來。姜瑜一見寶兒就搶著抱。「寶兒，妳重了呀，馬上我就要抱不動了。」

寶兒笑道：「大堂姊，我可想妳了。」

姜瑜越發喜歡她。「我也想寶兒，一會兒帶妳去坐鞦韆？咱們園子裡有一個。」

寶兒直道好。姜秀在後頭發脾氣。「妳們都沒看到我？」

說起這個姑姑，姜蕙對她一點好感也沒有，故而剛才見到她，只奇怪為何她也來了，此時方才敷衍道：「姑姑，妳今兒穿得真漂亮。」

姜秀這一身花紅柳綠的，確實惹眼。聽到姪女兒稱讚，她笑起來。「那當然，這可是鄠縣最時興的裙衫。」

姜瑜跟姜瓊互看一眼，都有些瞧不起。這姑姑死了丈夫，照理還在守寡，居然如此打扮，還了不得，也不知道怎麼想的。

姜蕙跟姜濟達道：「哥哥跟阿照都在唸書呢，怕是要晚上才回。」

「無妨，總是能看到的。」姜濟達側頭看梁氏一眼，見她正與姜瑜說話，便小聲道：「阿蕙，妳娘原本還不肯來，我勸了幾日才肯，路上也是心事重重，問她也不說。妳與妳阿娘親，不如哪日問問。」

姜蕙應了聲，心裡知道怎麼回事。因梁氏來歷不明，她恐是想隱在宋州，只可惜被有心人盯著，在哪兒都一樣，還不如在二叔身邊，他總是個知府。

一行人去往上房。府中下人聽說姜家大房來了，少不得相看，見到梁氏都不免驚異。果然如傳聞所說，她那右半邊臉上有一塊極嚇人的疤痕，教人看一眼就要轉過頭，可見到另外半邊，卻又是極吸引人的。他們便有些明白為何大房的兒女會如此出色。

姜濟達見到老爺子、老太太，激動地喊了聲阿爹阿娘，其他人也都上去見禮。

老爺子滿臉笑容。「你們總算來了，我這東盼西盼的，差點就叫人去接你們！」說罷，瞄一眼姜秀，皺眉道：「妳這穿的什麼？」

姜秀撇撇嘴。「阿爹，我來宋州總不能給你們丟人，得穿好一些吧？」

老爺子頭疼。老太太忙道：「先快些進屋了，要說什麼、要玩什麼都放一放，趕了這麼多天的路，哪能不累呢？」

她吩咐下人領他們先去客房，行李也收拾起來。

「是得歇息會兒，晚上給你們接風。」老爺子看胡氏。「都準備好了吧？」

「好了，爹放心，今兒廚房買了兩隻雞、一隻鴨、一隻豬腿，還有些魚，總是齊全的，還能讓大哥、大嫂餓著了？」胡氏笑。

老爺子滿意地點點頭。

姜濟達與老爺子說良田的事情。「……已經尋了可靠的莊頭看著，我以後每隔三個月回去一趟，把帳算算清。」

「這些事以後再說，你娘都說了，趕路這麼多天能不累嗎？快先去休息。」他拍拍大兒子的肩膀。雖說姜濟達唸書不行，可人老實，田地交給他，老爺子還是放心的。

姜濟達應一聲。

晚上，姜濟顯、姜辭、姜照回來，正是吃飯的時候，父子兄弟訴完離情，便上桌吃飯。因是接風，酒是不會少的，姜濟達兄弟兩個也是闊別了兩年再見，互相敬酒不停，老爺子看兩個兒子和睦，也高興，多喝了幾杯。至於姜辭、姜照兩個小輩，平日裡不可能喝酒，這會兒沾了幾下，便有些吃不消。到最後，除了女子，全都醉了。

幾個姑娘家看他們露出醉態，抿嘴笑起來，胡氏忙叫下人扶著一個個回屋，一邊笑道：「今兒都盡興了，看把他們高興的。」

老太太道：「一家子難得聚一起，當然是這樣的。早上記得早些喊醒他們，尤其是濟顯，不能耽誤了衙門事務，煮些醒酒茶給他們喝。」

這是難得的一次團聚。姜蕙這晚上睡得特別香，心想，如今都聚在一起，將來也定是和和美美。

梁氏、姜秀與寶兒第一次來宋州，胡氏算是殷勤，主動要帶她們去街上看看。這兒商鋪比之鄠縣可多了，買的東西也多。結果梁氏不肯，說是麻煩她，倒是姜秀急吼吼的，連忙就要出去。胡氏最後只得帶了姜秀去。

姜秀用了她不少錢，買衣料、買吃食、買首飾，胡氏後悔死了。果然這小姑子不懂事！還當幾年未見，有所改變，竟是一點不改，難怪除了老太太，誰都不喜歡她。胡氏尋了個藉口就回來，姜秀還不盡興，自個兒在街上逛到很晚才回。

姜蕙跟梁氏道：「阿娘，您戴個帽子去又有什麼？不如我明天與您出去瞧瞧？」

在鄠縣，梁氏住了十幾年，那些左鄰右舍早就習慣，故而她對自己臉上的疤痕也不介懷，可到了宋州又不一樣，再如何，還是怕別人的目光。便是女兒這麼建議，梁氏仍是不願，笑道：「為娘這把年紀了，對此也無興趣，妳帶寶兒去便好。她這小饞嘴，就是喜歡吃，宋州吃食很多吧？」

「多啊。」姜蕙有些失望，不過還是尊重梁氏的意思。「那我就帶寶兒去了，再叫上堂姊堂妹。」

第二日，四人出去玩。宋州的長興街吃食最有名，兩排都是小攤子，賣什麼都有，藥木瓜、凍圓子、辣腳子、辣蘿蔔、米糰子、酥水晶鱠、煎夾子……五花八門。

寶兒聞到香味就流口水。小女孩才六歲，是光知道吃的年紀，這個也要那個也要，三個姑娘都疼她，一下買了好些。

看她吃得香甜，姜瑜打趣。「寶兒，妳再吃可要成圓子了。」

寶兒歪頭道：「堂姊不喜歡寶兒了？」

「喜歡，圓了更可愛。」姜瑜笑道。「不過不能多吃，要生病的，知道不？吃了走走，等餓了再吃。」

「好。」寶兒從善如流。

幾人又去十合香看了看，買了些熏香。姑娘家都喜歡這些東西，一去便待了好久，每人都買了幾樣，姜蕙想著梁氏不肯來，便給她也挑了兩盒適合的熏香。稍後又去看料子、看首飾，這些倒是沒買幾件。因都是貴重的東西，她們只是姑娘家，手頭銀子不會多，別說府裡每月原本也要添置。

等她們從一家珠玉鋪出來時，姜瓊擦一擦額上的汗，抬頭看天。「難怪那麼悶熱，原是要下雨了。」

只見天已被烏雲遮掩，黑沈沈的。姜瑜問了下婆子，驚道：「咱們該回去了！」

不知不覺，竟到酉時。就在說話間，瓢潑大雨忽然落了下來。

姜瓊哎呀一聲。「那麼大的雨，早知該問過吉日，不宜出門。」

「出來時天還好好的，宋州當真是五月天、孩子臉，說變就變。」姜蕙道。「還沒帶傘出來。」

姜瑜叫兩個婆子去買，想到書院裡的姜辭、姜照，又加一句。「不知他們帶傘沒有？妳多買兩把。」

婆子冒雨前去，回來時，渾身濕透。姜蕙見狀道：「這雨不知何時停呢，便是撐傘也不行，淋濕了怕生病，尤其是寶兒，不如在此等等。」

姜瑜無奈。「也罷，就怕家中阿娘著急。」

「怕什麼，又不是去遠處。」姜瓊眼睛一轉。「總是晚了，咱們往回走一段，索性等了堂哥、阿照一起回來，反正要去送傘。」

「那怎麼行？路上好些學子。」姜瑜很守規矩。

姜蕙笑道：「阿瓊說得不錯。堂姊，前頭那條路便是通書院的，咱們也不要去到門口，只在那兒鋪子前等著就好，他們回來都經過這條路。」

二人都這麼說，姜瑜也依了，反正現下閒著也是閒著。這兒一長排商鋪連著，在屋簷下走路淋不到雨。幾人往回折去，片刻工夫就到書院附近。

姜蕙想起一事，從婆子手裡拿來吃食。「一會兒給他們路上吃。都在長身體呢，哥哥說，還沒到家就總是餓了。」

「是啊，阿照也這麼說！」姜瓊笑道。

雨此時已漸漸小了，姜瓊探頭探腦，忽地指著前方道：「來了、來了！哎呀，這些小廝忒不像話，也不知道去買傘，堂哥跟阿照擠在一把傘下面。」

姜蕙忙叫金桂撐著傘過去，一邊道：「哥哥、阿照，咱們來接你們來了。」

姜照哈哈笑起來。「來得好、來得好，沒想到這雨一直下。」

「誰讓你們不帶傘，也不知道叫人買去。」

姜辭道：「雨那麼大，也不消他們跑了淋濕，本想會停的，幸好穆公子有傘，咱們借了一把。」

姜蕙這才發現穆戎就在後面。油傘遮去了光，顯得他臉上很暗，整個人像是隱在雨幕裡，偏又穿一身深紫的直裾，越發暗沈沈的。

但姜蕙也不想看見他的臉，對姜辭道：「我帶了吃食，你跟阿照吃吧，這會兒總是餓了。」

誰料姜辭道：「阿蕙，穆公子借咱們傘，這吃食就當道謝好了。」

姜蕙一怔，手把食盒握緊了。穆戎挑眉，其實他才沒想借傘，那傘原是何遠的，但姜辭看到，以為多了一把，便說借一借，他自然沒有拒絕。總是借了，但這姑娘好似不捨得把吃食送給他。

過得片刻，姜蕙才把食盒往前一遞。「穆公子，謝謝你。」

食盒是深褐色的，她的手卻是雪白，如同美玉置於案上。穆戎原也不想拿，可不知為何，因她的手，忽然生出一種錯覺，這食盒裡的東西定也是美味的。

他伸出手，握在食盒上。「破費了。」聲音極輕，像是雨滴落入雪中，卻那麼清楚，一如往昔。

姜蕙忍不住抬起眼，見到他俊俏的臉孔。還是如以前一樣出色，沒有可挑剔的地方，甚至因為年輕，少了些沈鬱，多了些飛揚，更為吸引人。

姜蕙心想，便是因這等樣子，所以當年他領著她從曹大姑那裡出來，自己心裡異樣地生出欣喜。誰想到是空歡喜一場……她在他沈靜的黑眸中，見到那些過往，飛一般地掠過去。

她迅速放開手，往後退了一步。穆戎甚覺有趣。

這姑娘的眼睛好似能說話，剛才看著他，像是說了好些，不過他不明白她在說什麼，只覺那些情緒在她眼裡，顯得那樣複雜。他莫名地心裡一動。

好像她認識他似的……可怎麼會？他從不曾見過她，若他見過，這等樣貌，誰又會忘記？

姜辭此時道：「穆公子，前頭幾位妹妹在等著呢，我與堂弟先告辭了。」

穆戎頷首。

幾人回來之後，姜蕙頭一個就把姜辭拉到偏廳，質問道：「哥哥，書院那麼多人，你為何會借穆公子的傘？」

借傘不說，還要她送吃食。捫心自問，她真不肯，還是考慮到穆戎的身分，才願意的，畢竟那不是可以得罪的皇子。

姜辭笑道：「不是妳叫我多結交朋友？阿蕙，這穆公子，我越發覺得不似常人，將來必是前途廣大，指不定還位極人臣呢。」

姜蕙瞪他一眼。「你怎不去當神棍？」

姜辭大笑，又有些不明白她為何生氣。「阿蕙，妳到底怎麼了？」

姜蕙沈默，她又不能說實話。

「莫非穆公子得罪過妳？」姜辭心想只有這個原因，不然妹妹為何會不喜歡他？這穆公子雖然冷淡，可談吐不凡，自己很欣賞他，所以才刻意親近的。

姜蕙搖搖頭。「自然不是。」

要說起來，穆戎真不是她仇人，除了不給她贖身，不幫忙找妹妹，不真心喜歡她，他其實對她還算好。可不知為何，她見到他，心裡就不舒服。

姜蕙輕輕吐出一口氣。「哥哥，其實也沒什麼，你既然覺得穆公子不錯，結交歸結交，可莫要帶他來家裡。」

姜辭笑起來。「他肯來才好呢。」意思是人家還不屑。

姜蕙撇撇嘴。「那最好。」

晚一些，老太太把胡氏叫來說話。

一開始只當又為金家，胡氏繃著一張臉，結果聽了老太太說的話，臉色繃得不能再繃了，差點跳起來。「娘，您叫我給小姑相個相公？」

老太太看她那麼驚訝，皺眉道：「秀秀才二十二歲，再成親不是人之常情，莫非還得守一輩子寡不成？她夫家都不曾這般要求，便是越國法令，寡婦也還是可以再嫁的。」

胡氏無法反駁，吶吶道：「那娘覺得找個什麼樣的合適？」

「自然要對她好了，品行也得端正。」

老太太三十來歲懷了姜秀，老來得女，也是她唯一的女兒，自然是疼愛的，故而捨不得她一個人留在鄠縣，當然也希望她能再嫁人，這樣做母親的才能放心。

胡氏頭疼。姜秀那麼不討人喜歡，她是一點也不想幫她，可老太太既然說了，不好拒絕，這時候，她就有點不甘心了。畢竟她不是長媳，梁氏才是，但一出事，什麼都落在她身上。

胡氏道：「娘，這事也找大嫂說說，人多才好商量。」

老太太道：「她才來宋州，哪裡認識什麼人。」

「現在不是來了嘛？以後我出門，都與她一起，她很快就能適應的。在鄠縣，她還不是樣樣事情都能處理？」

老太太聽著，點了點頭。

胡氏忽然又拿起帕子抹眼睛。「娘，我這不是叫苦，其實您過來人哪裡不知道？我又要打理家務，又要與那些官太太交往，別提多忙了，還得看著三個孩子，不管是阿瑜、阿瓊、阿照，我都盡心照顧，您與爹也是一般。」

這話不算虛，老太太安撫道：「我也不是沒考慮過，所以阿蕙當初說的時候，我想著老大與老大媳婦過來，是可以幫點忙。畢竟咱們這家越來越大，兒孫滿堂，以後必是興旺得很，又哪裡少得了人呢？就是請人，也沒有自家人來得妥當。」

「娘了解兒媳的苦處便好。」胡氏擤了下鼻子，眼睛紅紅的。

老太太道：「那明兒妳看著，有什麼要做的交給老大媳婦，她也是個明理的人。」

胡氏這才笑起來。「知道了，娘。」

她很快就照辦，把手頭瑣事交予梁氏。姜蕙還不知，正跟姜瑜、姜瓊在女夫子那裡學琴。

第七章

在鄠縣，幾乎是沒有人家請女夫子的，只有大一些的州府，講究的人家才會請。女夫子聽她們彈了一遍，笑道：「還得多練練，尤其是三姑娘。」

姜瓊是個坐不住的人，故而學什麼都差一些，聞言一下子趴下來，拍著桌面道：「夫子，我彈這個彈不好，妳要教我點武功還行。」

其餘二人噗哧笑起來。

姜瑜一戳她腦袋。「淨會胡說，妳女兒家學什麼武功？」

「彈琴沒意思。」姜瓊撓撓頭。「還是在鄠縣好，想怎麼出去怎麼出去，爬樹摸魚都沒人管。」

那段年少的時光很美好，她們三個小姑娘總是在一處，要麼去河裡撈魚，要麼去山上摘野花，就是在家中，因有大片田，有家畜，看看牛羊都挺有趣。

可自從姜濟顯做了縣令，完全變了個樣，胡氏也學起那些官太太的作風。

見妹妹又滿口胡話，姜瑜皺眉道：「妳就是不學，在鄠縣嫁人了，也一樣不能到處玩。」

女夫子聽著笑，又有些傷感。她是過來人，如何不知道嫁人前與嫁人後的差別？

姜蕙托著腮，慢悠悠地問女夫子。「夫子，您教過那麼多學生，可有像阿瓊這樣的？」

「阿蕙，妳取笑我？」姜瓊瞪起了眼睛。

女夫子笑道：「阿瓊還小。」

「聽聽，阿瓊，可沒人像妳這樣懶。」姜蕙眯著眼笑，水光含在眸中，晶瑩透亮，說不出的迷人。

姜瓊揶揄。「妳自己也好不了多少，咱們這兒最刻苦的是姊姊，妳剛才聽女夫子教課還睡著了！」

姜蕙笑起來。「那也彈得比妳好。」

姜瓊氣死。

女夫子道：「阿蕙指法很熟練，若是勤加練習，當是一日千里的。」她看著姜蕙的目中頗有深意。

看來這女夫子還是有本事的，她確實在曹大姑那兒學過。其實不只琴，琴棋書畫都略通，可她現在是鄠縣來的鄉野姑娘，哪裡好表現出來？

姜蕙坐直，笑著道：「謹記夫子教誨。」

三人學了會兒，從書房出來，姜蕙先去看了寶兒，見寶兒正睡覺，便去找梁氏，結果梁氏竟不在。

下人告知。「去廚房了，二太太把廚房的事交由大太太管了。」

姜蕙眉頭挑了起來。她等在屋裡。

稍後，梁氏回來，見她正坐著喝茶，便笑道：「今兒學琴學得如何？」

「女夫子誇我指法熟練呢，將來定是能彈出好曲子的。」姜蕙正色問道：「聽說娘要管廚房了？祖母說的？」

「如今事情都是妳二嬸管，自然是她說的。」

姜蕙臉色一沈，憤憤道：「管廚房多累？從早到晚，那些下人都會請示阿娘，問吃這個、又問吃那個的，又有個人喜好不一，阿娘都得叮囑。除了這些，還得點算每日用錢多少，多麻煩啊！要我說，這個最是吃力不討好，眾人吃得舒服便罷了，要誇也是誇廚子燒得好。」她絮絮叨叨。

梁氏看著好笑，撩一撩她頭髮。「阿蕙，妳小小年紀竟懂得這些，真厲害呀。」

「娘，現在不是厲害不厲害的事情，這事您推了。」她捨不得梁氏吃苦。

梁氏道：「阿蕙，凡事不能只想自己，為娘在鄠縣也逍遙幾年了，妳二嬸在此伺候妳祖父祖母，難道不辛苦？我既然來了，做這些也是應當。」

姜蕙被她一說，怏怏道：「娘說得也不錯，不過二嬸要欺負妳，妳定是要與我說。二嬸還不是看不慣妳歇著，可也才來幾日呢。」

她幫著胡氏對付金家，可不代表她喜歡胡氏，不過利益相同罷了。在她看來，胡氏可不是個良善的人。

梁氏見她無禮，嚴肅道：「阿蕙，莫這樣說妳二嬸。」

在教導孩子方面，梁氏比姜濟達要嚴苛些，姜濟達性子人大咧咧，只要孩子高興就好了，可梁氏會教他們做人的道理，她是恩威並濟。

姜蕙忙點頭。「是了，阿娘，是我說錯。」

梁氏又笑起來。「其實在廚房也有好處，今兒我叫他們做了鴨羹，現今雨多，山中長了好些菌子，放進去更是鮮美，妳與寶兒都喜歡，一會兒多吃些。」

「好啊，娘真好。」姜蕙拉住她的手搖了搖。

她的阿娘雖然藏了好些秘密，可是她在孩子面前總是開朗樂觀，也不屑與旁人爭搶東西。可即便如此，也落得那樣悲慘的結局，為了保她與寶兒，捨去自己一條命。

姜蕙鼻子酸酸的，越發恨起何夫人。她回到屋裡，拿起筆，叫金桂捧了顏料來。她要畫一幅畫。

何府落在隆慶街。此時除了零星燈火，府中很是黑暗。何夫人不愛明亮，故而下人們都不敢點燈，也不敢多說話。整個府邸安安靜靜的，像是連蟲鳴也聽不到一聲。

上房裡，何夫人好一會兒才道：「那賤人當真在宋州了？」

「是，也才來不久。」劉嬤嬤回答。

何夫人的手慢慢抖了起來。

劉嬤嬤小聲道：「夫人，要不要……不知她可會遇到老爺？」

何夫人聲音尖了起來。「遇到又如何？她現在這等樣子！」

劉嬤嬤嚇一跳。

何夫人又安靜下來，伸手輕撫一下衣襬，道：「她最是愛美，如何會用這張臉去見他？不過她也只有這張臉了，不然誰人瞧得上，不過是個亡國奴婢！」

話音剛落，她眼前卻浮現出梁氏依偎在何緒陽懷中的情形。當年，她正懷著孩子，何緒陽就是這般對待她的！

她一下又握緊手，嘴唇輕輕顫抖，自言自語似的道：「賤人，我不會讓妳死得痛快，必得讓妳先嘗嘗什麼叫生不如死……」

劉嬤嬤聽她說出這等惡毒的話，渾身一抖，真有些後悔把梁婉兒的事情說出來，早知道便不告訴她，說不定以為梁婉兒死了，還能消停。

劉嬤嬤真想狠狠敲一下自己的腦袋。當初為了立功，迫不及待，如今卻是難以挽回。

「夫人，其實您何必，反正老爺也不知……」劉嬤嬤又試圖勸解。

何夫人垂眸看她一眼，冰寒徹骨。劉嬤嬤立時閉上了嘴。

何夫人合上眼睛思量片刻，忽地又道：「她那女兒也是個賤種。」

自從見過姜蕙，她就不曾忘記，好似看到了當年的梁婉兒。可不是，她只是在紅玉河邊一走，便引得男人紛紛注視，不是天生的賤人是什麼？

劉嬤嬤忙附和兩句。

「過陣子，仍得見一見她。」何夫人淡淡道。

劉嬤嬤這時又不明白自家主子什麼意思了，只覺心中一寒。

何夫人抬眼。「老爺今兒又在哪兒歇著了？」

「柳姨娘那兒。」劉嬤嬤戰戰兢兢。

「喔。」何夫人站起來，聽不出喜怒。她慢慢往裡屋去了，身影投在牆上，長長的。

一轉眼便是七月，眼瞅著要到乞巧節，家家戶戶都去街市趕買物什，那幾日車水馬龍，壅堵不堪。

乞巧節向來是最熱鬧的節日，姑娘們也很興奮，天天聚在一起。姜瓊道：「我已經尋好几案，叫人擦得乾乾淨淨，到時候擺在院子東邊，咱們拜一拜。」

「嘖嘖，真勤快。」姜蕙打趣。「看來咱們阿瓊等不得要嫁人了。」

姜瓊一下子跳起來撓她。

姜瑜在認真做針線。「妳們莫吵了，東西做好了不成？不然不誠心也不得用。」

姜瓊道：「我縫了個帕子。」

姜蕙懶洋洋。「我還未做，回頭縫個頭花好了。」

寶兒眨著眼睛。「我、我不會呢！」

三人哈哈笑起來。

姜瑜繡得一會兒，放下針道：「那日阿荷定也會來。」她嘆口氣。「可也不知……她好久不來咱們家裡了。」

往年，金荷都會來的，她們早已有感情。

姜瓊道：「那還不容易，既然姊姊想她，派人說一聲就好了。」

姜蕙真想告訴她們真相，可真的說了，怕她們會把她送去給高僧驅鬼。她微微嘆了口氣道：「興許她有旁的好友了，再說她願意來自會來，妳們去叫，她原本不願的，也不好意思。」

姜瓊不明白。「為何？」
姜瑜倒是聽懂了，點點頭道：「阿蕙說得對，興許那日阿娘說的話還是讓她傷心了。」
姜瓊皺眉。「說話彎彎繞繞的，真累，不高興便說出來好了，非得藏著不成？也罷，那任她去。」
她直脾氣，性子也剛烈，當年充入教司坊，不甘受辱，投河自盡。姜蕙佩服她的勇氣，也為她擔心，在這世上，沒有心眼如何行？
「阿瓊……」她想著，或許該說些什麼，可一張嘴，卻說不出個道理。
阿瓊現在這樣很好，很坦率，若是可以一直這般活著，未必差，何況她定是聽不進的。
姜瓊道：「何事？」
「到時再買些花來，聽說有花才靈驗，織女是個女兒家，定然喜歡的。」姜蕙改口，微微一笑。
姜瓊揶揄。「還說我呢，看看，妳才急著嫁人！」
但到得那日，姜瓊果然教人買了好些鮮花。雖然她年紀小，可指揮人一點也不含糊，比姜瑜、姜蕙還要積極些，但凡她可以做的，都會事先做好。
幾人先去看了拜月臺，乾淨明亮，上頭已經擺好了花、香爐，還有瓜果。
姜瓊道：「等吃完晚飯，咱們先去放河燈，回來洗個澡，再來拜月。」她拍起手，很憧憬道：「然後一直說話到天亮好了。」
姜瑜好笑。「那明兒還有力氣？」

「傻子才陪妳，早就睏了。」姜蕙伸了個懶腰。「這天氣，最是發睏。」

姜瓊看向寶兒。寶兒梳了個元寶頭，胖乎乎的，眨眨眼道：「有吃的，我就陪妳。」

姜瓊抱起寶兒。「還是寶兒好啊！」

不過幾人仍是很期待，時不時看向窗外，就等著天黑。眼見太陽下山，用過晚飯，她們正要出去，就見金荷來了。她穿了身嶄新的裙衫，上頭繡著梅花，一張瓜子臉薄薄敷了層胭脂，嬌俏可愛。

聽到她們要去放河燈，金荷的臉色微微一變。她沒想到，姜瑜她們竟真的不曾想請她來，多年情誼，原來不過如此！

又看她們穿著，綾羅錦緞、金釵玉簪，自己雖一身新的，也不過落得一個陪襯……她的手在袖中一握，笑道：「我來得正巧，不然晚一些，可見不到妳們了。」

姜瑜道：「原本想叫妳的，可怕妳不願來。」

金荷心想，現在又說什麼客套話，明明便不想請，不然她這些天不曾來，難道她們竟沒奇怪？可見從不曾想念她。

她笑一笑。「我如何不願來？只前些天家中有事，娘病了。」

「啊！」姜瑜忙關切地問：「可嚴重？」

「好了，不然我今日也不會來呢。」金荷笑容有些勉強。

金太太確實生病了，是被他們姜家氣倒的，這一病又花去不少錢，她今日如何能不來？

金荷拉著姜瑜的手。「走吧，不然得晚了。」

姜秀笑咪咪過來。「我與妳們一起去。」

她穿得花枝招展，老爺子皺眉。「她們姑娘家去放河燈，妳去做甚？留在家裡。」

姜秀氣道：「阿爹，為何不准我去？我寡婦就不能求一個相公了？」

老爺子更氣。「妳敢去試試！」

他本來就不喜歡這個女兒，要不是老太太，定是不願意讓她過來宋州。

姜秀不聽，又要說話，老太太忙道：「秀秀，今兒乞巧節事多，妳留下來幫幫妳大嫂跟二嫂。」

聽到母親也這麼說，姜秀恨得轉身去了裡屋。

胡氏撇撇嘴，叮囑姜辭、姜照。「你們一起，照顧些。」

雖說乞巧放河燈乃姑娘們最喜歡的事情，可總在河邊，又是晚上，故而家中男子也一併同行。

姜蕙一直盯著金荷，忽地問道：「阿荷，妳哥哥怎地不來？」

金荷身子一僵。

哥哥頗有些清高，自他從阿娘口裡得知胡氏的意思，便不肯再來姜家，她今日來，哥哥還攔著，可她嚥不下這口氣。

「我娘身體才好，哥哥要在家中陪著。」

「喔……」姜蕙慢悠悠道：「金公子真孝順。」

金荷垂下頭。

沁河邊此時已經好些人了，遠遠看去，河中有萬千星光流淌，走近一看，才知滿是河燈。

相傳牛郎織女於七月七日會在鵲橋相見，怕牛郎看不清路，耽誤了時辰，眾人便在人間河流放燈，讓牛郎織女早些相會。雖不知真假，但這樣一個美好的願望，姑娘家最是愛成全的，也帶著自己的願望，把河燈放於河上。

可姜蕙拿起籤紙，卻不知寫些什麼。要說她現在最擔心的，便是家人的安全了……她稍一思忖，寫下了一行字。

姜瓊寫完就開始打趣旁人。「阿姊，給我看看，妳寫什麼了？」

少女的心事如何示人？姜瑜自然不給她看，板著臉道：「妳不知道說出來就不靈了？快些放妳的。」

金荷在旁邊笑，一邊拿起河燈。

河燈上燃著蠟燭，也不知為何，燒得極快，中間流淌了滿滿的燭油，閃著些許綠光。

眼見幾人都放下去了，姜瓊催金荷。「阿荷，妳到底寫了什麼呀，還捨不得放？可是要我給妳放？」

金荷羞紅了臉。「我不告訴妳。」

她這般姿態，姜瓊更是好奇，上來就要搶。兩個人很快追在一處。

姜瑜作為姊姊，見妹妹不像話，就要上去阻止。姜蕙不敢鬆懈，也跟在後面。

此時，金荷被姜瓊一推，順勢就倒過來，手卻舉得高高的，蠟油順勢而下，倒向了姜瑜的臉……

第八章

姜蕙吃了一驚，幸好她一直盯著，急忙把姜瑜一拉，再伸出腳狠狠踹了金荷一下。金荷沒個防備，猛地坐倒在地。沒流乾的蠟油盡數滴在她大腿上，滾燙好似烈油，劇痛席捲而來，金荷發出一聲慘叫。

這事全在瞬息發生，姜辭這才回過神，奔過來道：「阿蕙，妳沒事吧？」

姜蕙一笑。「我自然沒事，不過阿荷叫得那麼慘，卻像是有事了，你們快去看看。」

眾人圍過去，只見她臉上滿是眼淚。

姜瓊哎呀一聲。「阿荷，妳被蠟燭燙到了？」她仍是一無所知。

姜瑜卻知道剛才是姜蕙救了自己，驚魂未定地道：「阿蕙，幸好妳拉住我，不然就潑在我臉上了。」

她關心金荷，與下人道：「快些扶阿荷起來，去看大夫！」又責備姜瓊。「都怪妳，好好的去搶阿荷的河燈，妳看看，現在害得阿荷成這樣了！」

姜瓊抱歉。「阿荷，都怪我不好，早知道我就不搶妳的燈了，其實又有什麼好看的……」

金荷只哭，話也說不清楚。「無妨……無妨的，好……好痛啊……」一邊說，卻一邊用淚眼看眾人，只見都是同情之色，唯有到姜蕙時，她一雙明眸比河燈還亮，滿是嘲弄，像是看透了她所做的一切。

金荷心裡一驚，垂下頭去，忽地想起剛才挨了一腿，是姜蕙踢的，她渾身不由發寒，好像遇到鬼。

姜蕙笑了笑，看向她的腿。蠟油已乾在裙子上，成了污濁的一團，看起來與她的人一樣，教人噁心。

她一開始還真沒想到金荷會如此做，幸好自己從不曾信她。只不知把姜瑜的臉弄毀了，對她又有何好處？

她走在後面，眉頭皺著，正想得聚精會神時，耳邊忽聽得一句。「小心摔了。」

她一時以為出現幻象，怎是穆戎的聲音？

看她受到驚嚇似的，眼睛猛地睜大，穆戎不由一笑。剛才他可是看著她救人的，那一腳也夠狠，現今露出這等樣子，卻又覺可愛。

「妳看腳下。」他再次提醒。

姜蕙低頭一看，原來前方有塊大石頭，她轉眸一瞧，果真是穆戎，忽地叫道：「哥哥！」

姜辭就在前頭，聞言回過身道：「怎麼？」

「穆公子——」她往前幾步問：「可是哥哥請的？」

姜辭見到穆戎，笑道：「自然不是。不過穆公子怎會來此？」

穆戎道：「今日便是蔣夫子都來了。」他甚少說話，這句話卻有意思。

放河燈時，沁河兩邊滿是荳蔻年華的姑娘，此乃大好風光，年輕公子誰不樂意來瞧一瞧？他雖是皇子，可少年情懷總是有的。

姜辭笑起來。「說得甚是，便是妹妹不來，我也會過來玩一玩。」

真是把無恥當風流！姜蕙暗道：明明就是偷看人家小姑娘嘛！她快步走了。

姜辭與穆戎說得幾句，互相告辭。

到得醫館，兩個婆子把金荷扶到椅子上坐著，男人們都退出去。大夫捲了她褲腳看，只見血肉模糊，巴掌般大的一塊皮燒得沒了，肉都露出來。

這般嬌嫩的姑娘當真是吃苦了，大夫看她可憐，詢問道：「如何傷的？」

「被蠟油滴到的！」姜瓊搶著回答。「大夫，能治好嗎？」

「蠟油？」大夫卻皺起眉頭。「蠟油的話，應該不會那麼嚴重。」

眾人奇怪。

可都是姑娘家，心思敏感歸敏感，卻沒有那麼縝密，姜瑜只道：「大夫，快些治好她吧，她現在疼得走都走不了。」

大夫沈吟片刻。「治是可以，不過恐是要留疤。」

金荷的臉一下子雪白，驚道：「要留疤？」

大驚小怪，姜蕙挑眉暗道：難道她自己竟不知？

大夫嘆口氣。「老夫盡力吧。」他命人拿藥來。

金荷忍不住哭了，抽噎不止。

姜瑜看得難受。「阿荷，都是阿瓊害妳，妳放心，治不好，咱們給妳再請個好大夫。」

金荷搖頭。「也不怪阿瓊，當初她要看，我給她看就好了，誰想到……是我命不好，怪不得誰。」

二人這番話落在耳朵裡，姜蕙當真聽不下去，可偏偏還難以拆穿金荷。她走到門外，與姜辭道：「剛才哥哥可看得清楚，到底怎麼回事？」

姜辭道：「不就是阿瓊要去追嗎？堂姊相勸，與金姑娘撞在一起……」

正如金荷演的那樣，大家也覺得如此，哪怕是她哥哥。

姜蕙小聲道：「哥哥，我若告訴你，你可相信？金荷是故意的。」

「什麼？」姜辭驚訝。

「我一早就懷疑她，不然豈會那麼巧？我若是慢一些，這蠟油可全潑在堂姊臉上了，這世上真有這等巧事？」

姜辭是個男兒，論到狠毒，都道最毒婦人心，他無法理解。「為何金姑娘要如此？」

「懷恨在心唄。上回二嬸羞辱了金太太，不想把瑜姊姊嫁給金公子。」這也是她猜測的，真相到底如何，只有金荷才知道。

「就為這個？」姜辭不可置信。「妳說的可是真的？」

「哥哥不信我？」姜蕙挑眉。「那你是寧願相信金姑娘了？」

她質問的時候，冷面含霜，姜辭忙道：「妳是我妹妹，再如何說我也是信妳的，只是覺得很可怖。女兒家……都是如此嗎？」

姜蕙差點想踹他。「哥哥！」

「好了、好了，我信妳。」姜辭吐出一口氣。「那咱們還救她，不是引狼入室？」

「所以咱們一會兒回去，必是要跟他們好好說的。」她與姜辭商量好。姜辭連連點頭。

因金公子在應天書院唸書，故而金家在宋州城租了一處院子，幾人把金荷先送回去。眼見女兒受傷，金太太大哭一陣。聽說是姜瓊不小心害的，那目光都能殺人了。倒是金公子再三勸，金太太才好一些。

至於金老爺子，他是縣丞，平日都在盂縣，不常來這兒。

姜瑜作為長女，再三給金太太道歉後，這才離開了金家。

本是歡歡喜喜放河燈，結果弄成這樣，幾個人心情都不好。回到姜家，老太太問起，姜瑜一五一十說了。

胡氏惱恨。「這金荷一來就沒好事！」

這二孀果然是個狠角色，還不知道始末呢，就推在金荷身上，姜蕙暗自心想。她也沒看錯人，故而才怕母親被欺負。

姜濟顯沈下臉道：「是阿瓊搶河燈害了阿荷，妳倒是說什麼呢？」

老太太也道：「是啊，這次得好好道歉了！阿瓊，妳怎麼總是毛毛躁躁的，女夫子教的，就不曾好好學？」

大家都在說她，姜瓊有點不樂意。「我雖是去搶，可蠟燭這麼危險，阿荷早該扔了，還拿在手裡，要不是阿蕙救了姊姊，這蠟油都要滴在姊姊臉上。」

老太太道：「真有此事？」

姜蕙見縫插針。「是的，幸好我跟著堂姊，不然可救不了她。大夫說了，阿荷受的傷也不似蠟油弄的，像是摻了別的東西。」

胡氏臉色極為難看，咬牙道：「好啊，這金荷那麼狠毒，竟然要害我阿瑜！」

「別胡說。」老太太很震驚。這金公子已經讓她失望，如今金荷竟也那麼不堪？可平日裡一點也不曾看出來。

姜辭與姜蕙打了個眼色，說道：「我在遠處瞧了，確實見金姑娘舉著河燈。尋常人要摔下來，哪裡還會高舉著東西？只顧著要找個東西扶一扶，手裡無論什麼，定是放下的。」

這話符合邏輯，眾人一想，都點點頭。老太太好久不說話。

姜濟顯道：「要辨別很容易，這金姑娘既是受傷了，明兒請個名醫去給她看看，是不是蠟油傷的，一看便知。」

還是相公聰明，胡氏誇讚道：「老爺這法子好，就不信她能瞞得過去！」

眾人你一句、我一句，唯有姜瑜最沈默。她沒想到自己那麼信任的金荷，竟然會害她。她無法相信，只覺心裡難受極了，忍不住落下淚來。金荷可是與她認識了那麼久的朋友啊……她們那麼好，甚至無話不說！

她搖搖頭。這定是假的，如果不是，她如何還能相信別人？

她垂著頭，姜蕙瞧她一眼，感同身受。當年，她還不是如此？只以為可以依靠的人，無一靠得上。這世上，除了至親，還是只能相信自己的。

她走過去，遞給姜瑜一方帕子。

胡氏這人很記仇，昨兒被眾人一說，認定了是金荷要害自己女兒，故而一大早起來就去回春堂請了坐堂的馬大夫，一同去金家。

金太太這會兒正是滿心怨恨，不過看在胡氏是知府夫人的分上，忍住了，上前行禮道：「勞姜夫人親自上門，過意不去。」

胡氏挑眉問：「阿荷呢？」

金太太道：「躺著歇息，昨兒疼了一晚上，我這心裡不知道多難受。姜夫人，雖然阿瓊不是故意，可未免也太冒失了。」

胡氏冷笑。「冒失不冒失難說，還不知道誰害誰！」

金太太大怒。身為母親，見到女兒受傷且還要留疤，原本就不知道多心痛，結果對方還倒打一耙，如何不氣？

「不知道姜夫人此話何意？」

「何意？」胡氏大踏步往裡面走。「阿荷不是傷了嗎？我給她請了城裡最好的大夫，這會兒就給她看一看。」

金太太奇怪，抬頭瞧一眼馬大夫，也是認識的，知道他是宋州的名醫，這本是好事，可胡氏為何來勢洶洶？

胡氏領著馬大夫進去。金荷看到胡氏，心裡咯噔一聲，作勢要下來。

胡氏淡淡道：「別動，妳躺著，給馬大夫瞧瞧。」

金荷忙道：「不用，昨日給大夫看過，已經好很多了。」

胡氏笑起來。小姑娘作賊心虛，可她不會手軟，坐在床邊，跟金太太道：「不是說傷得很重嗎？如今我專程請了名醫來，阿荷卻不給看，金太太，妳說這是何意？」

「阿荷，妳莫怕，快些給馬大夫看看。」金太太也奇怪了，只當金荷是害怕。「若是沒事也就罷了，若是嚴重，這事怎麼也得好好說清楚。」

胡氏聽出意思，冷冷一笑。

金荷沒法子，只得把褲腳捲了，從被子裡露出腿來。

馬大夫低頭仔細一瞧，搖頭道：「這肯定不是蠟油傷到的，蠟油滴在皮膚上，頂多傷一層皮，若是穿了衣服，更不可能傷到裡面。」

金太太一驚。「那這是什麼？」

「依老夫看……」馬大夫沈吟一聲。「既然姜夫人說是蠟燭裡滴出來的，那定是在裡面摻了松香了，松香灼熱，才能造成重傷。」

胡氏一聽，怒目圓瞪，伸手就往金荷的臉上打了兩巴掌，痛斥道：「好啊，妳這賤人！咱們阿瑜對妳多好，有些好東西就念著妳，妳倒好，做出如此惡毒之事，竟然想毀了我阿瑜的臉！」

金荷被打得臉頰顯出血印，她怔了下，哇的一聲哭起來。「我沒有、我沒有！」

金太太不信是女兒所為，搶上來護著金荷。「姜夫人，妳莫血口噴人！」

「是不是妳女兒做的，她自己知道！」胡氏揉了一下手掌。「也活該腿上留疤！馬大夫，咱們走。」

金太太叫道：「妳把話說清楚！」

「還不清楚？妳女兒原本要把蠟油倒在阿瑜臉上的，幸好被阿蕙阻止，她自作自受弄在自個兒腿上，妳自去問她！往後，咱們兩家恩斷義絕！」胡氏轉身走了。

金太太面如土色，回身問金荷。「妳、妳……」

「娘，我豈會做這種事。」金荷搖頭道。「這河燈也是在河邊買的，我哪裡知道有什麼松香，姜夫人不過是不想把瑜姊姊嫁到咱們家，這才賴在我身上。」

「定是的！」金太太也不信自家女兒會這麼毒，只覺胡氏欺人太甚。「十年河東十年河西，他們姜家未必就能一帆風順，阿荷，只是委屈妳了。」

「娘，我這腿……」

「妳放心，便是借錢，娘也得給妳治好了，將來再嫁個好人家。」金太太安慰。

金荷撲在她懷裡哭起來。

第九章

胡氏回到家，雖覺快意，不用再擔心姜瑜嫁給金佑安，可自己女兒被人這樣設計，心裡過不去。

她與姜濟顯道：「那金荷竟在蠟燭裡放松香，真是陰險，不如把她抓了，告她一條傷人罪。」

這事因馬大夫已經證實，姜濟顯道：「金老爺與我總算有幾分交情，阿瑜既然無事便罷了，那金荷也傷了腿，算是報應。」

胡氏不甘心。「這樣就罷了？老爺，可是有人要害咱們女兒啊！」

「沒害到便不成，妳有何證據？整件事全憑揣測，到時候金家反咬一口，說咱們官大欺人！妳聽我的，這事便算了，正是多事之秋，多一事不如少一事。」姜濟顯能做到知府不是偶然。

胡氏奇怪。「怎麼？莫非城中有大事發生？」

「妳莫管，只把幾個孩兒教好，尤其阿瓊，性子魯莽，若她不去搶河燈便無事，都落在別人算計之中。」

「這孩子天生如此，改也改不得。」胡氏見姜濟顯不想追究，也不好勉強，只提醒道：「那金荷如此，金老爺也未必對老爺真心，老爺還得防著點。如今出了這事，咱們兩家算是結仇了。」

姜濟顯挑眉道：「金老爺為人如何，我清楚得很，要提防，也是旁人。」

那就是金佑安了。等他考上進士做了官，被那金荷一攛掇，也不是不可能。胡氏道：「老爺心裡明白就好。」她頓一頓，想到生意一事。「早前我與娘提過賣了田開兩家商鋪，將來做好了，便是給女兒做嫁妝都好，老爺看如何？種田總是看老天，遇到乾旱水災，也是莫可奈何。」

姜濟顯沈吟會兒，道：「也可，雖說商人低賤，好些官員不屑為伍，可到哪兒能少得了錢？」別說當今聖上還甚為昏庸，朝綱不振，為保身，更得有條後路。

看自家相公露出疲倦之色，胡氏也不好打攪，便去上房了。既然姜濟顯都支持，她自然有了底氣，立時就與老太太說開商鋪的事情。一路通暢，很快得到批准。

姜蕙得知這消息，暗想胡氏還是得逞了，不過開商鋪不是易事，租買鋪子不說，還得買進貨物，雇傭夥計、掌櫃，沒有一樣不費心的。可胡氏明明連管個廚房都覺煩心，要推給她娘。

她想來想去，心中一動，突然明白了胡氏的意思。那田再多也是姜家二老的，每回收了錢必送到老太太手裡，而開了商鋪便不一樣。等著看吧，胡氏肯定是要把鋪子寫在姜照名下。

因姜濟顯是官員，朝廷明令禁止官員私自不得經商，原本還連帶著家屬，不過後來逐漸放寬，對家眷經商都是睜一隻眼閉一隻眼。

姜蕙突然皺了皺眉。胡氏從此後就有了自己的錢，買什麼都不用向老太太伸手，那他們大房呢？

比起二房，他們大房前途堪憂。姜濟顯總是知府，若躲過將來一劫，指不定青雲直上、步步高升，而她父親指望不上，哥哥也難說。鄉試不是那麼好考的，如幾千幾萬人過獨木橋，能順利走過去的有幾人？

她一時想得入神，動也不動。

金桂道：「姑娘，三姑娘來了。」

剛說完，姜瓊就走了進來。「阿蕙，妳快去看看姊姊，她成天悶悶不樂的，話也不愛說，別是病了吧？」

「是心病，妳讓她靜靜。」姜蕙道。「她難過著呢。」

自馬大夫去過金家後，姜瑜得知真相，大哭一場，後來一直不太開懷，也無法理解金荷的意圖。

姜瓊不以為然。「阿荷那麼壞，不理她便是了，不知姊姊為何不高興？要我說，早些發現是好事呢，不然常來家裡，想想都嚇人！」

「可不是？」姜蕙笑。

看來姜瓊不只性子直，在感情上也乾脆。

「要不咱們帶姊姊出去玩玩？她在家裡也不太好，總是想到金荷，越發不舒服，妳看如何？」

「也是個法子。」就當散心好了。

「那我與阿娘說一聲，咱們過幾日就出去！」

姜蕙從姜瓊這兒打聽消息。「我聽說二嬸要開鋪子，阿瓊，妳可知開什麼鋪子呀？」

姜瓊搖搖頭。「好像沒定下來。我來的時候，娘正在廳堂跟祖父、祖母說這事。」

姜蕙一聽，連忙往外走。
姜瓊跟上去。「阿蕙，妳去哪裡啊？」
「我去聽聽。」
「這有什麼意思呀，還不如咱們說說話呢。」姜瓊沒興趣。做小姑娘就是好，什麼都不用心煩，姜蕙道：「有這閒工夫，好好練會兒琴吧，省得下回又被女夫子說。」
姜瓊假裝沒聽見，快快逃走了。
上房廳堂內，果然三人都在。姜蕙進去的時候，正聽胡氏在說：「既然有十合香，熏香鋪子就不開了，我想著，要不開個館子？」
「開館子好啊，有吃有喝的，誰也離不了。」老爺子頭一個贊同。
老太太卻不同意。「這宋州多少個館子啊，妳打算賣什麼菜？」
「賣什麼菜還不得看請了什麼廚子？」
老太太道：「算了，這不好。」
胡氏道：「那開糧油鋪，總是穩穩當當的。」
姜蕙聽一會兒，插口道：「二嬸，不如開個藥鋪吧，再請個坐堂大夫，多好，咱們生病也不用再去請別家大夫。」
二老一聽，覺得不錯。可胡氏記得上回那一件，哪裡肯聽她的，說道：「城裡一家回春堂，坐堂的好幾個名醫，我開了，誰來看？」

姜蕙被她問住。可她不是胡說的，她雖然上輩子沒有來宋州常住，但姜瑜成親時，她隨同父母過來，也在這兒住了半個月。

當時姜瓊正在生病，她還聽見阿娘問胡氏，為何不請回春堂的大夫，胡氏說早就出事，被查封了，故而她覺得是個機會。

再者，便是拋開這個不提，開藥鋪也挺好的，因只要是人就會生病，這是逃不了的事情。

只是胡氏問出這話，教人不好反駁。二老覺得也是，那家藥鋪是老字號，新鋪子根本難以競爭。

見姜蕙不說話了，胡氏又道：「要麼就賣乾果。」

三人說得會兒，差不多定下來，打算開兩家鋪子，一家賣乾果，一家賣漆器。老爺子叮囑胡氏再問問姜濟顯的意見，畢竟兒子見多識廣。胡氏答應。

在一旁的姜蕙不甘心，又道：「祖父、祖母，開藥鋪真的很好的。」

見她那麼執拗，老爺子忍不住笑起來。「阿蕙，妳就那麼喜歡藥鋪？要不給妳開一家？」這自然是玩笑話。

誰料姜蕙的眼睛一亮，叫道：「祖父，我開！」

老爺子一下子怔住，另外二人笑起來。

「小姑娘怎麼開鋪子呢。」胡氏道。「妳懂什麼？」

姜蕙道：「不試試怎麼行，祖父，您剛才說了給我開的！」

機會稍縱即逝，她必須要抓住，不然靠自家父母，他們都不是伸手要錢的人，定是不能指望的。老爺子既然說出口，她豈有不要的道理？

胡氏看她如此厚臉皮，忍不住斥責道：「阿蕙，妳別胡鬧，讓妳祖父難做。」

「怎麼難做了？」姜蕙側過頭看著胡氏。「二嬸開了鋪子，照理說，我娘也能開一個。既然我娘不曾要開，那我開一個，難道不行？」

胡氏眉頭一皺，竟無言以對。

老爺子想起姜濟達，是了，他不能只顧著二兒子，雖然他辜負自己期望，那也還是親生兒子。

不等老爺子說話，老太太道：「那不如把老大、老大媳婦也一起叫來。」

姜蕙大喜，不過又有些擔憂。兩人該不會不肯要吧？真是愁死人了！

她先行走到路口等他們，見到二人來了，與他們說：「那鋪子我定要開的，阿爹阿娘，你們不想著自己，也得想著哥哥！」

幸好這話起了作用，梁氏不曾推辭。當然，姜濟達還是那麼老實，一開口就不要，說是怕做不好生意賠錢，但梁氏是母親，如何能不為兩個孩子考慮？

她想到姜蕙著急，恨不得求她的表情，笑道：「便給阿蕙好了。」

姜蕙鬆了口氣，偷偷拉著梁氏的手搖了搖。

一家三口出來，梁氏認真道：「阿蕙，這鋪子為娘給妳拿了，妳可真有把握？銀子也不能白白糟蹋的。」這女兒打小聰明乖巧，不過這兩年長大了，卻有些讓人摸不清，總有好些想法，她其實是有點擔心她的。

姜蕙用力點點頭。「娘放心，我會好好考慮的。」

「不過行商常拋頭露面……」梁氏又道。

「儘量少露面！」姜蕙保證。「實在不行，我會叫阿爹與哥哥去。」

梁氏搖頭。「妳這孩子，其實做生意又哪裡這麼容易？」

姜蕙笑。「便是掙錢難，所以咱們才要自己掙錢。」

花著別人辛苦掙的錢，總是不自在，哪怕是父母。最好的法子就是自己掙到錢，不用看任何人的臉色，想買什麼便是什麼。將來哥哥要娶妻，他們自己也能添置聘禮。

想得真遠，姜蕙拍一拍腦袋，還得先把鋪子開起來呢！

她回到屋裡，就把開鋪的事宜一條條羅列起來，一整天就在寫這個，姜辭從書院回來，得知這事，疾步跑來。

「阿蕙，妳真要經商？」他急道：「哪有姑娘家經商的，小心嫁不出去！」

「這算什麼經商？」姜蕙慢條斯理。「一個小鋪子，都不好意思說經商，要說，也只能是幫家裡打理一下。」

「那也不行，我來還差不多。」

「哥哥有空嗎？」

「妳也無空，妳不是要跟女夫子學習？」

「我一天只學兩個時辰，空得很。」姜蕙擱下筆。

姜辭上來握住她的手。「阿蕙，妳得嫁個好人家啊，妳這樣，將來怎麼辦？」比起母親，好似姜辭更看重她的終身大事。

姜蕙微微一笑。「哥哥，我嫁不嫁得了好人家，本是由你、由姜家來決定的，我做什麼不要緊。可嫁個好人，那就不一定了。」

姜辭一怔，細細一想她說的話，不由吃驚。正是這個道理。

他一時不知道說什麼，半晌才道：「阿蕙，我會好好唸書的，明年一定考個舉人回來。」

姜蕙笑道：「也莫要太看重，患得患失，反而不好。」

「妳總是那麼多道理。」姜辭揉揉她的腦袋。「也不知哪兒學來的。」

「女夫子教的。」姜蕙給他看自己寫的。「第一條，要知道去哪兒買藥材，哥哥你知道嗎？」

姜辭眼睛都瞪大了。「妳這都不知道，還開藥鋪？」

「不知道才要學啊，大驚小怪。」姜蕙嘆口氣。「我去問問二叔，二叔是知府，便是他不知，也能問到人。」

姜辭暗想，怎麼看，這藥鋪都得虧錢。

姜濟顯剛從衙門回來，正要去上房用飯，路上遇到姜蕙。姜蕙笑咪咪過來行禮，叫了聲二叔。

「阿蕙是來找我？聽說妳要開藥鋪？」

看來這事已經傳遍姜家了。

姜蕙道：「是的，二叔，正是要向二叔請教呢。我不知該去何處進藥材，又怕買來的藥材不好，都說貨比三家，咱們新開鋪，藥材定是不能差的。」

說話很有條理，姜濟顯撫一撫短鬚。「阿蕙還是仔細想過的。」

「當然，好大一筆銀子呢。」姜蕙眨眨眼睛。「祖父說要給我一千兩！」

姜濟顯看她調皮的樣子，哈哈笑了。「那是要小心些，進藥材的事，包在二叔身上，我會找人去問問。」

「謝謝二叔，我就知道二叔定是能幫忙的！」她彎腰行了個大禮。

叔姪兩個一路說著去了廳堂。

聽到她要開藥鋪，姜瑜心情都好了一些，滿是新奇地問道：「阿蕙，妳怎麼想到的呀？我可不敢。」

「跟二嬸學的，看二嬸要開，我眼紅。」姜蕙實話實說。

姜瑜噗哧笑起來。「妳啊！這都眼紅。我覺著開鋪子太麻煩了，再說，咱們姑娘家——」

「姑娘家不能拋頭露面，姑娘家開鋪子不好嫁人。」姜瓊給她補充。

姜瑜氣得撓姜瓊。姊妹兩個鬧了會兒，姜瑜連日來的傷感倒是消了好些。

姜蕙道：「我明兒打算去回春堂看一看，也了解下這些大藥鋪都是什麼樣的，妳們去不去？」

說起來，她真是一次都沒去過藥鋪，不過此乃人之常情，若不是病了，誰會去呢？身為姑娘家，就是病了，也有家人幫著去買藥，平常不會親自去。

姜瓊又沒興趣。「一屋子藥味，我可不喜歡。」

不等姜瑜說話，胡氏過來道：「去什麼，姑娘家成天往外跑像什麼樣子？妳們莫去，阿蕙，妳最好也不要去，這藥材鋪不如我幫妳開。」

姜蕙哪裡肯，自是不理。等到第二日，她一個人帶上兩個丫鬟就去回春堂了。

回春堂很熱鬧，宋州大半的人都會來此看病，一來這是老字號，讓人放心，眾人也習慣了；二來這兒名醫多，鍾大夫、馬大夫，還有李大夫都是經驗老道的大夫，旁人自然比不得。

姜蕙走入鋪內，只見專坐名醫的地方現只有鍾大夫，另外二人恐是出去了。再看旁的位置，坐了其他兩位大夫，她也沒細看。不用說，這二人都是輔助名醫，做些打下手的活兒。

她在鋪內慢慢走著，雖然戴了帷帽，誰也瞧不清樣子，仍吸引了不少目光，夥計笑咪咪上來問：「姑娘可是要買藥材？」

「這些都是什麼價？」她一排點過去。

夥計殷勤地說了價錢，一邊解釋。「咱們藥材雖然貴一些，可都是好藥材，不會濫竽充數，也不會——」

正說著，耳邊傳來一聲咆哮。「你怎麼看病的，開這些藥?!叫你來試試，可不是讓你害人，你重開一個方子！」

姜蕙回頭一看，原是其中一個年輕大夫被人罵了。但他好似並不生氣，低頭重寫了方子，姜蕙目光落在他手上，見他赫然是個六指。

第十章

天生六指很少見，姜蕙兩輩子加起來，也只見過一人。她目露欣喜，又仔細瞧了那年輕大夫一眼，只見他生得一對好眉，斜飛入鬢，好似利劍脫鞘，下方一雙眼睛細長，哪怕才被人罵過，卻是帶著微微笑意。這是個好脾氣的人，或者說是不易發火的人。

姜蕙差點叫起來，想問他是不是姓寧？上輩子，她在路上暈倒，被一位姓寧的大夫所救，只是她病著，迷迷糊糊，一點也不記得他的容貌，唯獨他的六指深刻腦中，還有他那雙眼睛，滿是和善的笑意。

後來她去了衡陽府，有次跟穆戎回京，聽到六指神醫的名號，就想是不是他，誰料這次竟在宋州遇見。

她上前一步，坐在那人面前。「請大夫給我看看。」她伸出皓白的手腕。

寧溫一怔，過一會兒輕聲道：「姑娘非是來看病吧？」

「大夫這也知？」

「看病之人不會那樣閒適。」

剛才姜蕙進鋪子，他是看到的，繞著鋪子走了一圈，像是很好奇的樣子，哪裡像是看病的人？

姜蕙輕聲一笑。「大夫果真厲害，不知如何稱呼？」

寧溫道：「在下姓寧。」
「喔，寧大夫。」姜蕙心想，果真是他，六指少見，還是個大夫更是少見，寧大夫多半就是上輩子那位神醫了，可為何剛才卻被罵得狗血淋頭？莫非現在醫術還不行？
寧溫見她不語，詢問道：「姑娘還有何事？」
姜蕙眼睛一轉，用極其輕的聲音道：「寧大夫，假使哪日你被趕出去，可以來找我，我以後也要開藥鋪，絕不嫌棄你。」
寧溫聽得這話，先是驚訝，忽地哈哈大笑起來，惹得藥鋪的人紛紛看來。
姜蕙不知他為何發笑，皺眉道：「我可是認真的。」
寧溫忍住笑，輕聲道：「我這等醫術，姑娘竟還要，不怕鋪子關門？」
姜蕙搖搖頭，有鼓勵之意。「你總會進步的。」
寧溫這下更是想笑了。「那好，請問姑娘芳名？藥鋪又何時開呢？」
「我叫姜蕙，是姜知府的姪女兒。至於藥鋪，你等段時間，自會開的。」她又加了一句。「你莫去旁的鋪子。」
寧溫看她急切，眉頭一挑。「姑娘莫非是看上在下了？」
這話聲音有些高，周圍的人都笑起來。
姜蕙臉也紅了，心道此人竟有幾分輕佻，不過轉念一想，自己也唐突，非得讓他來自己的鋪子，忙道：「你實在要去，便罷了。」
她站起來，快步走了。寧溫聽得出她話裡有幾分遺憾，不由疑惑。這姑娘倒是看中自己哪裡了？當然，他醫術是不錯，可還不曾表現出來，她是如何看得出的？

寧溫不由自主拿起筆，在紙上寫了個「姜」字。

過得一陣子，姜濟顯問到了藥材的事，這日與姜蕙說：「宋州轄下有個陵縣，便是專做藥材的，尋常都去那兒進貨。妳記得，必得要西大街張計的藥材。」

姜蕙連聲道謝。

對這個姪女兒開藥材鋪，姜濟顯仍有些擔心，叮囑道：「不急著開，多看看。」

姜蕙嗯了一聲。「我會學些藥材的知識，看些書。」

姜濟顯笑著。「孺子可教也。」

他在小輩面前很是親和，便是姜辭有事請教，他也是很有耐心。故而姜蕙覺得，便是當年何夫人在母親面前不曾說出實情，她也不相信自己的二叔會參與謀反。

她去書房找了些關於醫藥的書，經過園子見姜瑜、姜瓊，還有姜秀都在，三個人不知道說什麼，姜瑜很是羞惱。

看到姜蕙來了，姜瓊笑道：「阿蕙，妳得叫大忙人了，看完鋪子又是看書。」

姜蕙心想，她忙的事情可多呢，為了保命，太不容易了！

她嘆口氣坐下來，正好歇息會兒，便問她們：「在說什麼呢？看把堂姊羞得，難不成又有人來提親了？」

這兩日提親的人好像撞在一起，來了一個又一個。大概姜瑜也是年紀到了，父親是宋州的父母官，她為人又不錯，長得大方端莊，自是賢妻良母首選。

姜瓊笑道：「可不是？母親挑得眼睛都花了，我問姊姊喜歡哪一個，她偏不說。」

姜瑜懶得理她們，轉頭去看花。

姜秀上下打量姜蕙一眼，奇怪道：「阿蕙，妳長得這樣好看，怎沒人來提親？」她是羨慕死這個姪女兒，要她長成這樣，尋個什麼樣的夫婿沒有？

堂姊妹兩個只相差兩歲，一個挑得眼睛花，一個沒人提親，說起來，真是有些教人傷感。姜蕙道：「怎麼辦呢，姑姑，要不妳給我尋一個？」

姜瓊噗哧笑起來。姜瑜也忍不住笑，本是教人難堪的話，結果姜蕙偏能拿來開玩笑。她忍不住看了這個堂妹一眼，阿蕙好像什麼都不在乎似的。

姜秀嘴角一抽。「我自己還沒著落呢，給妳找什麼？」

「那就算了，以後嫁不出去，與姑姑為伴好了。」姜蕙很有自知之明，雖然她能引得男人注意，可自己這家世，想要嫁給名門世家的公子，那是白日作夢。

幸好她這輩子也不看重這些，只要家人都平安便滿足了，當然，有個真心喜歡的人最好不過。她說了會兒話，便回去看書。

這幾日甚是刻苦，很快就翻完了一本《開寶草經》，學得不少知識，這日又在看《普救方》，金桂過來道：「姑娘，何家剛剛送了請帖，請四位姑娘下午去作客，說是兩位何姑娘覺得冷清，想熱鬧熱鬧。」

姜蕙把書放了下來。她記得上回姜瓊說的，何夫人很是清高看不起人，根本不會請她們去府上，那麼今日此舉，是為她了？難道是想動手不成？

是了，當年她們一家在鄠縣，不曾來宋州，雖然何夫人一早知道，可卻遲遲未動手。如今他們來宋州了，想必她另有計劃。可何家是何夫人的地方，如此突然，她不會去送死。

姜蕙捂住腦袋。「忽然難受得很，許是書看多了，頭昏眼花，我不去了。」

金桂忙道：「可要請大夫？」

「好。」

不請像是假的，總歸開了藥，她不吃就是。回到房裡，她立時叫金桂把寶兒帶來。聽說她病了，姜瑜、姜瓊連忙來瞧她。

「也沒什麼，大概累到了，要不妳們也別去了，留在家陪我。」姜蕙也不願意她們去。

姜瑜笑道：「胡說什麼，那是何夫人派的帖子，妳如今病了，咱們也不去，阿娘肯定不准的，我看就留寶兒陪著妳吧！」

二人說了會兒就走了。

姜蕙心想，何夫人要對付的是他們一家，如今她不去，何夫人定然不會如何。

她饒是這麼想，一下午也是心神不寧，梁氏來看她，她怕露出馬腳，拉著寶兒躲在被子裡睡覺，直到姜瑜、姜瓊回來，才鬆口氣，問道：「都做什麼了？」

姜瓊撇撇嘴。「還能如何？很沒意思，就在園子裡看看花。」

「喔？何夫人沒問起我與寶兒？」

「不曾，應是去時便知了，何夫人都沒有露面。」

姜蕙見她們安然，已是足夠，但也意識到這事不能拖了。雖然她不想如此，可世間事，有時候是沒有選擇的。面對權高勢重的對手，當你一無所有時，能做的也只有利用——利用人的心。

過得幾日，她誰也不曾說，自個兒戴了帷帽出門。門房見她一人，奇怪道：「二姑娘今兒不帶丫鬟了？」

「去去就回的，你也知道我要開藥鋪吧？我去對面那鋪子看一下就回來了。」

門房沒攔著。說起來，姜家到底是地主出身，便是再學著那些世家名門，總也是差一些，規矩有，可各處都有疏漏。姜蕙又是大房的姑娘，那些下人本來也不看重，出去就出去了。

她一路往東而行，走到布政使衙門時，停下腳步。看看日頭，快到傍晚了，這時辰，是要散班的時候。她等在那裡，耳邊漸漸聽到聲音，抬頭看去，只見衙役紛紛而出，再後來是各色小吏。她奇怪，怎地還不來？

最後，像是人都走空了，一下子門前冷冷清清。莫非那人不曾來辦公？

她差點要回去，可就在這時，一人從裡頭走出來，身穿緋紅色的官服，頭戴烏紗，面目冷峻，渾身散發著上位者的氣勢。姜蕙暗想，這定是何大人何緒陽了。她低頭走過去，像是不曾好好看路，往他身上一撞。

可，沒有撞到。何緒陽讓了一讓。姜蕙咬牙，腳一崴，人摔下來，袖中落出一物，於地上徐徐展開。

那是一幅畫。畫上一女子半邊臉美如天仙，另外一邊則被芙蓉花擋住了，因這花，帶了幾分神秘，教人忍不住就想一見她全貌。

何緒陽看到畫，心頭一震，彎腰撿起來，冷聲問道：「妳從何得來？」

不是問誰，不是問這是何人，竟然問從何得來。

姜蕙戴著帽，說道：「這是我娘親。」

「什麼？」何緒陽皺眉，半晌之後道：「這不可能。」

姜蕙道：「如何不可能？這就是我娘親，我是宋州知府的姪女兒，豈會與你胡說？不信你去我家中一瞧。」

何緒陽盯著她。「妳摘下帽。」

「這不行。」姜蕙搖頭。「我阿娘叮囑，不能隨意摘帽的。你把畫還給我，我畫了這畫原是討我阿娘歡心，要命人裱起來的。」

她的手伸出來，肌膚雪白如玉，何緒陽瞧一眼，心裡咚地一跳。這膚色倒真像她！

他把畫還給她，姜蕙拿著就走了。

何緒陽回頭問隨從張同。「這姜姑娘你可知道？」

張同道：「大人，早前就傳聞姜家有個極漂亮的姑娘，才來宋州，不過是大房的，想來便是這位姑娘。」

「她母親的事，你去查查。」

張同應了一聲。他從小就服侍何緒陽，哪裡不知道何府那點事？剛才那畫上畫的乃是何緒陽的愛妾梁婉兒。

二十年前，魏國被越國滅國，好些魏女被當做賞賜賞於眾官員，梁婉兒就是其中之一，何緒陽極為喜歡她。只是有次離家數月，回來時得知噩耗，梁婉兒死於一場大火。事隔十幾年，不曾想到會再聽到她的消息，而且還是一個母親了！

何緒陽閉了閉眼睛，說道：「這事切莫讓旁人知曉。」

這旁人，自然是指何夫人。張同又答應一聲。

姜蕙返回原路。一到屋裡，不只被老太太，還被胡氏說。梁氏本也要說她幾句，可見她低著頭，很是誠懇地認錯也就罷了。

眾人用過飯，姜蕙拉著梁氏去她那兒，把那幅畫拿出來給她看。「阿娘，這是我畫的，送給妳。」

梁氏眉開眼笑。「這是我？阿蕙，妳把為娘畫得太好看了，都不像，為娘哪有這樣年輕？」

「哪裡，娘比畫上還好看呢！」姜蕙道。「這畫我本來拿去要裱一下的，結果路上遇到一人，看到這畫很是驚訝，非得問我從何得的，還想看我的臉。」

梁氏臉色一沈。「何人問妳？」

「我也不知，是在布政使門口遇到的，興許是何大人，好像叫何……何緒陽？」

「何……」梁氏嘴唇張了張，竟是說不出話。

天大地大，她總以為遇不上，故而這次姜濟達相勸，她才會來宋州，也覺得自己不出門，總不會有什麼，畢竟已經是那麼久的事情了。可誰想到，仍是逃不過……

因為緊張，她竟有些顫抖。看她這般模樣，姜蕙暗嘆一聲。便是躲在鄠縣，又如何？阿娘永遠也不知，有些人，便是躲到天涯海角都是沒用的，既然如此，又何必躲？現在該是面對的時候了——

「阿娘？」姜蕙握住她的手。「那人可是認識阿娘？」

「阿蕙。」梁氏不知如何說。

她本是魏國官宦之女，本也該像尋常人那樣成親生子，可命運如此殘酷，魏國被滅國，她淪落為妾侍。唯一讓她覺得安慰的，大概便是何緒陽的溫柔。只可惜，他是有妻子的。

梁氏深吸了幾口氣。往事不堪回首，假使可以重來，她寧願臉上有兩塊疤痕，也不願有這等經歷，只願安安寧寧、平平靜靜地過完一生。

可現在，怎麼辦呢？她已經來了宋州，不可能因為何緒陽就回去，何況便是回去，他既然知道她，定也是無用的。

或許……她低頭看看女兒，手慢慢握緊了。也許該說個一清二楚？

可想到面對他，她又有些無措。十幾年了，也不知見到面該說些什麼？她微微嘆了一聲。想這麼多，興許他見到畫驚訝罷了，未必會尋來。

她強作冷靜，與姜蕙說得幾句，便回去了。結果早上起來，臉色很差，姜蕙見到梁氏又忍不住愧疚，可不這樣做，將來何夫人仍是要出招的，她若是成功了，他們姜家便是死無葬身之地。

她很關切地叫梁氏多多歇息。

老太太也瞧了梁氏一眼，問道：「可是廚房的事情多？」

「不是。」梁氏忙道。「只沒睡好。」

「喔，那妳就再去睡會兒，別撐著。」

幾人正說著，胡氏進來道：「難怪我說相公這幾日不對勁，阿娘，妳當是什麼，原是周王與周王妃要來宋州！」

第十一章

周王住在開封府，開封府統領整個省，甚得皇上信賴，常來周邊巡察，光是被他彈劾掉的官員都不知有多少。

老太太並不知這些，奇怪道：「怎麼，周王來很了不得？」

「周王是皇上的弟弟，自是了不得。」

「這我知道，我是說為何周王來，老二就不對勁？」

胡氏也是一知半解。「興許是怕招待不好，畢竟是親王，不易得罪。」

她們妳一句我一句的，甚是輕鬆，姜蕙卻是渾身緊張。算算時間，離周王謀反也不過才半年多，莫非這是個預兆？

這些親王真是好日子過多了，無事就謀反，印象裡，他也不過才月餘就伏誅。他死了了事，結果卻給了別人機會陷害姜家。對這個周王，姜蕙也是厭惡得很。

老太太還在說：「既是如此，那得提早些準備。這周王與周王妃喜歡什麼，得找人問問，不能出了差錯。」

「這些倒不用咱們擔心。」胡氏笑道。「周王來，多數也是何大人接待，老爺只是陪著罷了，不用太過費心。」

聽到何大人三個字，梁氏臉色又是一變。昨兒得知他，她作了好些夢，這些夢，許久都不曾作過，如今一股腦兒地湧入，像是把半生都重新走了一遍。醒來時，恍若隔世。

姜蕙見梁氏這般，拉著她出去。「阿娘，快些去睡，我瞧著都心疼，要不我陪妳一塊兒睡？」

梁氏笑道：「妳才起來的又睡什麼？去忙妳的吧，不是拿了好些書在看？」

姜蕙有心讓她輕鬆些，打趣道：「娘對我開藥鋪當真沒什麼不願的？哥哥還生怕我嫁不出去呢。」

「開藥鋪其實也沒什麼不好。」梁氏伸手攏一攏她的頭髮，滿眼溫柔。這是她放在手心裡疼的女兒，可女人在這世上多麼艱難，無論是拋頭露面、自力更生還是依仗一個男人，總是不易。她希望女兒可以堅強些，這堅強，便是靠自己。

「阿蕙，妳只要有這份心，好好行商，為娘自不會擔心妳。不過妳也要小心些，凡事多向妳二叔請教，與妳爹爹、阿辭商量。至於嫁人的事情，咱們阿蕙這般好，自然會有人喜歡的，不論家世，人好便行了。」

姜蕙滿心高興，母親真好，明白她的心。她抱住梁氏，捨不得放手。

梁氏笑罵一句。「又跟小孩子似的了。」

「就是小孩子。」姜蕙撒嬌。「在阿娘面前，一直是呢。」

被女兒這麼一鬧，梁氏心情又好些，母女兩個手牽手去了園子。

半個月之後，周王偕同周王妃到達宋州，百姓紛紛都在議論這事。姜濟顯去陪同，從早上直到很晚才回來，結果胡氏問起，竟說不曾見到人，說周王到了宋州便不太舒服，請了大夫看，他在外頭等著，最後只叫他走了。

胡氏憤憤道：「指不定是裝的，拿喬呢！」

姜濟顯好笑。「又不是妳認識的那些官太太。我聽說臉色很差，好似是生病了，便是何大人也不曾見到。」

胡氏這才沒說。

過得幾日，周王病好了，說叨擾眾人，在行府設宴請了宋州幾位官員以及女眷，女眷自是去陪周王妃的。身為知府，姜濟顯定是在內。

因尋常人難以見到親王以及王妃，別說還一同吃飯，胡氏不免興奮，自己精心打扮了一番，兩個女兒也是一樣，說是不能失禮於人；至於他們大房，梁氏並不去，倒是姜蕙，便是不能去，她還想去看看呢！現在沾了二叔的光，更能光明正大地去。

幾人坐車，很快就到行府。這行府本是為皇帝出征所建，多數州府都有，但平日裡空閒，親王巡察也可住在此地，宋州便有一處。

他們下車，正巧遇到何府的人。當先一人便是何緒陽，他身邊站著何夫人，兩人本應是年齡相當，可如今瞧著，何夫人因那半頭白髮，卻像是老了一個輩分。

姜濟顯攜家眷行禮。幾人寒暄幾句，姜蕙偷瞧何緒陽，見他一眼都沒看過來，暗想奇怪，莫非這招竟沒有用？可不對啊，何夫人恨母親入骨，定是因何緒陽愛極了母親，那他為何無動於衷？

對面，何夫人此時也正看著何緒陽，見他不曾有異樣，知是沒有看到姜蕙，一時也不知是放心，還是別的。這根刺埋著難受，挑出來也一樣難受。她咬了咬牙，先行進去。

府邸很大，姜瓊四處一看，小聲道：「咱們在宋州兩年了，還是第一次來。」

姜瑜擔心妹妹心直口快，提醒道：「王妃娘娘面前少說話，萬一說錯了，不得了。」

「我知道，又不是傻子，到時定是一句話不說。」

姜蕙誇道：「這才乖。」

姜瓊恨得伸手掐了她一下。

一眾人進去，剛到園子，就聽到一個高揚的聲音。「恭迎王妃娘娘！」

姜蕙往前一瞧，只見一名渾身華貴的女子款款而來。在她前頭，有二人打著馬蹄形的儀仗扇，後二人提著花籃，又後二人打著高傘，她身後還帶了二十來個侍女。

這陣仗，真真是不一樣，眾人暗道：果然是王妃，尋常官員女眷家世再如何顯赫，也是望塵莫及，一時都紛紛上去行禮。

周王妃聲音冷肅。「都起來吧，不用拘束。」

眾人屏氣凝神，誰也不敢率先說話。

周王妃教人上茶果點心，見眾人都坐下，目光往下掃了一眼，淡淡道：「聽說宋州南樓的戲不錯，今日請了來，正等著上臺，你們可有什麼好推薦？」

何夫人笑道：「娘娘不妨聽一聽《紫釵記》。」她尋常不笑，常板著臉，但應付周王妃卻不得不客氣點。

周王妃點點頭。

胡氏心想也不能一句不說，便道：「妾身覺得是不是聽個《五女拜壽》，如今齊聚一堂，很是熱鬧。」

周王妃便點了這兩齣戲。看起來，她也無甚話好說，吩咐下去，南樓的戲子便登臺唱曲了。

這聽曲慣來是富貴人家喜歡的，不說從曲裡嘗遍人生五味，光是看這些戲子唱唸做打，也是一種享受。能出來唱曲、當成主角的，沒十年功夫不成。

只是姜蕙此刻也沒法靜心，她眼睛就沒停過，從這頭看到那頭，姜瓊推一推她，打趣道：「阿蕙，妳四處看什麼？不好好聽戲。」

「妳聽吧，我耳朵沒閒著的。」

姜瓊眼睛一轉，小聲道：「妳可發現這王妃很奇怪？」

「怎麼講？」

「點了戲，結果自個兒不聽，我剛才見她與妳一樣，也四處看什麼呢。」

姜蕙心裡一動，嘴裡卻道：「原來妳自個兒也不聽戲，光盯著王妃呀？」

「還不是因為妳們說的，我瞧瞧有何了不起，也就是一個鼻子兩個眼睛嘛，很是看不起人的樣子。」姜瓊道。「還沒聽曲有意思。」

「真會混說，小心被人聽見。」她告誡。

等姜瓊不說話了，她自己倒偷眼看周王妃，果然見她神情奇怪，好似在等著什麼。可是等什麼呢？她想來想去，忽地明白哪兒不對了。這王妃那麼注重排場，出來一下帶那麼多侍女，可這園子附近，一個侍衛都沒有見到，四處空空蕩蕩的。
她轉頭與姜瑜道：「出來時水喝多了，我去去就回，萬一二嬸問起，妳說一下。」
姜瑜道：「好。」
她起來，悄聲問個侍女，侍女指了指左方。
姜蕙一路過去，仍不見有什麼侍衛，看到後門，竟也敞開著，她越發疑惑，吩咐金桂與銀桂。「妳們在園子裡分頭找找，若是看到二叔，請二叔去正堂附近見我。」
金桂、銀桂奇怪。「為何？」
「不為何，妳們快些去，若別人問起，便說我走丟了，妳們在找我。」姜蕙笑了笑。「誰教這園子那麼大。」
金桂、銀桂一頭霧水，但也聽從。幸好路上沒侍衛，姜蕙無驚無險地來到行府一處遊廊。只是這行府廣闊，一處院子套著一處院子，她心想，今兒來的都是官員，想必周王是在正堂接見他們。
但接見過後，還會去哪兒？到底是仍在正堂，還是如她猜測的，興許會去園子哪一處？
她立在遊廊裡，一時有些困惑。先去看看吧！她前後看一眼，快速走過遊廊，到了前正院。這時，竟然有侍衛了。姜蕙驚奇，看來周王身邊是有侍衛的。
她差點教人發現，側頭見旁邊牆頭種滿了岩桂，當下忙往裡頭一藏，結果身子竟撞到一個人，驚得她差點叫起來。那人忙捂住她的嘴，手指帶著桂花的香味，覆在她唇上。
姜蕙不敢動，耳邊忽聽一個聲音。「竟是妳，妳來做甚？」

姜蕙眼睛一下子睜大，抬眼看去，果然是穆戎。可她的口被遮著，無法說話，眼睛便眨了眨。穆戎看懂了，把手放開。

姜蕙吐出一口氣，悄聲問：「你可看見我二叔？」

突然來這一句，而關於自己，她一句未問，穆戎出乎意料，挑眉道：「妳來找妳二叔？」

姜蕙道：「是，你可看見？是在正堂嗎？」

「妳為何找他？」穆戎詢問，還冒那麼大的危險。

姜蕙心想，她豈能告知？再說，與他也沒有干係，反問道：「那請問穆公子為何在此？」

穆戎眼眸微微一瞇。姜蕙著急，扒開岩桂往外看。

穆戎一把拉她回來，告誡道：「小心暴露！」

力道有些大，姜蕙整個人被他帶到懷裡，他胸口緊貼她後背，在這微有涼意的秋日，醞釀出炙熱的溫度。姜蕙受到驚嚇，往前一步要離開。

可他的手握住了她的胳膊，動彈不得。她的臉忽地紅了，雪白的臉頰上像是開出了嬌豔的花朵。

穆戎垂眸見她羞態，鬆了些力道，但人並沒有動，淡淡道：「是妳貿然躲進來，如今要出去，卻不能隨妳。」

姜蕙暗自惱火。她可不想在他面前臉紅，只是難以控制，她深吸一口氣道：「穆公子，是我打攪你在先，萬分抱歉，但此事緊要，我非得去告訴二叔。」

「妳先說來聽聽。」他目光落在她小巧的耳朵上。她今兒戴一對碧色的玉耳墜，微微搖晃，襯得她肌膚雪白驚人。

姜蕙無法。她怎會不了解穆戎，這人是說一不二的性格，只得如實相告。「周王妃那兒無一侍衛，與她身分不符，我出來時還看見後門開著。再者，周王妃也有些奇怪，像是在等什麼。」

穆戎驚訝地看她一眼。

「所以我才來見二叔。周王與周王妃突然來宋州，總不是為聽南樓的戲吧？」

穆戎略一思忖。「妳躲在這兒，別出來。」

姜蕙道：「你要出去？」

穆戎也不告知。「妳聽著便是，別的不用管，我自會解決。」一副命令的口氣。

姜蕙看著他，忽覺好笑。他莫非忘了他現在是穆公子，而不是親王？那他憑什麼命令她啊？她又憑什麼相信他？不過看在他的身分，他既然說了，自是會做到。想來他來此，也是為查周王。

姜蕙點點頭。「那我就信穆公子一次。」

穆戎往外觀察了會兒，閃身出去。也不知過了多久，姜蕙聽見外頭一陣喧鬧，不像是歡呼聲，她側耳傾聽，只覺刺耳，反而像刀劍相交，甚是激烈。難道竟打起來了？是誰在與誰打？

她想出去，可這時院子裡滿是人，她只聽見姜濟顯道：「有盜匪襲擊行府，還請殿下速速躲避！」

周王一驚，繼而變色道：「那王妃那兒……」

「還請殿下放心，王妃那兒屬下已經事先佈置了人手，王妃定是無恙。」姜濟顯的語調很是沈穩。

在花叢中的姜蕙鬆了口氣。看來穆戎應是去告知了，不然可能無法那麼及時地保護。可為何周王要這樣做呢？竟派人去襲擊自己的妻子，還有官員女眷……

不不，周王妃定是知道的，兩人是在合演一場戲，倒是女眷無辜，不知道是不是被驚嚇到了？正如她所想的，胡氏此時渾身癱軟，差點暈過去。

胡氏哪裡想到來行府看戲，竟然還會被圍攻，真是出門不利，幸好盜匪沒進得來，被侖役攔住了。兩方在外頭打成一團，慘叫聲陣陣。

「哎呀，快來給我揉揉胸，我氣都透不過來了！」胡氏與一個婆子道。「一會兒還得看大夫去！」

姜瑜倒是與姜瓊說話。「阿蕙怎地還未回來，這可如何是好？」

「是啊，阿蕙說去如廁的，結果去了那麼久。」姜瓊臉色一變。「會不會路上就遇到這些盜匪了？哎喲，阿蕙長得這麼好看，是不是會被人搶去做押寨夫人！」

姜瑜也不知好笑還是好氣。「阿瓊，妳胡說什麼！我看得派人去找找阿蕙。」她轉頭請求胡氏。「娘，阿蕙不見了，咱們派人去看看。」

「看什麼啊？沒見外頭在打，派誰去？腦袋都得掉下來，這些婆子又不會武功的，去了做甚？」胡氏一邊罵。「這死丫頭，真正是鄠縣出來的，一點也不知道禮數，怎麼能到處亂跑！一會兒丟了命，我如何交代?!」

胡氏頭疼，又叫婆子給她敲頭。姜瑜著急，可也不知道怎麼辦好。

幸好很快就把盜匪打退，她們女眷從前門出來，姜瑜看到姜濟顯，連忙道：「阿爹、阿爹，快派人去找找阿蕙。」

姜濟顯一驚。「怎麼，阿蕙不見了？她不是跟妳們在一起的嗎？」

「本來是在一起的，後來一開始聽戲，阿蕙就去如廁，一直不曾回來。我此前還想叫人去看看，可是還未來得及……」

姜瑜都要哭了，她也覺得姜蕙生得漂亮，正如妹妹說的，興許正好遇到，立時被抓了也難說。

姜濟顯忙道：「莫怕、莫怕，我這就派人去行府看看。」

這次盜匪襲擊，雖然打退了，但並沒有抓到幾人，姜濟顯剛才也未聽說有人見到盜匪手裡有女子的。興許這孩子迷路了，畢竟行府很大，又遇到盜匪，怕是在園子裡某處躲了起來。他覺得姜蕙很聰明，應該無事，但還是派了幾人在行府裡尋找。

而此時，姜蕙正被困在岩桂花樹下。剛才知道姜濟顯及時阻攔了盜匪，她一時便放了心，本想等外面護衛少一些便偷偷溜出去，結果幾位官員一直在正堂外面與周王說話，她竟是找不到機會。

過得好一會兒，外面才安靜些。她心想該是能走了，便站起來，誰料到有人分開花樹，走了進來。半明半暗的光影下，他立在面前，如月光流水，高不可攀。

姜蕙吃驚。穆戎怎麼又來了？

第十二章

她仰著臉，眸子微微睜大，像是從未想到他會出現。

穆戎嘴角翹起。「妳果然還在，倒真聽話。」

姜蕙的眉頭一挑。聽話？只是沒尋到機會而已，誰要聽他的話？不過罷了，看在他的身分，不與他計較。

她問道：「穆公子，你來的時候，外面守衛可多？」

「暫時去了別處，妳隨我走。」

他帶她一路繞開侍衛，從左門出去，走到狹窄的一條通道上。姜蕙眼見出了行府，鬆了口氣。

穆戎道：「還有一段路，妳走出去，便可回家。」

姜蕙聽著有些詫異，好似他這趟專是為尋她而來。可她雖談不上了解穆戎十分，五分也總是有的，他絕不是一個願意在別人身上浪費時間的人，尤其是沒用的人。

比如她，她對穆戎可沒有半分好處。那是怎麼回事？她一頭霧水，跟在他身後，保持三尺左右的距離。這距離，不遠也不近。通道裡，此刻一人也無，靜悄悄的，只聽到彼此的腳步聲。

姜蕙忽地想起，上輩子，他也會與她那樣在林中散步，一前一後，他總是離得有些遠。她那時初初喜歡上他，有次大膽地上去牽了他的手。他並未呵斥。那次，她極是歡喜，憧憬了太多的事情，傻得有些可憐。

她露出一抹自嘲的笑，到現在都覺得自己傻。他那種身分，豈會真心喜歡她？也不知那時自己如何想的……她嘴角撇了撇，看到地上有塊石頭，恨不得踢了起來，狠狠砸他一下才好。

誰料這時穆戎忽然轉過身。她嚇一跳，臉色有些僵。

穆戎凝視她一眼道：「妳過來，我有話問妳。」又是命令的口氣。

姜蕙皺著眉頭過去。「何事？」

「關於周王，可是妳二叔提醒妳的？」

他總覺得，姜蕙不可能注意到這些情況，這等年紀的姑娘家，就算再怎麼聰明，多數都在想著如何嫁個好夫婿，哪會如此敏銳？

姜蕙真想翻個白眼，但是很老實地道：「是二嬸說二叔因周王與周王妃要來，很有些心思，故而我才會留心的。」

那也極是聰明了。穆戎道：「妳做得不錯。」

姜蕙的手在袖中捏了捏。「其實我也有一事好奇，穆公子躲在行府，可是穆老爺的交代？喔，或是蔣夫子？」

穆戎一怔，隨即板臉道：「這與姑娘無關。」

無關最好了，姜蕙心想，她還不想與他有關呢！便打算告辭。

豈料穆戎又肅聲道：「今日姑娘見過我一事，絕不可透露。」

姜蕙腳步一頓。她就知道！他原不過是為告誡這事，怕她說出來，哪裡是真心尋她？姜蕙語氣忍不住就有些嘲諷。「看來穆公子有不可告人之秘密，不過穆公子放心，小女子向來慎言。」

她抬腳就走，手臂卻一熱，他的手已經握上來。「我專程救妳出來，妳不說一句謝謝？」

這力道拉得她往側邊踉蹌，背靠到牆才穩住。好不容易站穩，卻發現他近在咫尺，高大的身子擋去了光，在她臉上投下黑影，一股壓迫感席捲而來。

姜蕙伸手去推他。只是碰到他胸膛，一下又好像被燙到了一般收回來。她斥道：「你還不是怕我說出去嗎？」一本是責備的話，可由這聲音說來，竟是帶了幾分嬌嗔。

穆戎垂眸見她臉頰飛紅，忽地啞然失笑。原來是怪他不是真心救她。

看他還笑了，姜蕙一時怔住。尋常他冷冷清清，不輕易發笑，可一旦笑了，嘴角輕輕翹起，溫柔又有些甜蜜之感，教人瞧一眼，就能陷進去。

她扭過頭不看他，咬著牙道：「穆公子，你要句謝謝，那我就謝謝你！」

她這樣側著頭，半邊臉立時露在他眼前，小巧的鼻子越發顯得高挺，睫毛彎彎，微微發顫；那紅唇即便是在生氣，可也翹著，帶著迷人的弧度，勾得人想一親芳澤……

他微微低下頭來。感覺到他的氣息，姜蕙身子一下繃緊，猛地把手壓在嘴唇上，眼睛瞪得老大，發出模糊的聲音。「你、你……」

看她真被嚇到了，穆戎往後退了一步。「可瞧見了，若妳說出去，我不饒妳。」

什麼？姜蕙跟看鬼一樣地看他。她從他身邊像隻兔子逃離猛獸般跑了出去。

穆戎看著，忍不住又笑起來。他伸手摸了摸自己的嘴唇。差一點。倒不知真的親下去，會是何種滋味？

姜蕙一路疾行，很快就回到姜府。

門房見到她，歡喜道：「二姑娘，妳總算回來了！老爺子、老太太擔心壞了。」

「我這就進去見他們，還有二叔那兒，你去行府說一聲，說我已經到家，是從另外一條路走的。」

門房立時就去了。

梁氏聽說這事，急得都在掉眼淚。看到姜蕙，幾步上來就抱住她。「阿蕙，妳沒事吧？妳到底去哪兒了？」

姜蕙道：「路上遇到盜匪，我找了地方躲起來，後來一直不敢出來。」

「唉，妳這丫頭啊，快些去給祖父祖母、妳二嬸道歉，害得一家子都在為妳擔心，以後妳得謹慎些。」

姜蕙忙去道歉。眾人倒也沒說什麼，只有老太太道：「妳好好的尋妳二叔做甚？」

原來金桂、銀桂被一問，嚇得全都說出來了。姜蕙一時不知如何答。

正好姜濟顯回來，聽到這話，把姜蕙叫到書房。姜蕙笑道：「謝謝二叔派人尋我，麻煩二叔了。」

姜濟顯面色很嚴肅，說道：「金桂、銀桂沒說謊的話，那妳真是來找我的？是為何事？」那時女眷都在聽戲，唯有姜蕙這種舉動，他怎會不奇怪？

姜蕙也不隱瞞，把來龍去脈說了一下，只隱去遇到穆戎一事。「我本是想告知二叔這事，後來藏在岩桂樹後，卻再也出不來，還是等到護衛少一些了，我才尋到旁的路出行府。」

姜濟顯大為驚訝，不得不審視了姜蕙一眼。要知道，周王與周王妃這次計劃縝密，若是毫不知曉端倪的人，根本也不會發現，可這姪女兒竟能看出……這等聰明，實在教他出乎意料。

「阿蕙，妳這樣很好，只做事不夠謹慎，幸好不曾被侍衛發現，不然可是得不償失。妳以後再遇到此事，定要三思而行。」

姜蕙道：「我必會記得二叔的話。」她頓一頓，斟酌言詞。「那盜匪真是周王派的，他是有何意圖？」

「自是為將來打算。」姜濟顯撫一撫下頷。「幸好前幾日我得了一封密信，暗中調派了人手，不然只怕難逃一劫。」

「前幾日？」姜蕙吃了一驚。

姜濟顯擺擺手。「妳既安然無恙，二叔便放心了，先出去吧。」到底是個姑娘家，他不可能真把朝廷上的事拿來與她說。

姜蕙不免失望，暗道：原來前幾日二叔就知道了，那不是有驚無險？她也變成多此一舉了？那送密信的到底是誰？是穆戎不成？可他既然知道有事發生，躲在王府是看好戲嗎？

姜蕙頭疼，想起他剛才對自己做的事，又很惱火。本來以為二十四歲的穆戎便很教人討厭了，誰想到，十八歲的穆戎更加混帳！

她回到屋裡，洗了個澡，便去歇息。這一覺直睡到下午，醒來時看到寶兒，手裡拿著個小碗在吃東西，她低頭一看，是炙蝦仁。新鮮的蝦仁用薑水泡過，熱油裡一滾，在鐵絲網上烘烤，味道鮮香無比。
姜蕙醒了，正肚子餓，央求道：「寶兒、寶兒，快挾個給我吃。」
寶兒給她一塊，姜蕙吃了眉開眼笑，起身穿衣。二人一同出來。姜瓊見了蝦仁，也要吃。
姜瑜皺眉。「寶兒還小，正是容易餓，時不時吃些，妳們這都跟她搶？虧得寶兒乖，都讓給妳們。」
姜瓊哈哈笑起來。「是了是了，妳最疼寶兒，咱們不吃了。」又一拉姜蕙。「今兒虛驚一場，差點以為妳被抓了去做押寨夫人，咱們不如出去玩玩？」
「玩什麼呀！外面正亂，還在抓盜匪。」姜瑜對這個妹妹也是頭疼。
此時，金桂上來道：「姑娘，外面有位公子說要見妳。」
姜蕙一愣。「誰？」
「說是姓寧。」
姜瑜跟姜瓊二人好奇地看過來。
寧溫！姜蕙一下子站了起來。「走。」
姜瑜攔住她。「阿蕙，妳不記得被祖母說了，如何還能出去隨便見公子呢？」
「此事事關重大，我非見不可，妳們可替我保密了，這是關乎我藥鋪興旺的大事！」姜蕙極其興奮，拔腳就出去了。
寧溫正等在外面，許久不見動靜，他本想轉身走了，誰料身後一聲輕呼。「寧大夫。」
他回過頭，見不遠處立著一位姑娘，像是瞬間奪去了周圍所有的顏色，她獨自鮮亮地落入他眼裡。寧澢有些不敢相信，上次盛意邀請他的姑娘，竟是那樣漂亮的一個人。

「妳……是姜二姑娘姜蕙？」他遲疑。

「是啊，是我。」姜蕙朝他招招手，示意他過來。「我是從後門出來的，我家人並不知曉，別讓人看見。」

她率直開朗，寧澢回想起那日她的表現，輕輕一笑。確實是她。他走過去問：「妳的鋪子開了嗎？」

姜蕙笑起來。「莫非寧大夫已經離開回春堂了？」

「是，今日行府出事，官兵略有死傷，來回春堂尋大夫，我與掌櫃一言不合，索性走了。」平日裡對他挑三揀四，臨到事情，卻想叫他去承擔。

他又不是賣與回春堂的，要不是為馬大夫的獨門針灸，他何必忍辱負重？只是何去何從一時猶疑，此時他想到了姜蕙，對她甚是好奇，這便來姜府了。

姜蕙暗想不好。「我藥鋪還未開成呢，不知寧大夫可否等上一等？」

「是何處有問題？」寧澢問。「姑娘上回請我，可是過了一陣子。」

「我怕開了虧錢，正在看書。」

寧澢哈哈笑起來。「姜家有知府大人的名頭，何愁無人來買？更何況，買賣藥材又不是難事。」

他說得很容易，像是頗有經驗，姜蕙心中一動，詢問：「莫非寧大夫對此甚是了解？」

他沒有回答，只建議：「妳可詢問姜大人在何處進藥材便是。」

「我問過了，陵縣西大街張計的藥材。」

「既然知道，為何……」寧溫抱歉。「姑娘若還要等陣子，只怕寧某得另尋他處。」

這樁事情眼看要談不成，姜蕙想了一想道：「寧大夫，若是我的藥鋪開了，必不會虧待於你，你若去了旁的鋪子，便是早上十天八天，以後時間可長得很呢。」

見她竭力挽留，寧溫目光在她臉上打了個轉。他沈默不語，姜蕙的臉忽地紅了，忙道：「寧大夫莫誤會。」

「誤會什麼？」寧溫好笑。「既然姑娘如此誠懇，寧某就再等上幾日，不過寧某勸姑娘早些把鋪子開了，回春堂只怕撐不了多久，姑娘還能請了那幾位名醫過來。想來看在知府大人的面上，他們不會拒絕。」

姜蕙眼睛一亮。「你如何知道？」

「掌櫃嗜賭，已輸去不少銀子，藥材以次充好。我上回為何被他斥責？只因不曾開貴重的方子。其實坐堂大夫也都頗有怨言，早晚會出事。」

是了，算算時間，回春堂是要倒了！她連忙道謝。「謝謝寧大夫提醒，我這幾日就把藥鋪開起來。寧大夫您住哪兒，到時候我好來請您。」

寧溫說了住址，臨走時又道：「買藥材時莫被人騙了，最好向妳二叔借兩個衙役。」

真聰明，姜蕙道：「謹記大夫指點。」

她眉開眼笑，雀躍萬分，好似一個心想事成的孩子。寧溫看她那麼高興，一時也覺心情愉悅，笑著走了。

姜蕙回來時，春風得意，已可以預見她的鋪子定是會順利的。

此時，微微飄了雨下來。穆戎立在窗前，看著園子裡的桂樹。不知不覺，竟是要到中秋了。

何遠問：「殿下可是要回京一趟？」

「你去準備，另外再加派些人手。」穆戎嘴角翹了翹。「我這叔叔怕是等不得了。」

何遠奇怪。「周王原是想借機彈劾何大人、姜大人，好換上自己人，以便日後儘快拿下宋州，可如今不成，周王難道還要起事？」

「父皇已定於明年五月前往揚州，機會難得，周王必會兩處一起發動。」

何遠心裡一驚。「殿下料事如神，可既然知道周王必會謀反，又為何不再勸一勸皇上？假使事先預防，也省得遭遇一場戰事。」

穆戎苦笑。「你覺得父皇會聽？」

在眾人眼裡，他的父皇堪稱昏庸，不理朝綱，遊山玩水，荒淫無度，唯一得以稱頌的大概是還知道百姓疾苦，免些重稅，而他這叔叔又極懂得投其所好，故而一直很得父皇信任。要破壞這樣的關係，光靠言詞，難以成事，唯有事實才能喚醒父皇！

何遠嘆了口氣，見他為周王一事傾盡心力，不免替他委屈。「殿下又不是太子，這原是太子該做的。」

天下既然以後要落到太子之手，作為親王，又何必出力？指不定還吃力不討好。聽得這話，穆戎微微一笑，並不作答。眼見這雨越下越大，桂花的嫩黃色漸漸不見，凋零在雨中，他忽地想起姜蕙，心中隱隱一動。

「何遠，本王到底可曾見過姜二姑娘？」

何遠一怔，想一想道：「應是不曾。這姜二姑娘不是才從鄠縣來的嗎？殿下可從來不曾去過鄠縣，便是宋州，也是第一回來。」他很認真地回答。「那姜家也不像去過京城的，再者，便是在京城，又有幾人見過殿下？」

皇子們不輕易出宮，等到能出宮的時候，年紀都已不小了；穆戎得了皇上准許，常出去遊山玩水，為此皇上很喜歡他，覺得這兒子與自己最為相像，故而更少人見過穆戎。事實確實是這樣，她不可能見過他。

穆戎極輕地道：「可不知為何，我總有種感覺，她像是認識我，知道我是誰。」

因她在他面前極為隱忍，見她好幾次明明要發作，她都忍了下來，不是因大家閨秀的規矩，而是因他，不然，恐怕她不會聽話的。

他相信自己的直覺，是不是哪日抓她來審一審？

第十三章

這時，姜蕙還不知道穆戎的懷疑。她興沖沖與姜辭商量買鋪子的事情。「現有幾家鋪子都在賣，有要搬走的，有要籌錢的，你看看我買哪家好？」

宋州的鋪子比起京城不算貴，不是很大的鋪面只需四百兩，她新鋪開張本也不需要大，生意都是慢慢做出來的。

姜辭是個男兒，經常在外面走，對那些鋪子的地段很了解，聽她說了，思索一會兒道：「就買永泰街東邊那家，那裡不算偏僻，但又清靜。醫館看病，望聞問切，鬧哄哄的如何靜得了心？離回春堂也遠一些，開在附近定是不好。再者，這鋪子本是賣時興字畫的，不似那些個館子還得重新裝修，這家裝個藥櫃再添些家具便行了，多簡單。」

他考慮得很周到，姜蕙誇道：「果然就該與哥哥商量，哥哥說得不錯，那就買這家吧！」

二人說完又去與父母說，再去上房。聽說她要買鋪子了，胡氏笑道：「動作可真快，我這還沒定下呢。」她眼睛一轉。「妳這鋪子買了，房契打算寫誰的？妳一個姑娘家，寫了未必好。」

姜蕙眉頭一皺。難道是怕她生意好，以後嫁人一起帶去婆家？她這二嬸想得可真多，可既然是她辛辛苦苦掙的錢，沒得還便宜所有人。

不等她說話，梁氏道：「就寫阿蕙的。」姜辭日後考上功名，什麼都不缺，便是考不上，還有姜家在，可姜蕙總是女兒家，她希望女兒有些依靠。故而當初才會答應姜蕙，給她拿了這鋪子。

胡氏聽了撇撇嘴。

老爺子道：「那就寫阿蕙的名字吧，萬一阿辭明年考上舉人，以後做了官，還是得改回來，多麻煩。」他笑咪咪地看著姜辭，對這個孫子期望很大。

胡氏見眾人都在，心想也是個好機會，便道：「我那兩個鋪子差不多也要買了，現在阿照還小，阿爹阿娘，我看不如就寫阿照的名字？」

這無可厚非，既然孫女有，孫子有更是應當的，且這錢原就是為給姜濟顯在官場做人情往來之用。如今他們都靠著姜濟顯，還能真去計較這些？

姜蕙有一個也滿足了，以後好好掙錢便是。事情定下來，她每日便很忙碌，先是把鋪子買下，又訂做藥櫃，再挑選家具，可在這忙碌間，她心裡也還藏著擔憂。

這日，才從鋪子回來，正想東想西，前方突然走來一人，她差點撞上去，抬眼一看，竟是何緒陽。她吃了一驚，一時不知是偶然還是刻意。

何緒陽此時開口道：「姜姑娘可有空？」原來真是專程來找她的。她本就納悶為何何緒陽沒有動靜，如今看來，她還真猜的沒錯。

眼見小姑娘露出驚訝之狀，何緒陽道：「當日是妳故意找上衙門。」

那日她低頭行路，本當要撞上他，他讓了一讓，她反倒摔倒、掉出一幅畫，但當時他不曾注意，回頭再想，卻已明白她的意圖。被人看出，姜蕙不好再裝。上輩子，聽聞何緒陽後來升至吏部左侍郎，這等位置不是尋常人可以坐的，眼光果然毒辣。

她頷首道：「不如請大人去我鋪子一坐？」

何緒陽點頭。二人進去鋪內，何緒陽在刻著海棠花的椅子上坐下。

姜蕙立著。他抬頭看她一眼，見她生得眉目如畫，這等年紀好似個初初綻放的花朵，令人心生憐惜，又不由得期望看見她長大的樣子。當年梁婉兒在他面前，也是一般稚嫩。不過她好似沒有她母親那麼像魏國人，五官略微柔和些，也更顯嬌美。見他打量自己，姜蕙暗自斟酌一會兒該說什麼。

何緒陽卻先道：「妳母親並不出門。」自從他查實了梁氏的情況，便一心想要見她，奈何從無機會。

「阿娘臉上有傷疤，很介意旁人目光，不過何大人應知道，這傷疤是從何而來的吧？」她語氣略有嘲諷。

何緒陽面色微沈。當初是他負了梁婉兒，若早知道她會遭這種罪，就此離開他，一別十數年，他自會帶她一起出行。可現在，一切都晚了！她已嫁作人婦，還有了兒女。明明是他憧憬她會與他生好些孩子，女兒像她，兒子像他……回想往事，如針刺心，他微微一嘆。「這些事都是妳母親告知？」

「不，阿娘從不說，我都不知阿娘來自哪兒，還是因有回她生病，神志不清，吐露了一些，可她自己並不知。我原先也不甚清楚，但自從來到宋州，得見何夫人，我大概便明白了。」提到這人，姜蕙像是很害怕。「何夫人一心想置我們一家於死地，有回還請我去家中，我不敢去。」

何緒陽的雙手慢慢握緊。弄傷她，騙他說梁婉兒已死不說，現在還想害她？梁婉兒到底與她有多深的仇？簡直不可理喻！

見他極是憤怒，姜蕙嘴角翹了翹。便該如此。若不是他，上輩子他們家不會遭逢大難，若說何夫人乃主凶，他又哪裡逃得了責任？舒舒服服左擁右抱，到頭來，受折磨的只有女人……天底下沒有那麼好的事！

姜蕙往外看了一眼，聲音輕了些。「何夫人一直派人尋找阿娘，不知何大人可知道？我別無他求，只願何大人可以保護我娘親不受傷害。我娘如今容顏已毀，也躲避了十幾年，連去街上都不敢，還請何大人與何夫人說一聲，饒過我娘親。」

何緒陽聽聞梁婉兒過得如此日子，不免心酸。她原本就是亡國奴，早早承受了家破人亡的痛苦，被人送與他，也鬱鬱不樂許久，好不容易開懷些，又被害成這樣。身為一個男人，他卻未能護得了她。

難怪那日他要離家，她欲言又止，好似想跟了去，可最後還是未能說出。他看見她落淚，只當她是捨不得，恐怕那時她就已有預感。這傻姑娘……為何不告訴他呢？何緒陽心潮起伏，以至於那麼多年，他不曾再見到她，只能在回憶裡記起那些往事，卻不知，已是大大地錯過。

「還請何大人答應小女子這個請求。」姜蕙再次開口。

何緒陽看向她。「妳可能替我與妳娘帶句話？」

「請說。」

「五日後申時，沁河白石亭，與我一見。」

姜蕙一怔。她雖然想著要何緒陽阻止何夫人，讓他們兩敗俱傷，可當他與母親真要見面的時候，她突然產生了猶豫，因她還有父親。她遲遲不答。

何緒陽道：「凡事都要付出代價，妳要我護妳母親，必得容我見她一面。」這小姑娘雖然聰明，可還不夠明白。

姜蕙咬了咬牙。「你見我阿娘，到底要說什麼？我阿娘已經與我阿爹生了哥哥和我了。」

何緒陽笑起來，原來是怕他破壞她爹娘的感情。可他擁有她在先，要不是因湖州官員貪墨一案，他不會被派去調查，她父親又如何能遇到梁婉兒？他站起來。「不管如何，我必得見妳母親一面，妳看著辦吧。」

見到姜蕙出來，金桂、銀桂滿臉的疑問。那何大人好似是布政使大人，怎會來見他們姑娘呢？

「今日之事，妳們切莫說出去，不然我定找機會把妳們賣了！」姜蕙見她們好奇，嚴肅告誡她們。這二人服侍了她一段時間，也知她性子，連聲答應。

回到家，姜蕙心情仍有些沈重。她懊惱自己不夠有本事，為阻止何夫人竟想不出更好的法子，非得利用何緒陽，如今卻是進退兩難。

偏偏一進院門還看到姜濟達，他手裡提著一個食盒，笑咪咪道：「阿蕙，妳連日出去，累了吧？我本是不想妳開什麼鋪子的，姑娘家還是該待在家裡，舒舒服服的才是。妳看阿瑜、阿瓊這樣不是挺好？不過妳自己喜歡也罷了，這湯才叫廚房熬的，快些喝了補補，我瞧妳都瘦了。」

姜蕙鼻子一酸。她這爹真的再老實不過了，從小到大，她與姜辭不聽話的時候，他都不曾呵斥，每回梁氏責備兩句，他總是說，他們喜歡就好，他們高興就好。他從來都只是為旁人著想，生得也普通，瞧著很憨厚的樣子。可那何緒陽呢？雖是四十左右的人，可器宇軒昂、權勢在手，渾身都散發著自信與威嚴，不管誰看了，都覺得兩人實在是天上地下。可她現在得瞞著父親，讓母親與何緒陽見面……

姜蕙嘆了口氣，上前挽住姜濟達的手。「阿爹最好了。」

「快趁熱喝。」姜濟達道。「這是老母雞湯，可惜咱們在宋州只能買了吃，不像在鄠縣，想吃就去抓一隻，多方便。」

「是啊，鄠縣這點最好，菜也不用買，地裡拔一拔就是了。」二人回憶起在鄠縣的日子來。

等姜濟達走了，姜蕙直嘆氣。什麼時候去跟母親說？

她一碗湯喝完，姜辭回來了，興沖沖道：「明兒休沐，我與妳去陵縣買藥材，不然買不成，我還得等幾日才有空。」

姜蕙道：「我自己也能去的。」

「妳自己怎麼去？」姜辭不准。「一個姑娘家出遠門，萬一路上遇到什麼，誰來救妳？不行，我必須同妳一起去。」

「我還帶四個衙役的，已經跟二叔說了，二叔也同意，再說，阿爹肯定也會去的。」

「不行，我不放心。」姜辭看她一眼。他這輩子就沒見過比妹妹更好看的姑娘，心心念念想她嫁個好人家，現在還未嫁人呢，自然不能出一點差池。

姜蕙見他那麼堅持，也就不反對了。早點買了也好，還得去請寧大夫，不然說不定他又嫌她開鋪開得晚，跑去別家。「那就說好了。」她點點頭。

「妳明兒早上辰時起來，別睡晚了，去陵縣一來一回得兩個時辰，要是晚了弄到天黑，路上可不好走。」姜辭叮囑。

晚上早早睡了，第二日天還沒亮，她就起來，自己梳了十遍頭。想到去陵縣，客商人來人往，她不能太打眼，就只梳了個丫髻，頭上什麼都不戴。至於穿著，叫金桂給她拿了件窄袖湖色的素紗衣，下身配一條蓮藕裙，清爽簡單。

這個計劃，昨日就與老爺子、老太太說了，只是現在見到，老太太又叮囑。「萬事小心些，早些回來。」

胡氏笑道：「帶了衙役去的，老爺名字一報，自是不會有什麼。」

老爺子點點頭。「是啊，有衙役萬無一失。不過阿辭，你還得照顧好阿蕙跟你阿爹，阿蕙是姑娘，你阿爹老實，別買個東西被人算計了。」

姜濟達面色尷尬，姜辭笑道：「孫兒會注意的。」

姜瓊羨慕姜蕙能出去，她個性活潑，本就是個閒不住的，奈何胡氏不同意，只好跟姜蕙道：「有什麼好玩的，妳回來同我說說，這陵縣我定是一輩子去不成了。」

「好。」姜蕙摸摸她腦袋。

梁氏也叮囑幾句，三人便坐車出去。豈料剛出城門口，馬車又停下來，姜蕙看姜辭下了車，心裡很奇怪，不由得把車簾掀開了看。落入眼簾的，竟是遠處一身紫衣。她心裡咯噔一聲。

姜辭看見她探頭，笑道：「阿蕙，是穆公子。」

姜蕙皺眉。「他難道也要去不成？」

「不是，他今日正好要出城回家，我便與他說我今日要去陵縣，反正是順路，便一起走好了。」

姜蕙驚訝。「是嗎？他要回家了？」

「他是這麼說的。」

姜蕙笑道：「那算了，只是一起走，沒什麼。」

二人說話，她臉上一怒一喜皆入得他眼裡。眼見姜辭說完話過來，穆戎問：「與令妹說了什麼，好似提到我？」

「喔，阿蕙一開始以為你要與咱們一起去買藥材，後來我說你要回家。」

原來如此。穆戎面色慢慢沈下去。怒是因為她以為他也要去陵縣，喜是因為她知道他要回家，並不是一路。她這樣討厭他，是因為上次受到驚嚇，還是因他的身分？

駐足片刻，他轉身上了馬車，與何遠道：「去陵縣。」

第十四章

陵縣算是宋州轄下最大的縣城，東西都有寬闊的官道，南邊還有水路，由此出去可前往江南，故而聚集在陵縣的客商很多，藥材、絲綢、乾貨、筆墨紙硯、木材、砂石……應有盡有，是一個很熱鬧的地方。此時姜蕙坐在馬車裡，心情甚是輕鬆。

說實話，她很怕面對穆戎。倒不是說不知道如何與他相處，是她厭惡極了這種感覺，因他的身分，她必得要仰望他，絲毫不能得罪他。雖然上輩子，她豁出去偷了他的地圖要脅，那也是因為被逼到絕路。可重生之後，再見他時，卻沒有這等勇氣了。二人的身分相差太大，她得罪不起。如今他總算要回京城，想必日後不會再見。

姜蕙面上笑盈盈的，姜辭看著她道：「阿蕙是不是已經在想著能賺大錢了？不過咱們大夫都還沒找到呢，我聽說藥鋪最好是有坐堂大夫，這樣客人看完病，正好就一起抓藥，一舉兩得的事情。」

「大夫找到了，就等鋪子開呢。」

「喔？」姜辭驚訝。

姜濟達也問：「妳一個姑娘家哪兒認識的，是誰？」

「姓寧，原先是在回春堂坐堂的，我上回去那兒，因緣巧合認識了，我瞧他醫術不錯，便邀請他，正巧他與回春堂掌櫃有些不和，前幾日不做了，尋到我這兒。」

姜濟達很是單純，笑道：「既然能在回春堂坐堂的，必是不錯。」

姜辭卻瞧了姜蕙一眼。「怎麼咱們一點也不知道？他何時來找妳的？」

「哎呀，不過是小事，我只是還沒告訴你們，到時候請了他，哥哥自會看見的。」姜蕙生怕姜辭就此事問東問西的。「哥哥，你覺得藥鋪開了，會不會無人來？」

「自然不會，我與那些同窗提過，他們說，開張之日定在休沐日的話，他們一定來捧場。再說阿蕙，咱們二叔可是知府，宋州的父母官，這個名號打出來，旁人怎麼也得給個面子吧？只要藥材好，他們用過之後，自然還會來的。」

「好，那就定在休沐日開張。」

她笑顏如花，姜辭瞅了一眼，暗想他那幾個同窗都知道妹妹是個美人兒，可想娶的卻沒有，反倒堂姊已經有好些人提親。妹妹說得真沒錯，她嫁不嫁得了好人家，果然還是看他的，他一定得好好唸書，等中了舉人，將來哪怕是個縣令，妹妹也好多些選擇。

到了陵縣，三人下得馬車，四個衙役坐了縣衙的車，此時也跟上來。縣城門口，車水馬龍，人來人往，果然見到好些商人。

姜蕙道：「既然來了，再買些旁的帶回去。哥哥，家中紙墨還多不多？」

「買些也無妨，總是要用的。」姜辭也有些興奮。

只是將將走入城中，身後傳來何遠的聲音。「姜公子，稍等。」

姜辭回頭一看，卻是穆戎主僕兩個到了，他笑道：「穆公子也來陵縣？」

「想買些藥材帶回去，反正順道。」穆戎的目光落在姜蕙的臉上。她戴著帽，看不清神情，但是她定然難以高興。不知為何，想到這個，穆戎的心情很好，就跟上次差點吻到她嘴唇，嚇得她落荒而逃時一樣。他的嘴角微微翹起來，問姜蕙：「聽聞姜姑娘要開藥鋪？」

姜蕙正暗自著惱呢，明明哥哥說他不來的，怎麼卻跟個鬼似的甩不脫了？她不想多說一個字，只道：「是。」

姜濟達上下看穆戎一眼，只見這公子好似是從畫裡走出來一般的人兒，忙問姜辭。「阿辭，這穆公子難道是你同窗？」

「是啊，還是蔣夫子的遠親呢。」姜辭介紹父親。「穆公子，這是家父。」

穆戎略微頷首。

「咱們要先去買些紙墨，穆公子可去？」姜辭問。

穆戎道：「去看看也無妨。」

一眾人便先去東大街，那兒專賣筆墨紙硯、畫畫顏料、鎮尺等，全是書房裡用的玩意兒，因今日也是休沐日，年輕人甚多，這樣寬闊的大街竟然都顯得壅堵。

姜蕙還是頭一回同穆戎這樣同行，眼見路過的人無一都往他看去。在人群裡，他總是那樣耀眼，似明珠，光芒外放。遇到姑娘家，更是不得了，有些膽子大的，竟然一路跟著。

姜濟達心想，原本兒子已經長得極俊，可有個穆公子，卻一下被比下去了。他也不知道如何形容這年輕男子，只覺他像是與旁人不一樣，與他見過的人都不一樣，誰的身上都不曾有他這種氣質。

然而，姜蕙卻離得穆戎遠遠的，他在左邊，她就走到右邊。他來右邊，她又走到左邊。很快，穆戎就發現她總是不與他同一側。想他堂堂三皇子，竟然有被人這麼嫌棄的一天！即便沒有這個身分，像他這樣的人，也不應該會被嫌棄吧？

鋪子裡，姜辭正看中一式松煙紙，很是滿意，說道：「掌櫃，給我來十疊。」除了他自己，姜照得有，兩個堂姊堂妹還有妹妹也得有，一人兩疊正好，夠用好久了。

他又問姜蕙。「阿蕙，妳可有喜歡的？哥哥買給妳。」

「我要這個鎮尺。」姜蕙指著一個玉葫蘆鎮尺，上頭一串七個葫蘆，個個都雕刻得圓圓胖胖的，形態極為可愛，藤上兩片葉子也是圓頭圓腦。

穆戎看著搖搖頭。這鎮尺，論雕工、論玉質，都是下下層，實在是粗劣。也是，她出自小戶之家，哪能有什麼好眼光？他伸手拿起旁邊一尊白玉梅花鎮尺，玉雪白，梅花清雅，恰似她今日的打扮，素潔卻隱含芬芳。

看他把玩這個，姜辭瞧了一眼，笑道：「阿蕙，我看穆公子手裡這個鎮尺不錯，比妳那個玉葫蘆的好看，也襯妳，不如買這個好了。」

姜蕙側過頭去，果然見穆戎拿了一個，確實挺不錯，可她才不想要。「我就要這個，我一早看中了。」她仍堅持自己的。

穆戎把鎮尺放了下去。

姜辭沒法子，只得給她買了這個，姜蕙又挑了兩樣別的鎮尺給姜瑜與姜瓊。眾人隨後去看鋪子裡的硯臺。

姜蕙興沖沖地跟在姜辭後面，誰料自己的手忽地被人抓住。那手寬大修長，觸之微暖，她驚得輕呼一聲，下意識一甩，正待要叫喚父親、哥哥，卻發現那人竟是穆戎。他低頭看著她，眸中分不清是何意，冷冷的，壓得她一陣心慌。

姜辭聽到她的聲音，忙問：「阿蕙，怎麼了？」

「沒、沒事，被人踩了一腳。」姜蕙努力假裝正常。

姜辭道：「小心些，等買了硯臺，咱們就出去，這兒人太多了。」

姜蕙嗯了一聲。穆戎嘴角挑了挑，在這種情況下，她竟然都不敢告訴旁人，還說她不知道他的身分？不然她怕什麼？

他的手早已放開，不過剛才掌中的玉手柔若無骨，好似一用力就能揉沒了似的，倒是教他有些留戀。

姜蕙此時極是震驚，她對穆戎的舉動無法理解，他明明是個不喜歡被人接近的人，現在竟然會抓她的手？簡直不可思議！他到底要做什麼？

「我有話問妳，妳與我出去。」穆戎低聲命令她。

姜蕙想一想，跟了上去。是該弄清楚此事，她被他一而再、再而三地嚇到，已覺驚悚，如今知道他的目的，興許還能有個對策。

四個衙役等在外頭，見到他們，都圍上來，姜蕙道：「你們進去替阿爹、哥哥拿東西，我與穆公子一會兒就回來。」四個衙役聽從。

姜蕙跟著穆戎一路往東，到一處僻靜的巷道才停下來。「穆公子到底意欲何為？」她面色鄭重。「假使穆公子再如此下去，說不定我只能告訴二叔了。」她有個二叔依靠，可眸中仍帶著深深的忌憚。

穆戎看得很清楚，開門見山道：「妳到底為何怕我？」

「什麼？」姜蕙一怔。

「妳很怕我，難道不是？」穆戎往前一步逼上來。「不然在鋪子裡，妳早該喊了，為何還要隱瞞妳父親與哥哥？如今還聽從我，跟我出來？」

姜蕙忙道：「男女授受不親，我怕被人知曉，到時候我名節沒了，不好嫁人。」

「哦？只是因為這樣？」穆戎看她死不鬆口，伸手就把她扯過來，一下掀開了帷帽。

四目相對，姜蕙有點傻了。印象裡，穆戎從來就不是這種人，他在外面總是表現得不近女色，也內斂得可怕。可現在，他怎麼……

見她眸中一片茫然，好似受驚的兔子，穆戎手指輕輕撫上她紅潤的嘴唇。那像花瓣一樣的嘴唇在素淨的臉上，顯得格外誘惑，甜美得像夏日枝頭上的果實。姜蕙身子一顫。「你到底想做什麼？」

「我便是這樣，妳也不打算與妳父親、妳哥哥說嗎？」穆戎垂眸凝視，不放過她神情的變化。

修長的手指在唇間遊走，姜蕙渾身起了無數顫慄，她不知道穆戎竟然有這一面。他到底怎麼了？他占她便宜，她不說難道還不好，為何要如此相逼？難道非得她大喊大叫，他才滿意不成？

她躲過他的手指，微微仰頭看著他，誠懇道：「我不想惹事，穆公子你也知道，我阿爹不比二叔，並無功名，我哥哥也不過是個秀才而已，而穆公子你，一看就是名門世家的公子，我不想父親、哥哥為了我衝撞你。你還是蔣夫子的親戚，我哥哥不是在書院唸書？沒必要弄得難看。」

一個小姑娘如此隱忍，更教人懷疑。穆戎笑了。「妳何處得知我是名門世家出來的？在外人眼裡，我乃蔣夫子的遠親，然蔣家並無高官，也非名門，而你們姜家，妳二叔好歹還是個知府，妳為何怕我？妳原本也沒必要怕我。退一步說，我便是世家公子，難道妳的清白就一點不值錢？」若不是肯定，她本能之下，必會反抗。但她忍住了。

姜蕙的臉色忽地有些白，她終於明白穆戎是在懷疑什麼。他的身分！

是了，她聰明反被聰明誤，總怕哪裡得罪穆戎，遭來橫禍；她為了挽救姜家，戰戰兢兢，萬分謹慎，可她在穆戎面前犯錯了。他太聰明，以至於原本旁人享受的順從，他也能得到懷疑的理由。可她一個姑娘家，能對他有什麼妨害？至於要查得水落石出嗎？

姜蕙恨死了，伸手就往他臉上搧過去。「這樣穆公子是不是就滿意了？」

穆戎握住她的手，臉色一沈。「已經晚了。」

姜蕙抿住嘴唇，眸中透著倔強。見她還不肯老實交代，穆戎把她拉得更近些，冷聲道：「原本我打斷妳兩根骨頭，妳總會說實話，不過姑娘家留下傷疤不好，要不還是由妳父親與哥哥代勞吧。」

「你敢！」姜蕙大驚。「這兒人來人往的——」

穆戎挑眉，吩咐何遠。「去抓了她父親、哥哥。」何遠是他貼身隨從，可以保護皇子的，自然武功不凡，別說四個衙役，就是十個定也能應付。

姜蕙面如死灰，知道他是來真的，因緊張，眸中微微發紅，好似再嚇一嚇，就要落下淚來。

穆戎瞧她一眼，楚楚可憐，忽地有些心軟，手指在袖中動了一動，但終是沒有改變主意。

眼見何遠就要走遠了，姜蕙不敢冒這個險，手一握拳道：「好，我說。」

穆戎見她終於屈服，便放開手，叫何遠退下。事到如今，她不說也得說了。他一副誓不甘休的態度，若不給出個合理的理由，他自會想著法子逼迫她，直到他滿意。十八歲的穆戎真是可怕，青春年少，放肆地張狂。

姜蕙深吸一口氣道：「不知殿下會不會相信，我是從夢中得知殿下身分的。」

說了殿下二字，她果然知道。可是，夢？穆戎眉頭挑了挑。「妳要本王相信夢？」

「小女子原本也不信，可我這夢有預知之力，故而才能知曉周王謀反。那日我急著告知二叔，便是怕二叔會被牽連，事實上，在夢裡，姜家確實被牽連。」

穆戎終於動容。周王謀反，這事別說是姜蕙，便是他父皇都不曾察覺。他詢問：「那夢可告知妳謀反的年月？」

「大概是在明年五月，不過夢並不是事事詳盡的，有時只是些片段，我未必都記得。」

穆戎聽了，沈吟不語。五月，這絕對不是一個小姑娘可以知道的事情，便是姜濟顯也不會知道。父皇定於五月去揚州，只有親信之人才知。至於周王，那是因為他安插了細作在宮裡。他終於有些相信姜蕙。只是，上天為何要給她這些預示？

姜蕙觀他神情，認真道：「我只知道這些，作的夢都是關乎我姜家的。」

「那為何會有本王？」穆戎反應很快。

姜蕙一怔。「那是因為……」

「可是妳與我有關？」

這人怎麼那麼敏銳！姜蕙忙道：「是因為殿下也在宋州，且與周王有關。」

穆戎不相信，回想幾次相見，她除了怕他，對他還有些別樣的情緒。他盯著她，忽地問道：「妳是本王的女人？」

「不是！」姜蕙心下一驚，否認得十分快，沈聲道：「不是。」

「那定然是了。」穆戎上下瞧她一眼，眸中頗有快意。「妳必是我將來的女人。」誰也不能在他面前撒謊，包括她。

姜蕙氣得胸口發疼，可他的神情那樣篤定，她無法反駁，當下轉身就走。

穆戎跟在她身後，她急急忙忙，他如閒庭信步，因他已知，只要他想，她便注定是他囊中之物。

第十五章

姜蕙走到鋪子時，呼吸都有些喘。姜濟達道：「阿蕙，妳到底去哪兒了？穆公子呢，聽衙役說，你們一起走的？」他有些想責備，畢竟是女兒，跟一個年輕公子獨處總是有些不妥。

不等姜蕙回答，身後穆戎道：「是我唐突，想買些珠釵與妹妹，讓姜姑娘幫著挑選。」

「原來如此。」姜濟達笑道：「這些東西是女兒家比較了解。阿蕙，妳可幫穆公子挑著了？」

「沒有。」姜蕙道。「這兒無甚好看的。」

姜辭有些奇怪，看看妹妹又看看穆戎，可也說不出個所以然來。幾人便去了西大街的張計。張計以賣藥材聞名，因他們家炮製法十分厲害，能讓藥效得以充分發揮，故而又是人滿為患。不只有進藥的商家，便是附近百姓，也來此買藥。不過他們大量買進，還是得了夥計殷勤招呼。

「原來是要開藥材鋪！」夥計笑道。「你們真是來對地方了，咱們這兒藥材放在哪裡都好賣得很，便是你們宋州回春堂也是來此買貨，你們放心，絕不會有假。」

他說著看一眼他們身後的衙役。「這也是你們的人？」

姜辭道：「我二叔是宋州知府，這幾位官差大哥是來幫著抬藥的。」夥計的態度立時又好了一些，表情也比先前更加正經。

姜蕙問道：「剛才你提到回春堂，最近回春堂可還來買藥材？」

夥計想了一下。「自然來買。」

「你莫騙我。」姜蕙臉沒露出來，聲音卻嚴肅很多。「這事一查便知，你便是騙我也沒好處，咱們既然來此，怎麼也會買的。」

夥計尷尬地笑了笑。「想起來了，回春堂是有一陣子沒來買了，好像換了別家。」

那大概真是以次充好了，看來果然不久，回春堂就會出事。她士氣更是大振，一口氣買了好些藥材。穆戎皺了皺眉，倒不知她一個姑娘如何想到要開藥鋪的，開鋪拋頭露面不說，還很辛苦，他們姜家就缺這點錢？

姜辭回頭道：「穆公子，你不是也要買些藥材？」

那只是個藉口，不過穆戎還是隨口說了幾樣，何遠付錢買了。對這個主子，何遠今日也是被驚到幾回，不知他想做什麼，剛剛好似還想非禮姜家二姑娘，又威脅要抓她家人。後來姜家二姑娘回來，竟然無甚反應，何遠只覺自己的腦袋不夠用。

熱熱鬧鬧買完藥材，姜辭又雇了一輛牛車專門運送藥材，一行人才出了陵縣。路口，他與穆戎告辭。「不知穆公子何時再回宋州？」

穆戎看向姜蕙。姜蕙手裡拿著從路邊摘的玉簪花，正側耳細聞，見他看來，身子一僵，把頭撇了開去。穆戎嘴角一挑，笑了笑，道：「大概過一個多月便回來。」

姜辭很高興。「到時候請你吃酒。」

那頭，姜蕙恨不得把玉簪花揉成了汁水。怎麼還要回來？難道越國三皇子成天就沒事情做嗎？

回到車上，她很是悶悶不樂。這秘密她原本該埋在心裡直到死的，偏偏栽在他手裡，只是當時不說不行，他既然起了疑心，如何消除？總不能真讓他抓了家人。能親手一杯鴆酒毒死親哥哥的人，什麼事情做不出來？她上輩子遇到他的時候，他便是那樣心硬如鐵的人，現在年輕些，大抵也一樣，不然怎會有句話說本性難移？

她把手中玉簪花從窗口扔出去，拿帕子擦了擦手。但這次，不管如何，她也不會與他有任何關係的！

回到姜家，姜濟達叫小廝來搬藥材，姜辭向四位衙役道謝，並且拿了些銀子，畢竟要不是看在姜濟顯的面子，他們肯定是不做這些的。衙役也收了，笑著告辭。

姜蕙捧了一個大盒子到老爺子、老太太跟前。「說是百年野參，買了給祖父祖母補補身子的。」

老爺子笑道：「好孩子。」

老太太也誇。

拿了他們的錢，哪裡能不知道回報？姜蕙這點還是捨得的。

胡氏在旁邊撇撇嘴。這姪女兒真會討好人，比她那阿瓊強多了，難怪老太太是個繼祖母也仍疼她。

姜蕙又給胡氏送了一盒珍珠粉、一盒鹿茸。「二叔幫了好些忙，還請二嬸收下。」

一看沒忘自己，胡氏眉開眼笑。「阿蕙就是懂事。」

姜蕙給姜秀也送了一盒珍珠粉。「無甚好買的，多數都是藥材。」姜秀來者不拒。

姜瑜跟姜瓊、寶兒圍上來，姜瓊道：「沒給我買什麼？」

「哥哥買了好些紙墨的，咱們都有份，別的我就買了鎮尺。那陵縣雖然熱鬧，但胭脂水粉、首飾什麼的都不如宋州。」她把鎮尺拿出來。「咱們三個一人一個。」

結果姜瓊卻看上姜蕙那個玉葫蘆。「這個真可愛，我要這個！」

姜蕙笑笑。「那就送妳吧。」因前世的緣故，她對兩個堂姊堂妹很有些憐惜之情。

姜瓊喜孜孜拿著，愛不釋手。

寶兒道：「姊姊，我呢？我呢？」

「妳什麼呀，妳都還沒開始寫字。」姜蕙好笑，另外拿了一堆吃食給她。「哪，好些糕點蜜餞，妳慢慢吃，別一下子吃光了，牙齒會壞的。」

寶兒一邊答應，一邊就往嘴裡塞。真是個貪吃鬼，姜蕙伸手捏捏她臉蛋，稍後又給梁氏送了盒珍珠粉，輕聲道：「比二嬸、姑母那個好一些，不過只得一盒，娘別說啊，外頭看不出來的。」

梁氏一聲笑。「妳這孩子！」

老爺子出去看了看藥材，這時回來問：「阿蕙，妳這鋪子就要開張了，鋪名可取了？」

這等事自然要讓老爺子做，姜蕙乖巧地道：「還沒有呢，就等祖父給取了。」

老爺子唔了一聲。「開藥鋪有大夫懸壺濟世，有藥材救人性命，是大功德一件，我看就叫仁心堂吧！」其實是再普通不過的名字了，但眾人都叫好。老爺子很高興。

那頭，姜辭給姜照送紙墨。「用完覺得好，咱們再去陵縣買，那邊比宋州便宜多了，難怪好些人去那裡進貨。」

姜照笑道：「好是好，就是太花費工夫了。」

「不用擔心。」姜蕙插口。「下回藥材用完了，你們要，再帶點回來就是，反正順路。」

「那邊太擠了，如今去過一趟，熟門熟路，妳一個姑娘家別再去了。」姜濟達道。「人太多路都不好走，下回就我一個人去，帶上幾個小廝也沒什麼，你們要什麼說一聲就是。」

梁氏也道：「是啊，就讓妳阿爹去。」

姜蕙應了一聲。

歇得一日，她就叫小廝把藥材陸續搬去仁心堂，又派人去請寧溫。寧溫過來一看，見鋪子煥然一新，誇讚道：「姜姑娘真俐落，那看來過幾日就能開張了？夥計可請了沒？」

「夥計好請，到處都是找活做的人，鋪子開張定於八月六日，寧大夫一定要來。」姜蕙與他商量聘請的事情。「關於寧大夫的薪酬，我想過了，每月付你十兩銀子，加之開方子，除了診金，還可抽取藥材費用一成，你覺得如何？」

十分優渥。寧溫笑道：「看來姜姑娘當真十分看好在下。」

「確實，還請寧大夫多多進步，想來假以時日，必定會成為神醫。」

小姑娘看起來很是興奮，一雙眸子閃閃發亮，寧溫道：「承妳吉言了。」

姜蕙走近幾步，笑咪咪道：「寧大夫，你與回春堂的馬大夫、鍾大夫應是算熟的吧？等日後，還請幫咱們鋪子美言幾句。」

已經在想著挖牆腳了，這姑娘做事果然很有衝勁。寧溫忽地想起那日在回春堂，她也是急著要請他，更是好笑。「這個自然。」

二人說了會兒，寧溫就告辭走了。姜蕙把鋪門關上，回去的路上，腳步有些沈重。她不曾忘掉何緒陽的話。現在，已經快過去三天了，那五日之期，她如何與阿娘說呢？

可不說，要改變姜家的命運，必會困難重重。說實話，她沒有那麼大的能力，她一個姑娘家，又不曾入仕，如何逆轉？退一步講，便是告知姜濟顯，只怕也無用，二叔會信嗎？穆戎至少有個皇子身分，旁人都不知，她說出來他就有幾分相信，何況他也在追查周王一事。倒不知二叔……興許可以試試？兩方面雙管齊下，要保住姜家總是更容易些。

回到姜家，在園子裡遇到姜瑜、姜瓊、姜秀和另外兩位何姑娘。

姜瓊向她招手。「總算回來了，今兒阿娘請了何家兩位姑娘來作客，剛才還問起妳。」她回頭與何大姑娘何文君道：「我堂姊馬上要開藥鋪了，故而這幾日總是往外跑。」

何文君吃驚。「姑娘家這樣不大好吧？」

姜蕙笑一笑。「這是免不了的，等日後生意做起來，我便不用這麼忙了。」

二姑娘何文姬沒說話，一雙桃花眼上下打量姜蕙。那日在紅玉河，她見過姜蕙一眼，上次母親相請，她不曾來。正如印象裡的樣子，是個美人兒，不過到底是縣裡出來的，無甚教養，竟然還開鋪子，這是最教人瞧不起的事情。她目中隱有不屑，低頭喝茶。

姜瑜道：「阿蕙妳才回來，定然也餓了，吃些點心。」

姜蕙坐下來。何文君與姜瑜道：「上回妳說學了〈聽梅〉一曲，今日倒是讓我開開眼界。」

「還不甚熟練。」姜瑜笑道。「女夫子叫我多練幾遍的，倒是妳那曲〈江雪〉，我只聽得一半，今日既然來了，不如彈完與咱們聽聽？」

她們上次去何家，也是在園子裡賞花，後來何文君彈琴，中途何夫人派人來說天晚了，她一點也不敢耽擱，連忙就收了琴，故而姜瑜未曾聽夠，甚覺遺憾。

何文君笑道：「好。」

姜瑜就叫人拿琴來。姜蕙也有些興趣，坐在一旁。這一曲〈江雪〉清冷，有幾分高山流水的韻味，連綿悠長，彈得很不錯。

她側頭看何文君一眼，雖是庶女，卻舉止端莊，一點沒有小家子氣，不由想起在紅玉河時，何文君跟何文姬在何夫人身後戰戰兢兢的，話也不敢說，可見這何夫人有多可怕。這樣做母親，難道真能教兩個庶女服氣？

姜蕙嘴角一撇。不是她說，這何夫人便是上輩子報了仇，必定也不會如意。

「大姑娘彈得真好聽，我練過此曲，指法甚難。」姜瑜誇讚。

「也是練了許久的。」何文君笑道。「其實我這琴藝要放到京城，都拿不出手呢。」

「大姑娘謙虛了。」

何文姬道：「哪裡是謙虛，姊姊一點沒說錯。妳是沒出去見過世面，要聽過京城第一才女的琴聲，妳就知道了。」

「第一才女？」姜瓊好奇。「是誰呀？」

其實何文姬剛才已得罪人，她在何夫人面前膽子很小，可在宋州，沒有比她們何家更顯赫的，故而在別的姑娘面前，很有幾分自傲，尤其是姜家，沒有絲毫根底，她頗有些瞧不起。何文君皺了皺眉，忍住沒有說話。

何文姬道：「是衛家的二姑娘衛鈴蘭，琴棋書畫樣樣精通，長得也美。」她說著瞥姜蕙一眼。比起姜蕙身上的嫵媚之氣，衛鈴蘭，正如她的名字，氣質如蘭，自然是高上了好幾分。

姜蕙不由得笑了。衛鈴蘭，沒想到在宋州，居然也能聽到這名字。她以為自己早已忘了，可現在，滿腔都是火氣。上輩子雖是桂枝用一碗紅棗羹送她歸西，可主謀不用說，定是衛鈴蘭。可笑這何文姬提起她，滿臉敬慕。也是，衛鈴蘭在人前總是那樣高雅大方，但也只能騙騙這些人。姜蕙拿起手中茶盞，一口喝了，好似乾了烈酒。

見她神色像是不悅，姜秀打趣。「哎呀，阿蕙，可是聽到那衛姑娘美，妳有心比試一下？」

這姑姑，不說話，沒人把她當啞巴！姜蕙站起來道：「有何好比的？人家那是名門世家出來的姑娘，還遠在京城，比什麼？妳們且慢慢玩吧，我還有事。」

對何夫人，她有深仇大恨，故而見到兩位何姑娘，也實在提不起好感，先行告辭。她直接去大房的院子，梁氏還未回來，她便在院子裡等。

也不知過了多久，聽到一聲「阿蕙」。她回過頭，看到梁氏。

母親笑盈盈的，滿臉關懷。「阿蕙，怎麼不去歇歇，不是才從鋪子回來嗎？」

姜蕙抿了抿嘴唇，深呼吸一口氣才道：「阿娘，我有話與妳說。」

梁氏一怔，她難得看到姜蕙如此，這個女兒平日裡總是嘻嘻笑笑的，很少有這樣嚴肅的時候。她拉著姜蕙進屋，把門關了起來。

姜蕙先是雙手握了握，這才開口說道：「阿娘，前兩日，何大人來找過我。」

梁氏眼睛睜大了。「他來找妳做什麼？」神情有些驚懼。

這在姜蕙的意料之中，可開弓沒有回頭箭，她總是要說出來的。「何大人說，請阿娘在後日申時，白石亭見他。」

梁氏聽得這話，往後退了一步，一下坐在椅子上。

姜蕙輕聲道：「阿娘莫擔心，這事我沒有與旁人說。」

梁氏訝然看著她。「阿蕙……」何緒陽這樣託話，自己女兒豈會不懷疑？可她一句未問。

姜蕙道：「阿娘，我已猜得一些了，但不管娘以前是誰，都是女兒的阿娘，女兒敬重阿娘，絕不會有任何改變。」

梁氏心中萬般滋味。那段往事不堪，她確實不願提起，可因為這樣，也承擔了巨大的壓力。兩個孩子小時候，便喜歡問起外祖父外祖母，她自然每次也說不清楚，心裡也知道，兩個孩子是有疑惑的。

如今也好，她輕嘆一聲。「阿蕙，有些事為娘是該早些告訴妳，其實為娘原是魏國人，亡國後成了何緒陽的侍妾……」聲音一哽，她停住了。

第十六章

姜蕙心中悲哀。她與母親命運類似，這道傷疤揭開來，定是極痛的。

她握住梁氏的手搖了搖。「娘不必多說，阿娘有自己的苦，可這些年，這苦也只能自己嘗，比起阿娘，咱們不知道的人可是舒服多了。」

她如此懂事，梁氏心下一鬆。她害怕自己的孩子知道後會瞧不起自己，可現在女兒一點也沒有輕視，還那樣安慰她。可何緒陽那兒……她仍有些猶豫。去的話，很是不妥；不去的話，她了解何緒陽的性子，既然能找到姜蕙，以後必定還會有別的法子。

也罷，這是壓在她心裡最重的擔子，興許是該解脫了。她深吸一口氣。「何大人，阿娘是得去見一見。說起來，這也是我的罪業，當初實不該嫁給妳阿爹，妳阿爹真是有些傻。」她苦笑。「即便知道我是逃妾，仍一心娶我。」

原來父親知道！姜蕙大吃一驚。但想想又覺理所當然，阿娘豈會把這麼重要的事情隱瞞？是了，她一定是會說的，可阿爹那樣喜歡她，這麼老實的一個人竟然敢違背祖父。姜蕙感慨。「阿爹對阿娘真好！」

「妳阿爹是這世上最好的人了。」想起姜濟達為娶她而付出的努力，梁氏面上不由露出微笑，也有了更多的勇氣。「故而，這一趟為娘必得要去。」

姜蕙明白她的意思，點點頭。

到得那日，梁氏獨自去了白石亭。宋州是第一回來，這白石亭也是。她立在亭中，見沁河悠悠，一時腦中滿是往事情景。

也不知過了多久，聽到身後醇厚的男子聲音。「婉兒？」

她轉過頭來，見到那個曾經朝思暮想的人。一別十餘年，他自是不同了，可仍是那麼英俊，歲月在他臉上刻上的不是蒼老，而是別樣的男子氣韻。她一時百感交集。

何緒陽上前幾步。「婉兒，真是妳？妳、妳快些讓我看看。」他聲音頗是激動。

梁氏咬了咬嘴唇，輕聲道：「怕嚇到何大人，何大人有什麼話，請說吧。」

何緒陽哪裡肯，伸手掀開了她的帷帽。那一瞬間，他面色劇變，一連倒退了好幾步。正如查實的，她臉上當真有道疤痕，只這疤痕比他想像的要嚴重得多。

梁氏見他驚駭莫名，又把面紗放了下來，自嘲一笑，道：「我知道會嚇到何大人，只是我自己已是習慣，也不會再疼了，不似初初被燙到，每夜疼得睡不好，稍稍好些，又奇癢難當，恨不得拿剪子剪了。」如此痛苦的事情，她說來雲淡風輕。

何緒陽心中一痛，忙又上前一步，握住她的手。「婉兒，都是我害得妳……早知如此，當初我該帶著妳去。」

梁氏道：「也不怪你，要怪就怪這命運弄人。如今你見到我，想必也了了心願。」她聲音軟下來，好似一縷春風。「端耀，你也莫要記著我了，我也沒有他想，只願你過得快活些。」

何緒陽見她對自己仍有關心，一時感慨。他又慢慢把她帷帽掀開來，若只見那左半邊，仍是如十幾年前一樣，美得驚心動魄，尤其一雙眼眸，因那輪廓深，特別迷人，像是世間少見的瑰寶。這些年，因她，他再也沒有見過教人動心的女子。

「婉兒……」他輕聲低語，伸手抱住她。「妳可知道，我以為妳死了，差點要與妳一起去……妳既然逃出來了，為何不來找我？」

梁氏任由他抱著，那雙手的力道、他的氣味，是她熟悉的，她鼻子微微一酸。誰說沒想過去找他？只是找了又如何，她仍是他的妾。何夫人也仍在，她再是喜歡何緒陽，也無法忍耐這種折磨。

梁氏想著，掙脫開他的手。「何大人，我現已經是三個孩子的娘親，要不是你找到阿蕙，我不會來見你的。這於我丈夫、於何夫人，都是不好的事情，還望何大人明白。」

何緒陽聽她說話冷靜無波，便知她早已想清楚，一時只覺滿腔的憤怒。是啊，就是再見她，又有何用？他也不可能再擁有她，只是徒增傷感罷了！而造成這一切的，是他的妻子，秦淑君。當年要不是她費盡心機騙他，他也不會相信梁婉兒死了。那火堆裡，滿是她的東西，甚至連尺骨都那麼相像！

他咬了咬牙。「婉兒，我與淑君早已一刀兩斷，不過還未和離罷了。」

梁氏一驚。「為何……」

「妳不是不知她的脾氣，我並不喜歡她，只是兩家一早訂親，又能奈何？」何家秦家世代交好，常會聯姻，做人子女，總有無法反抗的時候。

梁氏微微一嘆，也不知說什麼。何緒陽瞧她一眼，又看到那道傷疤，他閉了閉眼睛，難以忍受。真不知道秦淑君怎麼能如此殘忍，做出這種事？

他重重道：「婉兒，妳放心，如今她必不能再動妳分毫，妳也莫要……」他頓一頓。「莫要藏著，妳往常最是喜歡出來玩，如何能一輩子藏在家中？」

那時候，十三歲的她才被送到何府，嬌弱柔軟，好像一碰就會壞了似的，而他卻已經二十三了，見她每日鬱鬱不樂，便常帶她出去玩。漸漸的，她就開懷了，她慢慢信任他，喜歡上他。那幾年，是他這輩子過得最幸福的幾年，像是找到了年少時的情懷，單純的快樂。

可自從她沒了，那快樂時光也跟著沒了。就算此時再見她，也只能得些破碎的記憶。但知道她沒死，總是好事。

「婉兒，妳莫害怕，如今她即便知道妳在宋州，也沒什麼，不管她要做什麼，我都會阻攔的。」

梁氏心裡一驚，眼睛略略睜大。「她、她難道還想……」何夫人已經毀了她的容，她也早已離開何緒陽，難道何夫人還不能解恨？可何緒陽分明就是這個意思。

何緒陽露出厭惡之色。「我派人查過，她早些年就已知道妳，但還未有動作，想必是在等什麼時機，可恨我竟一直未知她如此惡毒！」不然他便是頂著家族壓力，也會把她給休了！

梁氏一想，倒是有些明白。「她也是因滿腹的怨。我如今想起來，她定是因孩兒的事恨我。那日是我不該得病，原是她生辰，你與她高高興興的，可恨被我打攪，她一時動了胎氣。」

聽說肚裡的男孩沒保住，何夫人也差點丟了一條命，她是該恨她的。可自己未免也無辜，她又不是刻意生病，也非是她派丫鬟去告知何夫人。而她現在，臉也毀了，難不成何夫人還要她以死謝罪？梁氏再如何能替人著想，也無法接受。

她如今是姜大太太，何夫人還想著以前的事情，太不理智，她也絕不會讓何夫人得逞，讓自己三個孩兒失去娘親，讓丈夫失去妻子。這般幸福的生活，她得來那麼不易！梁氏想一想，道：「興許我該見她一面？」

何緒陽搖頭。「妳見她做甚？她動胎氣原就不關妳的事，是她心胸狹窄，我不過是來看看妳罷了，她容不得人，把我第一個孩兒弄沒了！」

別說何夫人傷心，他難道不傷心？何夫人懷的可是何家的嫡長子，他也曾期望過。那時，他與何夫人的感情還不算太差。

梁氏一時又不知道說什麼，時隔多年，總是陌生了。何緒陽也知，沈默片刻，退後一步道：「婉兒，今日見到妳，我已滿足。姜大老爺人不錯，妳嫁給他，也算得償所願……這些，我都不曾能給妳……妳、妳以後好好生活吧。」

他深深看她一眼，轉身走了。這幾句話情真意切，梁氏終於沒忍住，眼淚落了下來。

姜蕙一直心神不寧，直到梁氏回來，見母親眼睛有些紅，她連忙拉著梁氏回屋，又叫人拿手巾來，沾了水給她擦臉。

梁氏見她忙前忙後，說道：「阿蕙，為娘沒事，妳不要擔心。」

「娘……」

母親哭了，可是見到何緒陽，動了感情？

梁氏拍拍她手背。「陳年舊事罷了。」

姜蕙心想也是，何緒陽很喜歡她，兩個人定然有過很多回憶，又如何不會哭？「阿娘歇息會兒。」

她本來還想問有沒有提到何夫人，終是沒開口。娘肯定累了。

她轉身出去，路上遇到姜濟達，他見到姜蕙就問：「聽說妳娘今兒出門了？可回來了？」

「回了，不過在睡覺呢，阿爹一會兒再進去。」

姜濟達收住腳步。「睡了啊？那是不該打攪她。」他好奇地問姜蕙。「妳阿娘來宋州還沒出過門呢，怎麼今兒就出去了？妳可知道？」

「好似突然來興致，出去瞧了瞧吧。」姜蕙沒跟梁氏通聲氣，也是隨口一說。

姜濟達很高興。「既然妳娘肯出去，以後我便能常帶妳娘出去玩玩。」

姜蕙笑笑，點頭贊同，暗地裡卻嘆了口氣。雖然父親知道母親是逃妾，可應該不知道是何家的逃妾……但也只能如此了。想必母親見過這面定是說清楚了，而何緒陽如了願，將來何夫人出手，他必會注意。

姜蕙告別父親，路過園子時，幾位姑娘都不在，想必何家姑娘已回去了。她一路前往上房，平日裡，她但凡有空，總會陪二老說說話。一來是該當有的孝心，二來，能得到祖父祖母喜歡，總不是壞事。

結果才進去，發現胡氏也在。胡氏看見她，笑道：「哎喲，阿蕙來了，聽說妳娘出門去了？」

她母親出門是件稀奇事，故而個個都要問。姜蕙含糊應了一聲，向老太太問安，又笑著問胡氏。「二嬸的鋪子何日開啊？」

「到中秋過後再開。」胡氏正與老太太商量。「娘，您看我剛才的提議如何，自家人總是比外人牢靠吧？我那弟弟可憐，跛了腳如今田裡的活兒也難做，要餬口飯吃，我說不如來鋪子裡，他學過算術，能管帳。正好如虎也能來唸書，如蘭呢，跟阿蕙一樣大，幾個姑娘在一起，更是熱鬧了。」

他們胡家就兩姊弟，如今她這個姊姊嫁得姜濟顯，日子越過越好，自然要幫襯親弟弟。

老太太也明白。這個兒媳婦，她還是挺喜歡的，不僅能照顧好家裡，在外面也能說會道，人情往來不曾出錯，現今要她答應這事，老太太想一想，還是同意了。「將來家大業大，人是越來越多的，妳弟弟來，日後便是不管鋪子，做個管家也好。」那些個大戶人家都是這樣，他們姜家有朝一日，也會興旺。

胡氏喜不自禁，連聲道謝。姜蕙在旁聽著，並不意外。當初姜瑜成親，他們大房來宋州賀喜，胡氏的弟弟一家便已經住在這兒了，其實就是在鄠縣，有時也來往的。

老太太說完，也對胡氏提要求。「妳別光忙阿瑜的事情，秀秀的終身大事，到底如何了？前些天說的幾個，要麼是年紀太大，都能當她老子，要麼是長得醜，咱們秀秀也不至於配個這等的吧？」

胡氏暗暗道苦，硬著頭皮道：「是兒媳的錯，定會好好給小姑挑個相公的，不過娘也莫著急，秀秀這不是還年輕嘛，一急反而找不好。」她只能使用拖字訣。

這小姑啊，便是有個哥哥是知府，也難以挑到好的，誰讓她是個寡婦呢，生得也一般，能有多好的？胡氏頭疼。

老太太瞅她一眼。「妳抓緊便是了。」又看姜蕙。「阿蕙，妳開鋪子時要準備些吃食，這樣客人來能填飽肚子，我看好些人開鋪都這樣的。要買什麼炮仗，也早些買，多買點，這一放熱鬧，大家便都來看了。」

姜蕙笑起來。「我還沒想到呢，就按祖母說的辦。」

老太太又叮囑胡氏。「阿瑜這事也差不多得定了，我看好些公子都不錯啊。」

姜蕙聽著，暗暗好笑，兩個人都貪心得很呢，不過姜瑜晚些嫁出去也好，一旦嫁了，就甚少回家，她定然會想念她的。

很快就到八月六日，仁心堂開張了。姜蕙一大早穿得漂漂亮亮的出來，上身是件玫紅繡纏枝梨花的夾衫，下頭一條雪青色百褶裙，腰間掛著碧綠色絲絛，垂著白色的玉墜子，頭髮綰平髻，斜插一支滾珠金簪。

等她來到客堂，眾人的視線全都落在她身上。雖是十三歲的年紀，此刻竟像個大姑娘，行動間顧盼神飛、亭亭玉立。

胡氏未免胸口泛酸。她有些瞧不起梁氏，知道她來歷不明，指不定是風月女子，可這女兒生得那麼好，誰不羨慕？

老爺子笑道：「也是該給阿蕙找個相公了。」

老太太斜睨他一眼。「這等話也拿來打趣，阿蕙還是小了點。」
姜濟顯道：「阿蕙，今兒這日子好，都在休息呢，二叔也去妳鋪子裡瞅瞅。」
「那最好不過了！」姜蕙笑道。「二叔一去，旁人定會買上一些的，誰教二叔是個好官呢，百姓都敬重您！」
這可不是討好，姜濟顯的名聲不錯，他辦案公正嚴明，自從來了宋州，已經抓了好些盜匪，便是有些陳舊的冤案也能得以昭雪。姜濟顯被姪女兒一誇，也笑開了。
眾人前往仁心堂。剛下車，姜辭就給姜蕙戴上帷帽。「人多，別被瞧見了。一會兒好些公子來，妳看堂姊堂妹都戴了。」
姜瓊撇撇嘴。「阿娘千叮囑萬叮囑的，能不戴嗎？還是寶兒好。」
姜照道：「寶兒也要長大的，妳嫉妒什麼？妳小時候還滿山跑呢。」
姜蕙哈哈笑起來。兩人是龍鳳胎，姜瓊比姜照早了一會兒出來，便是姊姊了，但姜照也不把她當姊姊看，兩個人常沒大沒小的。
外面的爆竹聲已經震天，是姜濟達去命小廝放了。因一早就有消息，知府大人的姪女兒要開藥鋪，是以好些人早早就來了，有好奇的，有來討好的，也有確實來買藥的，還有應天書院的學子，十分熱鬧。姜照出去招呼，請進來，鋪內設了吃食點心。兩個夥計也早準備好了，都是有經驗的，與客人介紹藥材。
寧溫姍姍來遲。姜辭這時才看到坐堂大夫，不由吃了一驚，與姜蕙道：「這麼年輕？」怕他資歷不夠。

姜蕙道：「新鋪子到哪兒去請名醫？先開起來再說吧，以後總有機會。」

姜辭一想也是，妹妹不懂開鋪子，能指望多少？他看著姜蕙嘆一聲，以後還得他多操些心，他這妹妹，原本就該老老實實等著嫁個好人家。

這一日，藥材還是賣出去不少，不知道是不是看姜濟顯的面子，掙到了二十幾兩銀子，可讓姜蕙高興了。要是每日掙那麼多，一個月可得好幾百兩呢！當然，那是白日作夢，過得幾日就少了，一天才得二、三兩銀子。

她正發愁的時候，回春堂出事了。聽到這個好消息，姜蕙頭一時間就去問姜濟顯。姜濟顯還很奇怪，姜蕙眨眨眼睛，道：「二叔，回春堂倒了，我這仁心堂就有希望了啊！」

這鬼丫頭！姜濟顯笑道：「有人告回春堂的藥有假，現還在查呢！不過回春堂這麼些年的口碑，不是那麼容易倒的，妳莫指望這個，好好做生意，腦筋別想歪了。」

姜蕙虛心接受，但還是提供了一條線索。「聽聞掌櫃嗜賭，輸了不少錢，所以才會賣不好的藥材。」

「喔？」姜濟顯還不知道這個，聞言點點頭。「好，我會命人去查一下。」

姜蕙高興地走了。不過回春堂的掌櫃頗有人脈，這案子查了好一陣子，鋪子也沒有查封。

這日，姜蕙在仁心堂跟寧溫商量。「要不要事先與那幾位名醫通通氣？不然被別的鋪子搶去了。」她立在案前，歪頭看著寧溫。

寧溫在寫方子。他這人很奇怪，總是在沒看病時，就把方子事先寫好了，也不知道怎麼就能對上的。

寧溋抬眸看她一眼，她有些焦急，好看的秀眉微微擰著，一雙春水似的眸子含愁，鮮豔的嘴唇也不似平日那樣翹起，教人看著，恨不得也要替她的事情擔心。

寧溋一笑，道：「我已經去說過了。馬大夫說考慮考慮，鍾大夫要告老還鄉，他年紀大了。至於李大夫，他是牆頭草，膽子也小，一聽我說知府大人，立時就同意了，明兒就來。」

姜蕙差點蹦起來。「太好了，李大夫一來，來咱們鋪子看病的人定然會多！」

寧溋嗯了一聲。「還是怪我醫術不精。」

「你已經很厲害了，只是那些人不知道。」姜蕙忙道。「你前幾日不是醫了一個婦人？她得肺癆，那不是容易治的病，如今那婦人都好一些了，我回去說，家人都說你醫術高妙呢。只等以後看的病人多了，你的名聲自然就會起來的。」

她說話的聲音很豐富，高興的時候好像摻著蜜，憂愁的時候很嬌弱，鼓勵人的時候又很溫和，像是春風，像是麗日。寧溋眸中滿是笑，忽然伸手去點了一下她的鼻子。「妳就是這麼糊弄我，才使得我來妳這鋪子。」不然，他興許早不在宋州了。

姜蕙嚇一跳。可寧溋這動作雖然突兀，她卻不討厭。那是上輩子救過她的人，不曾要任何酬金，他救了她，瀟瀟灑灑地走了。她心裡知道，寧溋是個好人。

她正要說什麼，寧溋卻抬起頭道：「有客人來了。」

姜蕙回頭一看，只見門口立著一人，深紫色的夾袍上銀光點點，好似黑夜裡的星星。他一張俊顏世間難尋，襯得這鋪面好似都亮堂起來，真正印證了一詞：蓬蓽生輝。

第十七章

一時，鋪內靜寂無聲。姜蕙發怔了片刻，才走上去。

見她仰著一張小臉，水般的眸子裡滿是疑問，穆戎的眉頭挑了挑。不過才月餘未見，她的容貌好似又長開了一些，比他印象裡還要妍麗，眉似春山，頰似豔桃，也難怪能勾得人忍不住動手。

他目光沈沈，像是陰鬱的天氣，姜蕙被他瞧得心慌慌，也不知他為何而來，開口問道：「不知穆公子有何事？」

「妳這兒有內堂嗎？」他問。

「有……」姜蕙呆了呆。

他徑直走進去，隨身伺候的何遠守在門外。內堂相當於家中的客堂，做生意的，常與人相商，便是要有一間這樣清靜的廂房。

姜蕙不知他要做甚，連忙跟了上去。豈料一等她進來，穆戎反手就把門關上。「咚」的一聲，恰似她心裡的驚懼。姜蕙下意識要去開門，他一掌壓在門上。

姜蕙用盡了力氣，門仍是紋絲不動，回頭一看，他正盯著她，目光雖沈靜如水，卻也好似瞄準獵物的毒箭，她一下心跳如擂鼓，咳嗽一聲，慢慢轉過身，強自鎮定地笑道：「既然穆公子有話要說，那就在此處吧，請坐。」逃不了，只能以退為進。因她不敢呼救，外面雖有寧溫與兩個夥計、兩個丫鬟，可哪裡抵擋得了穆戎隨身帶的侍從。

穆戎不坐。「這樣說便好。」

她背對著門，他立在她面前，二人身高相差頗大，這樣哪裡好？她只覺氣都透不過來，勉強咬一咬牙忍了，她垂眸看著地面道：「穆公子請說。」

因不太服氣，她嘴角不甘地抿著，勾出小小的紋路，濃長的睫毛遮著如水眸子，時不時有些顫動，看起來惹人憐愛。他微微側開頭道：「離五月沒有多久了，妳上回說，夢見姜家被牽連，是怎麼回事？」

姜蕙吃驚地抬起頭，她沒想到他會專程來問這個。

穆戎對上她眼眸。「興許本王能幫上忙。」

這句話一出，姜蕙更是驚駭，也不知是該歡喜，還是該再次試試奪門而逃，她眸色複雜。

穆戎看在眼裡，眼眸微眯。她那樣費盡心機來救姜家，其實都抵不住他在父皇面前一句話。有他在，她原本什麼都不需要做。

只可惜，姜蕙卻從未這樣想，要向他獻媚，借助他來挽救姜家。因她知道他的無情，不然上輩子，他早該替她找尋妹妹，也早該讓她贖身，放了她走。這些舉手之勞的事情，他都不肯，別說姜家了。姜家於他無益，便是滿門抄斬，又如何讓他心軟？故而，他現在說要幫忙，她如此震驚。

「不知殿下為何……」她詢問。「如此煩勞殿下，只怕無以為報。」

穆戎道：「何須報，妳總歸是本王的。」

原來是為這個理由！姜蕙差點沒氣得暈過去，但轉念一想，他竟為這個願意相助，莫非還真瞧上了自己？也是，上輩子他在曹大姑那裡，一眼就看上她，把她領了回去，足見是有幾分喜歡的，後來也常令她服侍，反而原先的妾侍倒是再無機會。可是他什麼身分，她又是什麼身分？她死也不肯與他做妾。

今日非得說清楚不可，省得他因此糾纏不休。姜蕙認真道：「殿下上回是猜得沒錯，夢裡我姜家被牽連，陰差陽錯我做了殿下奴婢。如今我既知道，此事便不會發生了，請殿下無須為此費心。」今生今世，她再也不會做他的奴婢！想到這點，姜蕙心裡甚是舒服，沒有什麼比自由之身更彌足珍貴。

但她沒想到，這番話卻讓穆戎解了一個疑惑。難怪她對自己甚是排斥，此前不願承認是他女人，原來竟是奴婢，想必在夢裡過得很糟，畢竟是這樣一個卑賤的身分。穆戎嘴角挑了挑。「只怕以妳小女子之力，難以力挽狂瀾，可對本王來說只是舉手之勞。」

比起她傾盡全力，依附於他，確實是極為輕鬆的一件事，可誰稀罕？她上輩子倒是願意，可最後得到什麼，便是不逃走，等衛鈴蘭做了王妃，她難道有好果子吃？她才不會上他的當！

姜蕙抬起頭來，不再退縮了。「若殿下無所求，小女子自是感激，可殿下若覺得幫了小女子，小女子就要委身於殿下，那大可不必。我姜家一事，我總會有法子解決。」她話說得很清楚。

穆戎淡淡道：「這回可沒叫妳做奴婢。」

姜蕙輕聲一笑，眼眸垂下掩蓋她的憤怒。她可是有自知之明的，以她的家世，也就只能做個側室，可她好好一個姑娘為何要如此？他也當真太小瞧了她，經歷了那一世，她絕不會隨隨便便再把自己交出去，哪怕前路坎坷，她不試試又如何知？

姜蕙不願再談。「殿下好意，小女子心領，有道天下何處無芳草，不知道有多少姑娘願意做殿下的女人，殿下大可好好挑選。」

比如衛鈴蘭，想她那身分，天底下男兒也是隨便挑的，可她非得要做個繼妃，還不惜弄死她。現在想想，這二人倒也相配。

她行一禮，打開門走了出去。寧溫見她面帶怒色，本想上去問問何事，可她走得很快，一轉眼便不見人。

何遠奇怪。那二人說什麼了？姜姑娘看起來有些生氣，但他也不敢動，只在外面等著。穆戎走出來，二人到得外面，穆戎吩咐：「派人盯著她。」

何遠應了一聲，見自家主子那麼嚴肅，心知他是把這姑娘放在心裡了。可姜家二姑娘，這等家世，也不過是個側室而已，倒不知主子如何安排？這次回京，皇后的意思，好似是要把沈家姑娘指給他為妻的，只是還沒有定下來，加上周王的事情夾在其中，真是一團亂。

他正胡思亂想，忽聽穆戎輕聲一嘆。何遠的眼睛都瞪大了，因穆戎很少嘆氣，他服侍了十年，算了算，興許也不過幾次。「殿下有何煩惱？」何遠輕聲詢問。「不知屬下可能替殿下分憂？」

穆戎如何肯說？他今日被姜蕙弄得有些心煩。本來簡簡單單的一件事，又變得複雜了。她高高興興地接受不好嗎？非得拒絕。原本只要他一句話，姜家便不會被牽連，她也不用那麼操心，可做他側室，她竟然也不肯？小小一個姑娘，野心卻大。他倒要看看她如何解決，屆時如若不成，她不是還求著自己？

他拂袖往前走了。

姜蕙疾步回去，帷帽一時都忘了戴，金桂、銀桂急得在身後喊，好不容易才把她叫停，金桂忙把帷帽送過去。「姑娘到底怎麼了？是那穆公子……」剛才兩人關在內堂，也不知說了什麼。

姜蕙道：「無事。」說是這麼說，可她語氣很冷。被人要求做妾，這滋味可不好受。

等她回到姜家的時候，都要傍晚了。老太太見到她，少不得說兩句。「阿蕙，妳阿爹阿娘縱著妳成天往外，我這可不准的，以後少去幾次。那回春堂不行了，想必妳那兒生意會好些，妳一個姑娘家總得注意，還得嫁人呢。」

姜蕙不忤逆老太太，笑著稱是。

胡氏笑道：「開鋪子放了心思是這樣，我這開了兩間，還不是忙得腳不沾地嘛？就只等我弟弟一家來了。」又與梁氏道：「最近妳多分擔些，辛苦了。」

她前不久開了兩個鋪子，很多事情要處理，梁氏自是不能袖手旁觀，笑了笑，道：「無妨，我反正也閒著。」

姜蕙暗地裡皺了皺眉。她最是心疼母親，不過胡氏也確實忙，等胡氏弟弟來了再看，若還這樣使喚母親，她可是不饒的。

老太太見人陸續入了客堂，這時說道：「過幾日，九月十九是觀世音菩薩生辰，老大媳婦妳準備準備，旁的菩薩生辰我倒是可以不去，這日我必得去的。那年老二鄉試，我便是求了觀世音菩薩，果然高中。妳們有什麼心願，也必得求一求。」

胡氏笑道：「這麼好，定然要求了，香火錢也不能少。」

姜蕙聽了，心裡一動。

梁氏應了一聲。老太太看她一眼，道：「老大媳婦妳不如也一起去，莫總在家裡，人多熱鬧些。」

若是往日，梁氏必是不去的，可今次她想一想，笑道：「好。」

姜蕙驚訝，看向梁氏。梁氏衝她溫柔一笑。姜蕙了解，露出欣慰之色，母親已經放開了。

眾人便說好一起去寶塔寺。

寶塔寺位於宋州城內的寶善街，香火鼎盛，一到天上眾神佛生辰，寺前更是車水馬龍，人來人往。因不是休沐日，故而只是些女眷，老太太與梁氏道：「我去年捐了一百兩銀子於廟裡，今年不能少了，我看捐個一百五十兩。錢財不算什麼，只要能保得家裡平安，便知足了。」

梁氏笑道：「娘說得是。」

胡氏道：「一會兒我得讓阿瑜去好好抽個籤，解一解，看何時能有個好姻緣。」

老太太看女兒一眼。「秀秀也跟著去，最好妳與阿瑜都得個如意郎君，也是雙喜臨門。」

姜秀嘻嘻笑道：「那不還得看娘？娘疼我，總不會找個差的。」說罷瞅了瞅胡氏與梁氏。

「有娘在，我是不怕被人糊弄。」

胡氏抽了下嘴角。這小姑被老太太寵得自視甚高，以為自個兒真能得個佳婿，怎就不照照鏡子？她側過頭不理會。

此時早已深秋，正是芙蓉花開的季節，也不知哪家種了許多，花香隨風直撲入車內。姜瑜笑著看姜蕙。「這味道與妳用的一般，竟分不出哪是哪。」

「倒是聞著肚子餓。」寶兒可憐兮兮道。「想起芙蓉湯了，又餓又睏。」

她生得雪白粉嫩，一撒嬌，所有人都心疼，姜瓊從荷包裡摸出兩塊糖。「妳吃吧，我本來想路上解悶吃的，一會兒聽廟裡唸經定是無味得很，現在給妳了。」

寶兒笑著謝過，拿了往嘴裡塞。姜蕙見她牙齒掉了兩顆，滿嘴漏風，皺眉把糖拿過來。「正長小牙齒呢，別吃這些，黏在上面長不好，難看死了。」

寶兒愣住，要吃的東西被搶了，一時有些呆，只睜著兩隻大眼睛，很是茫然，姑娘們看著都笑起來。

姜瑜摸摸寶兒的頭。「阿蕙說得是，別吃糖了，等到了寺廟，叫些齋飯給妳吃，那兒的齋飯可好吃了。」寶兒才又高興。

姜蕙自己把糖吃了，姜瓊要回一個，也放在嘴裡。

到得寺廟，除了寶兒，三位姑娘都戴上帷帽，跟在長輩後面往前頭走。幸好來得早一些，路上人不算多，但也遇到好些認識的婦人、姑娘，因越國信佛，皇帝也是大為推崇，這兩年，寺廟建造了好些，今日是觀世音菩薩生辰，自是個個都來。

又往前走，姜蕙聽到胡氏驚喜的聲音。「哎呀，沒想到見到何夫人，您也來進香？」

她心裡咯噔一聲，疾行幾步，走到梁氏身旁。梁氏知道她怕什麼，伸手握住她的手。母親的手有些冷，姜蕙更是擔憂。

何夫人道：「是金太太相請，便一起來了。」

胡氏往旁邊一看，果然金太太在，不只她，金荷也在，她眼裡就露出幾分鄙夷。許久不見，這母女兩個原是攀上了何家。不過當著何夫人的面，胡氏不會翻臉，她仍是笑著，誇讚何家兩位姑娘，目光又落在一位二十來許的公子身上，暗想何家只有兩個女兒，這人又是誰？

何夫人此刻卻是看著梁氏的帷帽。婦人與姑娘的打扮總是不一樣，如今老太太、胡氏都在面前，那這人莫非是梁婉兒？何夫人眼眸眯了眯，淡淡道：「這是我弟弟秦少淮，前幾日來宋州看我。」她頓一頓，笑了笑。「那一位是大太太吧？難得遇見，怎也不露個面？」

老太太一怔。老大媳婦這臉能嚇倒人，在鄠縣是因為鄰里間早已知道，可在宋州卻不妥，她笑了笑，道：「何夫人，我大兒媳臉上有傷，便罷了。」

何夫人道：「是何傷？若是嚴重，我倒可介紹一位大夫。」

胡氏因相公的關係，總要討好何夫人，便與梁氏道：「大嫂，見見何夫人也無甚，咱們兩家常來往的，見慣了便好。」

姜蕙皺起眉。梁氏微微捏了捏她的手，示意她放心，這才低聲道：「我容貌醜陋，恐露出來驚嚇到夫人，還請何夫人恕罪了。」

何夫人嘴角不由挑起，露出輕蔑之色。看來她容貌確實毀了，醜得不能見人，且看胡氏那口氣，可見梁婉兒在姜家無甚地位。也是，到底是一介奴婢，便是嫁得地主家兒子，公公婆婆也不會喜歡。難怪她從不出門，定是家中不准，嫌她丟臉，今日怕是菩薩生辰才勉強准許。何夫人想著，甚覺快意，先行往前去了。

胡氏看梁氏一眼，皺眉道：「只是一見，怕什麼？」

老太太道：「罷了，見不見也無甚。」

唯有姜蕙明白梁氏的用意。母親不想在何夫人面前露出臉，是避免與何夫人之間的衝突。

第十八章

姜蕙暗嘆一聲。只可惜那人卻是個不死不休的，她斷定除非母親死了，不然何夫人定然不會放過母親。她握住梁氏的手搖了搖，朝她一笑，仰頭間，帷帽微動，露出小巧的下頷，潔白似雪，像是世間少有的美玉。

秦少淮看得一眼，心頭一跳。他早前就見到姜蕙遠遠而來，那身姿靈秀嫵媚、引人遐思，他見多了姑娘，還不曾見過這般走路的，眼下瞧見她肌膚，直覺是個大美人兒。他路過姜蕙身邊，腳步略一停頓，想與她說幾句，可身邊人甚多，終是難以開口。

這時，只聽何文君與何文姬輕聲道：「剛才姜大太太竟然說自己醜陋，我竟不太信，姜二姑娘生得這般漂亮。」

何文姬不悅。「怎麼漂亮了？一股風塵氣，倒像是個狐狸精！」

金荷微微一笑。「姜二姑娘是生得不錯，不過哪裡比得上兩位姊姊身上的氣韻？她到底是鄠縣來的，無甚規矩，兩位姊姊才是真正的大家閨秀，這是學也學不來的。」

何文姬又笑了。

可男人哪會管是不是狐狸精，秦少淮心想，若是狐狸精還正好呢，他可沒見過這樣的姑娘，他家中妻子好似木頭，幾個妾侍也無甚意思，心裡想著，忍不住回頭又看了姜蕙一眼。她已經走遠了，他鼻尖只聞到一股芙蓉香，淡淡似清酒醉人。

「我腰間玉珮掉了。」他立時與何夫人道。「回去找找。」說完，一溜煙地走了。

何夫人嘆口氣。這是她最小的弟弟，也是唯一的弟弟，將來的威遠侯，可惜二十來歲了還定不下心，成日裡鬥雞走狗，還是去年因父親才謀得個差事。前幾日來附近辦事，順道看她，這會兒又到處亂跑。如今越國早早滅了魏國，每年戰事甚少，武將的處境一日不如一日，可這弟弟呀，還只知道玩！她搖搖頭。

姜家人這會兒已到寺內。老太太捐了香油錢，小沙彌領著她們去燒香磕頭，祈福求願。輪到姜蕙時，她跪在地上極是虔誠，好一會兒不起來。老太太奇怪。

姜蕙笑道：「我這藥鋪才開張，得求菩薩好好保佑了，這不得虔誠些嘛，我就多跪一會兒，聽他們唸唸經也好。」

老太太好笑，由得她去。

梁氏許久不來廟裡，被香灰嗆得不舒服，小聲與姜蕙道：「快些先把籤抽了，為娘給妳去解一解。」不只胡氏關心女兒婚事，她也一樣。

姜蕙笑起來，拿起籤筒抽了一籤。梁氏取了，帶寶兒去解籤。

過一會兒，眼見時辰差不多，姜蕙輕呼一聲，捂住腦袋倒下去，旁邊的金桂、銀桂嚇壞了，兩人連忙叫上婆子，把姜蕙扶起來。小沙彌見香客暈倒，便領著去後面清靜的客房。

「得去告訴太太一聲。」金桂與一個婆子說。「好似在解籤，妳們去，我與王嬤嬤守在這兒。銀桂，妳去同小沙彌請大夫。」

那兩人立即走了。

姜蕙躺在床上，正在斟酌言詞，到時如何與二叔說，忽聽身邊有極小的動靜，她正覺詫異，耳邊聽到穆戎的聲音，輕而悅耳。「這便是妳想的法子？」

她猛地睜開眼睛，他就立在她旁邊，神態自若，好似這客房是他的。她大驚，手捂住嘴鎮定了片刻，輕聲質問：「你怎麼進來的？」也不知他來多久，想到剛才或許被他盯著，她渾身起了雞皮疙瘩。

穆戎淡淡道：「何遠要對付她們，易如反掌。」

姜蕙閉了嘴，警戒地看著他，右手不由自主抓緊身上的被子。

穆戎走到她床邊坐下，不緊不慢地道：「想藉由神佛之力哄得妳二叔相信？」不等她回答，他自言自語。「也是個法子，只姜知府未必有應對的計策，到時……」

想說到時求他？姜蕙冷笑道：「怎會沒有？我姜家既是被人陷害，只要提早消除嫌疑便是。」

假若二叔信了，他自當會派人去開封查探，將來揭發周王謀反就是了。他若成為揭發者，難道還能被誣衊成同夥不成？宋州也可早早佈置，指不定還能立功呢！

見她胸有成竹，穆戎微微一笑。「那也得事事順利才行。」

「你……」聽他好似威脅，姜蕙大怒，眼眸睜圓了，兩隻小手握成拳頭，好似想一撲而上的貓兒。

穆戎看著輕笑起來，忽地道：「有人來了，本王避一避，妳且繼續暈著，莫浪費機會。」

姜蕙自然不想因他放棄計劃，畢竟難得來一次寺廟，至於金桂她們，應是被打暈了，她也只能裝作不知，凡事得以大計為先。她躺下來，閉上眼睛。

豈料背脊剛剛沾到床，唇上卻一暖，好似被什麼東西碰了一碰，瞬間，她只覺渾身血液都凝固了起來，也不知如何思考，腦中像是下了一場大雪，白茫茫的。

她剛一睜眼，就聽見銀桂在喊：「來人啊！快來人！」

她連忙又把眼睛閉上。銀桂一邊喊，一邊進來看姜蕙，眼見她仍暈著，並無哪裡不對，這才鬆了口氣。

姜蕙聽到銀桂的聲音，卻更是混亂。難道自己剛才出現幻覺，可明明……她心裡一陣慌亂，也不知穆戎為何要這般做，便是他如今與以前不同，也不至於要輕薄人吧？幸好不曾被人瞧見，不然她就是跳到黃河也洗不清了！

此時，梁氏攜寶兒匆匆進來，見到女兒果真暈倒，一時大驚。寶兒搖著她的手。「姊姊、姊姊。」一小手觸之溫暖，聲音又軟糯糯的，姜蕙差點忍不住睜開眼睛。不過都到這會兒了，不能功虧一簣，眼下也只能對不住她們，讓她們擔心片刻。

她這一暈，裝到大夫來才好。梁氏見她總算醒了，眼睛一紅，把她摟在懷裡道：「阿蕙，真把為娘嚇死了，好好的怎會暈倒，可是被香火燻到了？」

「是啊，妳這孩子，差點把老太太也嚇暈。」胡氏略有些責備。「是不是最近太忙了，累倒了？就是擔心鋪子，也不該跪那麼久。」

「不是累。」姜蕙摸著腦袋。「我原本磕頭呢，也不知怎的，聽到耳邊一陣妙音，虛無縹緲似的，又像是唸佛經的聲音，直鑽進我耳朵裡，我一時承不住，便暈了。」

確實大夫也說不出個所以然，老太太看看她，打趣道：「興許是妳虔誠，觀世音菩薩賜妳福運。」

「那倒是好。」胡氏也不想為姜蕙的事情費心。「沒事就好了，我看妳精神不錯，應不用再睡了吧？」

「沒事了。」姜蕙從床上下來。

老太太與胡氏道：「金桂跟王嬤嬤又是怎麼回事？」

胡氏回答：「二人講也講不清楚，大夫看了，說是遭了重擊，被人打暈的，可誰也沒瞧見，兩人身上也沒少什麼，真真奇怪！如今我已告知住持，四處加派沙彌了。」

老太太皺眉。「還有這事？罷了，咱們已經進過香，這便回去。」

幾人走到門外，金桂給姜蕙戴上帷帽。這院子清靜，像是無什麼人，姜瓊嘰嘰喳喳地打趣姜蕙。「祖母說妳得了福運，藥鋪定然要掙大錢了，到時候可莫忘了我。」

「妳還缺錢？忘了妳什麼？」

「不管什麼，妳總歸要給我買一些。」

胡氏瞪她一眼。「還跟妳堂姊要東西，快些走。」

她們都不知院內蔥蘢大樹後正藏著一人，等到都走了，他才出來，輕聲一嘆，暗道可惜不曾早些來宋州，難怪有人說姑娘當數魏國人最美，這姜二姑娘既有魏國人的雪膚，又有越國姑娘的嬌柔，當真是稀罕。他想到剛才那一眼，未免心猿意馬，疾步跟上去。

兩個隨從見他出來，急道：「哎呀，我的爺，幸好沒被人發現，那院子裡都是女客，聽說剛剛才出了事，快些走吧！」

秦少淮道：「走是要走，而且你們還得走快些。」他吩咐那二人幾句。

兩個隨從有些不肯，可奈何秦少淮是主子，威遠侯也就這一個寶貝兒子，只得聽從。

路上，姜蕙問梁氏。「阿娘拿去抽的籤，可曾解了？」

「解什麼呢？」梁氏道：「聽說妳暈了，我籤都沒拿穩，如今也不知掉哪兒了。」

「也罷了。」姜蕙原先還有些好奇。

梁氏笑道：「我瞧著像是好籤。」其實她也不太確定，只記得一句：八龍交會日，方遇寶花緣，不知是好還是不好，但看著應是不差。

姜蕙道：「也罷了，總歸我還小，那阿娘可知道堂姊抽了什麼籤文？」

梁氏聲音低了一些。「聽解籤的說，好像暫時莫要給阿瑜訂親，便是定了也不長久。當時妳二嬸聽了，臉色甚不好看，臭罵了那解籤人幾句，但好像還是聽進去了。」

「居然會這樣？」姜蕙訝然。「那得等到什麼時候。」

「我也不知。」

兩人說著，已到寺廟門前，正在等車，只見兩個小廝過來。「回老太太，也不知怎的，這馬兒突然跟瘋了似的，不聽人話，馬夫也吆喝不住，橫衝直撞地就跑了，驚得另外一匹馬兒也跟著跑了。」

老太太斥責道：「怎麼回事，連個馬車也看不住！還不回頭去府裡重新拉一輛來。」

小廝忙要去，旁邊卻走來一個公子，笑道：「見過姜老太太。」

「秦公子。」老太太認識他。「你還沒走？」

「四處看了看。」秦少淮關切地問道：「可是出了什麼事？」

「沒法子坐車回去了。」老太太嘆一聲。

秦少淮笑道：「正好我有馬車，不如老太太坐了我的車回去。」

老太太道：「那怎麼好，你自己得坐呢。」

「我是男兒無妨，妳們女眷等著也累了，老太太、大太太、二太太莫客氣，我這馬車寬敞，便是坐六、七人也不擠的。再者，聽我姊姊說，姜家與何家常來往，我讓個車算什麼。」

見他那麼客氣，老太太也不好推辭，便同意了。秦少淮立在旁邊，見她們一一上車，輪到姜蕙時，他走得近一些，特意叮囑道：「姜姑娘，我這馬車有些高，小心摔了。」

他這般體貼，姜蕙少不得瞧他一眼，倒是個英俊的男人，只是眼神不太穩重，有些飄。她道了聲謝謝。

聲音甜甜的，帶著些柔和，十分動聽，秦少淮心裡一熱，想伸手扶住她，但還是忍住了。

幾人坐著他的車回去，胡氏誇讚道：「沒想到何夫人那麼清高，她弟弟倒是很有風度，可惜已經娶妻，不然……」她嘖嘖兩聲。「何夫人可是威遠侯家的姑奶奶，聽說威遠侯也就一個兒子，這秦公子可不是將來的侯爺嘛？」

老太太點頭。「那更是難得，我看他很懂禮貌。」

胡氏忽地想到金太太，啐了一口。「何夫人還不知道金太太與那金荷的真面目，竟還與她們一起進香。」

提到金荷，姜瑜微微嘆了口氣。剛才路上相見，金荷一眼都沒看自己，兩個人的友情也確實煙消雲散。她對金荷提不上恨，畢竟沒傷到，只是覺得惋惜，明明可以成為很好的朋友，卻偏偏成不了。

這日晚上，姜蕙就作惡夢，把金桂、銀桂實實在在嚇了兩回，剛把她伺候睡了，又尖叫起來。

早上，姜蕙去請安，眼睛下面青黑青黑的，老太太一問，才知道作惡夢了。其實姜蕙原先真作過，但從來不曾說，因為怕嚇到眾人。可經由穆戎一事，她發現，原來也不是這麼難以接受。

老太太唸了一句阿彌陀佛，叫她不要擔心。「作惡夢沒什麼，我老太婆也不知道作過多少了，晚上我叫廚房燒碗定心湯給妳，定會好的。」

眾人也沒怎麼放在心上，畢竟作夢是常事，可姜蕙仍沒好。這事連姜濟顯都知道了，胡氏與他說：「老太太還說阿蕙得了福運，我看是反了，該不是去廟裡衝撞到什麼了，要不請個高僧回來，我去與大嫂說。」

姜濟顯道：「再看看吧，興許明兒就好了。」

二人正說著，姜蕙來了。

胡氏奇怪。「不躺著歇歇？」

「二嬸，我有話要與二叔說。」她神色很嚴肅，也透著一些惶恐。

胡氏皺起眉。姜濟顯知這個姪女兒聰明，她既然說得那麼清楚，定不是胡鬧的，就叫胡氏先出去。

胡氏一走，姜蕙道：「二叔，我定是得了觀世音菩薩的指點了，這幾日作的夢一模一樣，只我不敢與旁人說。」

「喔？」姜濟顯不免好奇。「到底是什麼夢？」

「我夢到周王謀反。不只如此，還連累到咱們姜家，許是上回二叔加派人手，阻攔了周王的計劃，他拉咱們姜家下水。」姜蕙往前兩步，拉住姜濟顯的袖子，驚懼地道：「死了好些人，我很害怕，二叔，這事會不會是真的？」

姜濟顯怔住了，可他沒有盲目相信，沈吟片刻道：「可有別的？妳這夢，沒說周王何時謀反？」對於周王，他自然了解他的圖謀不軌，因皇上的不作為，周王有些肆無忌憚，可謀反……他沒料到他有這樣大的膽子。

姜蕙想一想，道：「好似就在明年五月了，皇上要出遊，被行刺，周王乘機起事，直攻宋州。」

姜濟顯這才面色一變。因她說得甚是詳細，而皇上喜歡出遊乃常事，每年總要出去幾趟的，但到底何時去，並不一定。這個夢太真實，假如是真的，周王定是謀劃了好一陣子。姜濟顯叮囑。「阿蕙，這事妳切莫告訴旁人。」

姜蕙急於知道他信不信，忙問：「二叔可相信我這夢？我實在怕成真了，咱們姜家……」她想起往事，不由哽咽。

姜濟顯安慰道：「莫怕，無風不起浪，雖是夢，可妳既然夢到了，定是有理由的。」他其實也解釋不了，可人總是敬畏天地的，如今關乎他姜家存亡，又如何能不在意？他伸手拍拍姜蕙的肩膀。「此事我會好好調查。阿蕙，妳今日告訴我，便不要再擔心了，晚上好好睡。」

雖是此等大事，可姜濟顯並不慌亂，很是鎮定。姜蕙信賴他，卻也忍不住提醒。「還請二叔小心些，萬一被周王知道……我怕咱們宋州也有細作呢。」

小小年紀，倒是謹慎。姜濟顯笑道：「自然。」

或許他也該找何大人商量商量，上回行府一事，何緒陽也甚是警惕，應與他一般，都在防著周王。

姜蕙見他確實聽進去了，這才告辭，她心裡也輕鬆了一些。比起外人，二叔自然比何大人更值得信賴，自己的性命，終究只有自己與家人才最為看重。

姜濟顯等她走後，徑直去了書房，修書一封，派人送去京城。他在官場這幾年，自然是有幾位好友的，有一位正在光祿寺當差，與宮裡黃門走動頗多，興許能探得消息。若皇上五月真要出行，他真是絲毫也不能放鬆了。

姜蕙此後自然也不再作夢，眾人都放了心。

過得幾日，胡氏的弟弟一家終於到達宋州。她弟弟叫胡海，妻子戴氏，生了兩個孩子，兒子胡如虎十一歲，女兒胡如蘭十三歲。說起來，胡氏樣貌還是不錯的，不然姜家那麼大的一個地主，也不會娶了胡氏。

故而胡海的兩個孩子也生得頗是端正。尤其是胡如蘭，承襲了父母的優點，一張瓜子臉惹人憐，眼睛細長，頗具風情，性子也不錯，見到人笑嘻嘻的，一來就拉著姜瑜說道：「大表姊，咱們好久不見了。」

他們是住在鄰縣的，平常不太來往。也是有兩年多不曾見了，還是在姜濟顯一家要搬去宋州時，才見過一面。

姜瑜笑道：「現在可好了，可以天天見。」

胡如蘭又去看其餘人等，見到姜蕙的時候，一下子瞪大了眼睛，笑道：「這是阿蕙啊？竟然長那麼大了。」她記得兩年多前見到時，人還小小的，現在個子竟然那麼高，比自己高出了半個頭。

姜瓊笑道：「她成日裡吃得多，能不長得快？」

胡如蘭笑起來。「那我也得多吃點，比阿蕙矮那麼多。」

「咱們家伙食好，妳定是能如意的。」姜瓊性子活潑，立時要拉胡如蘭去看她住的地方。「妳就與我一起住，我還小，等到姊姊嫁人了，咱們再一人一個院子。」

便是這地方再大，也是有限，不可能每人都有獨家獨院。

胡如蘭抱歉道：「還得妳跟我擠，實在不好意思。」

「有什麼啊，人多熱鬧。」姜瓊拉著她走了。

姜瑜、姜蕙、寶兒也一起跟著去。姜瓊住的院子在南邊一處，兩進的小院，隨身伺候的有四個丫頭、四個婆子，裡頭青磚鋪地，很是潔淨。她也不愛種花種草，只有三座假山，山上零星有一些綠草，仔細看來，倒也有幾分雅趣。

胡如蘭露出羨慕之意。「到底是宋州，咱們縣裡可沒有這樣的人家，便是知縣，我去瞧過，也就妳這個院子大。聽我娘說，妳們還有女夫子教書呢。」

「別提了。」姜瓊懶洋洋的，她可不喜歡這些。

姜瑜笑道：「是有女夫子教，妳如今來了，也可一併學的。」

「那得從頭學了，我只識得幾個字。」胡如蘭朝她們幾個身上瞧一眼，只見樣貌、氣質落落大方，心想，才別幾年，自己竟與她們落得如此大的差距，難怪都要論家世呢，幸好自家姑母嫁得好人家，成了知府夫人，這派頭是不一樣。

幾人說得會兒，進屋喝茶，待過了半個時辰，姜蕙才牽著寶兒出來。沿路見寶兒老是吐口水，姜蕙奇怪道：「怎麼了？」

寶兒指指嘴巴。姜蕙叫她張開嘴來，只見她兩顆小牙齒已長出一半，倒是沒什麼，就是下頭的牙齦有些紅腫，她忙讓金桂去與門房說一聲，請寧大夫來。

如今她鋪子裡有兩位坐堂大夫，除了寧大夫，便是李大夫。李大夫正如寧溫說的，膽子很小，早早就來他們鋪子了，如今來看病的人也確實比以前多了許多。

金桂不敢怠慢，轉身就走。梁氏隨後也來了，抱著寶兒叮囑事情。這時寧溫才到，提了個小藥箱，進來先向梁氏行禮。

梁氏笑道：「煩勞寧大夫。」

寧溫道：「我也正好有話與姜姑娘說。」先上來給寶兒看病，看完道：「小兒換牙，免不了的，藥也不用吃，這兩日淨牙時，塗些玉池散就好了。」

梁氏鬆口氣。「這就好。原先我想著寶兒小，吃藥恐是不妥。」她吩咐金桂找人去藥鋪拿玉池散。

「不用，我這兒帶了。」寧溫取出一瓶。

姜蕙笑起來，他總是事先有準備。她問道：「你有何話與我說？」

寧溫瞧她一眼，她面色不錯，不由想起那日她怒氣沖沖地走了，再不曾來過藥鋪，李大夫還是姜辭過來招待的。聽說她被老太太責備了幾句，便不太出來，他還擔心，如今看來，她像是無甚煩惱。

「昨日有人來鋪子，聽意思是要買不少藥材，想當面與掌櫃詳談。」

姜蕙欣喜。「這是好事啊！」

別看她平常渾身嫵媚之氣，可真正高興的時候，笑起來眉眼彎彎，十足的孩子氣。寧溫當下一笑道：「那姜姑娘定個時間，我好回去說一聲。」

姜蕙道：「便明日吧。你可知那人是誰？」

「未說，是小廝前來相看的。」寧溫其實有些奇怪。「我總覺得哪裡不對，但也不好斷定。就是騙子，真金白銀的，難不成到時還能拿假的？」

姜蕙聽了皺一皺眉。「但你懷疑也沒錯。你想想啊，咱們這藥材是在陵縣買的，那人既然要大量藥材，何不去陵縣？在咱們這兒買，定然是要多花去不少銀子。」

「確實。」寧溫點點頭。

兩個人說起話來十分自然，像是認識許久，梁氏在旁邊瞧著，原本有些擔心，她知道女兒生得美，而寧溫也正年輕，生怕有些什麼，如今瞧著，卻微微一笑，說道：「阿蕙，那明兒叫妳阿爹去好了。」

姜蕙笑道：「也好，表姊來了，咱們本來也說要帶她去玩玩。」

寧溫這會兒拿了一個玉瓶出來。「這藿香散我才配的，妳拿去用，太太也可用，洗手、洗頭、洗臉都行。」

「用了會好看不成？」姜蕙好奇，打開玉瓶聞一聞，淡淡的藥香味。

「不好看還能給妳？用了定然更漂亮的。」他笑笑，目光柔和，起身走了。

梁氏剛才還想著不會有什麼，可這年輕人竟然當著自己的面，送給女兒這個，且還送得理所當然，她連一句反對的話都不好說。

「這寧大夫……」梁氏苦笑，也不知是什麼意思。

姜蕙卻不以為然。「阿娘，寧大夫只是不拘小節，他沒事便會琢磨方子，順道而已，咱們省得自己買了，果然開藥鋪最好。」她知道寧溫的性子，反倒不會多想。

梁氏不知道說她什麼好。「妳總是注意些，他要是送什麼貴重的，可不能要。」不是說她看不上寧溫，是女兒如今還小，再者，日久見人心，不能急於一時。

「他那麼窮，就靠診金月俸過活的，怎麼送貴重的？」寧溫四海為家，住的地方都是租的。姜蕙想著，皺了皺眉，雖然知道寧溫窮，可好像也不知道他的身世……

河西街的大院裡，穆戎練完劍，一身短打都濕透了，正當要進屋清洗，何遠疾步走過來，立定了道：「稟殿下，姜姑娘這幾日未出門，倒是有人盯上她的藥鋪了。屬下去打聽過，像是要買她的藥材。」

「何處不對？」穆戎問，把長劍掛在牆上。

何遠道：「那買藥材的是何夫人的弟弟，威遠侯之子秦少淮，正是那日借車與他們姜家的。」

「是他？」穆戎冷笑一聲。「這登徒子，許是看上她了。你派人在鋪子候著，一等他出面，先打斷了手腳再說。」

何遠面皮子抽了抽，沒有立刻聽從，遲疑道：「那秦少淮總是何家親戚，當街打他，到時候要查起來，殿下不怕暴露身分？此事只怕何大人也要干涉的。」何緒陽可是布政使，一旦下令徹查，那還得了？總是危險。

他一邊說，一邊偷眼打量穆戎。上回寶塔寺一行，自家主子好似換了個人，最近毛毛躁躁的，也不知單獨與姜姑娘在一起出了什麼事。還是皇后娘娘有遠見，生的兩個兒子，不到十八歲都不讓碰女人，說是壞事，這不就壞事了?!

穆戎聽他說得沒錯，也知自己欠慮。他往屋裡走去，拿起桌上涼茶喝了一口。白瓷碰到嘴唇，冰涼的觸感，他少不得又想起那日。

其實原本並沒想過要輕薄於她，也不知為何，見她在面前躺下來，鬼使神差地低下頭吻了，回頭想想，興許是之前瞧得久了。她躺在那裡，玉面朝天，無一處不美，又是在床上，總是帶了些旖旎，他看在眼裡，忍不住起了慾念，故而才坐在她床頭。二人離得近了，她身上又極香，除了芙蓉味，還有些不一樣的氣味，混雜在一起，濃烈無比，抗拒不了地直鑽入他胸腔。他好不容易鎮定下來，仍像往常一般說話，只是到最後，還是沒忍住。

直到現在，唇上似乎還有她柔軟清甜的味道，昨日夜裡想起，竟難以入眠。他皺了皺眉，興許真是到年紀了，但母后這方面頗是嚴厲，他一早習慣，到得十幾歲又愛出遊，到現在還未嘗人事。那日之舉，興許是人之常情？

他放下茶盞，平靜道：「你繼續派人盯著，若他圖謀不軌，你……」他頓一頓。「速速報我。」

何遠應聲而去。

第十九章

到得第二日，姜濟達去藥鋪商談生意，結果一進去，看見一位年輕公子。寧溫道：「便是這位秦公子，說想買些藥材帶到京城。」

秦少淮本是滿心期待能與姜蕙見面，誰料來了個中年男人，他面上不由露出失望之色，只是很快收斂了，笑道：「不知這位老爺是……」

「是掌櫃的父親，姜家大老爺。」李大夫插嘴。「秦公子要買藥材與大老爺相商也是一樣的，咱們掌櫃總是姑娘，不太方便。」

「是這個理。」姜濟達笑著一擺手。「請秦公子去裡面談。」

秦少淮不好反悔，只得硬著頭皮進去，出來時，先買了一百兩的藥材，說餘下要再考慮考慮。

姜濟達頗是高興，回去就與女兒請功。「雖不是大買賣，也是一百兩。」

姜蕙驚訝，原來不是騙子呀？她笑道：「阿爹真厲害，下回都得阿爹出面了。」又好奇。「到底是誰，一下子買這麼多藥材。」

「是位姓秦的公子。」姜濟達道。「說是要帶回京城的。」

姓秦？姜蕙一下子就想到那秦少淮，面色不由變了變。她對秦家人全無好感，只不好與姜濟達說，暗想下回還來，定是有些問題。

她這頭懷疑，那頭，秦少淮帶了藥材回何家，送了好些人參鹿茸給何夫人。何夫人起先頗是高興，心想這弟弟倒也知道疼人，後來問起藥材哪裡買的，秦少淮沒想那麼多，就說是仁心堂的。

何夫人的目光就好似刀子一般釘在他臉上，秦少淮被她看得心頭發麻。何夫人的手緊緊握住茶盞，慢慢問道：「這宋州好些個藥鋪，你怎麼就去那家買？」

秦少淮笑道：「姜家與何家不是交好嗎？我聽聞這藥鋪就是姜家的，故而才去買一些，難道姊姊不喜歡？」

何夫人啪地摔了手裡的茶盞，眼見青瓷碎了一地，秦少淮嚇一跳。

「我還不知你的德行？」何夫人沈著臉斥道：「你看上哪家姑娘不是如此，不是送錢便是去買他們家東西，不是一回兩回了！你老實說，是不是那日見到姜二姑娘了？」

秦少淮沒想到她那麼精明，扯起嘴角打趣道：「姊姊，妳既知道那姜姑娘漂亮，怎也不告訴我一聲？」他上前相求。「姊姊與姜家二太太相熟，不如幫我求了那二姑娘，給我做側室，我保管疼她，不讓她受委屈。」

何夫人大怒，伸出手掌就往他臉上甩了一巴掌，大聲呵斥道：「你說什麼？你這樣怎麼對得起珠兒?!」那一巴掌把秦少淮打懵了。

他姊姊平日雖嚴肅，但從小就極疼他的，怎地現在這麼狠心？他也惱了，叫道：「我怎麼對不起珠兒了？只是男兒家有幾個側室算什麼，姊夫不也有嗎？」

這話不亞於給何夫人捅了一刀，她雙目圓睜，恨不得再給秦少淮兩個巴掌，好解心頭之恨。

他誰看不上，非看上那賤人的女兒？

何夫人一手撐在桌子上，緩了緩，道：「你明日就回京城去，不然莫怪我寫信告知父親，綁了你回去。」

秦少淮一愣，倔道：「我不去！我納個側室還不成了？姊姊妳不幫我，我自個兒想法子。」

何夫人道：「那我就綁了你去，就給你一日工夫收拾！」

她出了房門，秦少淮跟在後頭，還在央求。二人爭吵，傳到園子裡，一個丫鬟說與何文姬聽。「好似世子要納妾，夫人不肯，世子還在鬧。」

金荷常來玩，今日也在，聞言眼珠一轉，忽地就想到姜蕙身上。那日秦少淮盯著她看，她可是發現了的。她嘴角露出一抹笑，也是，那狐狸精只配給人當妾！

何文姬道：「不如去勸勸娘？」

何文君不敢去，比起妹妹，她更怕何夫人。

金荷道：「這等時候是該勸一勸，總是姊弟，那秦世子也是姑娘的小舅吧？」

何文姬倒是願意討好母親，畢竟自己終身大事捏在母親手裡，不過她可不想幫她那小舅，要母親高興，自是要幫母親的。二人便去往上房。

何夫人最後一次警告秦少淮。「你若不聽，我少不得把事情抖出來，抓了你見官去，看父親怎麼饒你！」

連他以前做的事都說了，秦少淮驚懼。

何文姬出來，先行了禮，才道：「也不知母親、小舅為何爭吵，但母親總是為小舅好的，還請小舅三思。」

秦少淮哼了一聲，還是屈服了，轉身去打點。金荷見何夫人氣得臉色鐵青，有些驚訝。其實男兒家納妾算什麼，聽說那秦世子也是有側室的，不是稀奇事，莫非是因為姜蕙？

何夫人吐出一口氣，與何文姬淡淡道：「也無事，妳回吧。」

何文姬未免氣悶，母親還是沒有好臉色，她轉身便走了。金荷留在原地，大著膽子輕聲道：「其實何夫人也莫怪世子，那姜蕙原本就不是什麼好的，那會兒還勾引我哥哥，莫說是世子這等身分了。」

何夫人側頭看了看她，挑眉道：「還有此事？」

金荷委屈。「是啊，她還非得嫁禍在我哥哥身上，便因為這個，咱們兩家才不交往。」這等小把戲，何夫人還不放在眼裡，自己豈會不知金荷的心思，就是看在與姜家不和，才容得她來何家。只是眼下，興許有些用處。何夫人道：「原來這姜二姑娘如此不堪，可也拿她沒法子。」

金荷心裡是恨透了姜蕙，沒有姜蕙，她哥哥早就娶了姜瑜，他們家也不至於那麼窮困，她腿上也不至於有個那麼醜的疤痕……可惜母親當了金釵，也未能消去。金荷暗地裡咬牙切齒。「也不是沒有法子。」

何夫人一聽，揮手叫下人退下，詢問：「有何法子？」

「秦世子還不是看重她那張臉，只要她有些損傷，他自然就看不上了。」金荷笑了笑。「說起來，姜家大太太臉上也有塊疤痕，好似來歷不明，也不知如何傷到的。」

何夫人心道這姑娘小小年紀，倒是毒辣。她當年燙傷梁婉兒，可是有刻骨的恨，因梁婉兒害得她無法生育，永生不能享受為人母的樂趣，可這小姑娘與姜蕙又何來那麼深的仇怨？竟然要讓姜蕙毀容。

不過也好，這樣才好。何夫人看著金荷。「她勾引妳哥哥，自是與妳有仇了，這仇也應當妳自己來報，假使妳成了，於妳哥哥、父親總是有好處。」

金荷一怔，看著何夫人，神情有些驚嚇。原來她知道自己的目的。是啊，她那樣討好何家兩位姑娘，自然是因為家人了。只要哥哥娶了何文君，他們家便等於一腳踏入上等人家的門檻。何、秦兩家，一個是簪纓世族，一個是侯門大戶，都是她作夢都不曾夢到的人家。

何夫人語氣溫柔了些。「妳有什麼要的，可說一聲。」

這是一場危險的交易，富貴險中求，什麼事情都得付出代價，金荷一早便明白，故而她為了家人，什麼都願意做；而且看來，何夫人像與姜家也有私仇。她點點頭。「謝過何夫人。」

何夫人看著她笑了笑。「好姑娘。」

金荷垂下頭，轉身走了。

經過一陣子的徹查，回春堂終於倒了，便宜了仁心堂又多了一位馬大夫，如今生意一日比一日好。旁的藥鋪未免眼紅，可奈何姜蕙背後有個知府二叔，便是想使些手段也不敢。所以說權勢是個好東西，只是長在旁人身上時，說不出的棘手，自家有了，那是說不出的暢快。

姜蕙給二老請安過後，便回屋寫清單，這個要送、那個要送，數一數也是不少銀子。姜辭晚飯後散步，溜過來看她，見她寫了一行行的東西，拿過來一看，唸道：「胭脂水粉十四盒，白珍珠一匣子，黃珍珠兩匣子，糕點，衣料兩疋（哥哥）。」他突然笑起來，指著哥哥兩字。「這買給我的？」

「是啊，你書房好像不缺什麼，我給你做兩身新衣服，教哥哥更加俊一些。」姜蕙打趣。

姜辭把清單一放，教育她。「才掙了多少錢，不知道節省些？我不要，妳自個兒買衣服吧，我穿得夠了。」他想一想，覺得說得還不夠仔細。「這藥鋪妳也花了不少心思，又不是輕鬆掙來的，送什麼，自個兒好好存著。」他心疼妹妹，捨不得花這個錢。

姜蕙笑起來。「哥哥，錢掙了不就是要花嗎？再說也就這一回，算是慶祝下，現在咱鋪子裡有名醫，不怕沒生意，讓大家都高興高興。」

姜辭看她心情很好，也不說了。「我回去看書，妳鋪子有什麼事，記得找我。」

「哥哥也莫要太累了。」姜蕙叮囑。「明年八月才考呢。」

「說得好像多遠似的，一眨眼就到了。」姜辭從不曾放鬆過，他只相信有努力才有回報，不然何來吃得苦中苦，方為人上人？

他轉身出去。姜蕙看著他的背影，嘆了聲，與金桂道：「叫廚房熬個補湯給哥哥喝，我自己拿錢。」

金桂笑道：「原本也有的，只怕大少爺都喝不完。」

除了姜濟顯，姜老爺子也很看重姜辭，畢竟那是嫡長孫，故而老太太不敢怠慢，每日也是精心照顧。姜蕙便罷了，轉頭又在衣料後面加了條玉帶。她知道唸書辛苦，可她也幫不了姜辭，全憑他自己一個人，便只能在旁的地方表達心意。
見她寫完，金桂笑道：「這是都要買的？」
「是，就叫阿爹去買。我要是自己去，祖母又得說了，再說，明兒也要同表姊她們出去玩。」她們幾個年輕人已經說好，正好姜辭、姜照也是休沐，要去宋州城外的芒山玩。
如今深秋，芒山的楓樹紅了，也是一絕。
姜蕙說完便去找姜濟達，姜濟達自然答應。「我得空就去，不過胭脂水粉怕挑得不好。」
「那就與阿娘一起去。」姜蕙朝他一眨眼。
姜濟達笑起來。「是了，妳阿娘眼光好，正好給妳阿娘多買幾樣。」
「正是，阿爹記得再買兩管筆，揀好的買吧，我見寧大夫的筆都用舊了。」禮尚往來，上回拿了他的方子，用起來效果挺好，這便送兩枝筆給他。「那兩位名醫，也是虧得他去說的。」
姜濟達連聲道好。
到第二日，姜蕙早早起來，給自己梳了兩個小圓髻，也給寶兒梳了一模一樣的，兩個人走出來，可把那幾個笑壞了。姜瓊啐了一口道：「還當自己小，梳這種頭扮娃娃。」
姜蕙摸摸自己的圓髻。她今兒在上頭纏了兩串紅珊瑚珠子，不知多可愛，她揶揄。「妳是嫉妒我，妳要梳便直說好了，來，我也給妳梳一個。」
見她要來抓自己，姜瓊笑著跳開了。「我才不要！」
兩個人打打鬧鬧的，胡如蘭盯著姜蕙看一眼。「雖然嫩了點，不過阿蕙的手藝真不錯，看寶兒梳了這頭，當真跟個福娃娃似的。」

「是啊，莫說梳頭了，」姜瑜與胡如蘭道。「她上粉都是自己上的。」

胡如蘭驚訝。「我還當她一點沒抹。」

這樣的距離看過去，姜蕙臉上不知道多清爽，卻原來也抹了胭脂。不過她肌膚似雪，若是不曾有粉的話，應不會有嬌嫩的嫣紅，襯得她一張臉更是漂亮。胡如蘭羨慕。「下回可要教教我。」

姜瑜笑道：「便是學了，也沒她厲害，妳不知道她光梳個頭都要好久。」

要說姜瑜，也是挺刻苦的，家裡最像大家閨秀的便是她，女夫子也常常誇讚，她如今一手字寫得很秀麗，便是彈琴也略有所成；反觀姜瓊，真是沒什麼拿得出手。

幾個姑娘嘰嘰喳喳地去了上房。路上遇到姜辭、姜照、胡如虎，他們住得有些遠，並不與姑娘們的院子在一起。

姜辭今兒穿了身滾邊的寶藍色夾袍，頭上戴了同色頭巾，一雙眼眸跟姜蕙有些像，可還要長一些，熠熠生輝，整個人看起來瀟灑飄逸。幾個姑娘乍一看到，都愣了愣。他身邊的姜照跟胡如虎還小，一個穿了湖色夾袍，一個穿了青色夾袍，兩個人都是濃眉大眼，有幾分英氣。

「哥哥，你今兒這身打扮，不知道得引多少姑娘回頭。」姜蕙打趣哥哥。

姜辭笑道：「淨會胡說。倒是妳，梳的什麼頭？」

「不好看？」自家哥哥也這麼說，姜蕙有些後悔。

姜辭伸手摸摸那兩個圓髻。「也還好吧，難得一見，倒也新鮮。」

這什麼詞啊，新鮮？姜蕙不滿，身為哥哥，居然也不知道誇獎兩句可愛。

胡如蘭鼓勵她。「很好看，阿蕙，妳與表哥一般好看。」

姜蕙笑了，瞧她一眼。她兩頰忽地紅了，好像很不好意思的樣子。

一眾人到得上房，老爺子跟老太太一通叮囑，家中三個男兒都去，老太太倒沒那麼擔心，只多派了幾個小廝同行，叫他們早些回來，莫弄到天黑。

姜秀一早就在上房。她雖然二十來歲了，可還愛玩呢，幾個姪女姪子去，她自然也要跟著，聽老太太吩咐，一口答應，一行人便坐了馬車前往芒山。

第二十章

宋州可看的風景並不多，除了紅玉河，便是芒山了，只是芒山還要遠一些，一來一回得兩個時辰，故而他們去得早。不過到得芒山時，也差不多是辰時了。

眾人下得馬車，胡如蘭抬頭一看。「原來這山不高。」

「可別嫌它矮，走到山頭，也夠累了，尤其是妳們女兒家。」姜辭回她。

胡如蘭側頭看他一眼，他微微一笑，這一笑，使得她心猛地跳起來。原先也不是沒見過姜辭，可自己是把他當表親看，怎麼不過才兩年多，他竟長得那麼大，是個教人心動的男子了。胡如蘭一時心慌，忙低下頭，走到姜瑜身邊。

幾人沿著石階往上走，豈料走沒幾步，上頭有人道：「姜公子，你總算來了，我家公子等了好一會兒。」

姜蕙抬頭一看，見到何遠身邊立著穆戎，仍是如同往常一樣，穿著紫色的袍子，他面色沈靜，因站在上方，更顯得高高在上的樣子。她不由自主就想到那日的事情，微微側開頭，不想看他，也不知哥哥怎麼請了他的。

姜辭笑道：「原來穆公子當真來呢，我原先只當你隨口一說。」

穆戎道：「難得閒暇之日。」

「也是，阿蕙常叫我放鬆些，最近正好表妹表弟來了，便來芒山玩一玩。」他一拱手。「你來了也好，我正巧有個問題要請教你。」

二人竟然說起兵書來，姜蕙暗道：什麼時候他們這麼熟了？

正想著，姜秀滿臉震驚地走過來，悄聲道：「這位穆公子是誰啊，幾歲了？」

她今日見到他，驚為天人，這輩子不曾見到世上有這樣俊俏的公子。看她這神情，姜蕙眉頭皺了皺。「聽說才十八。姑姑，妳莫亂打主意，小心被祖父知道罰妳，這穆公子可是蔣夫子的親戚，弄不好得罪蔣夫子，他們都沒法去書院。」

姜秀身子一僵，訕笑道：「我能打什麼主意呀，妳這孩子真是！」她加快幾步走上去，跟在穆戎身後。人不能碰，近看一些也是享受。

姜瑜瞧著都搖起頭來，姜瓊小聲道：「姑姑當真瘋魔了，得快些把她嫁出去才行。」

「妳莫理她，小心說了，她更不像樣。」姜瑜道。

胡如蘭瞧瞧姜辭，又瞧瞧穆戎，壓低聲音道：「原來宋州有這麼多翩翩佳公子啊！」其他幾人都笑起來。

姜蕙因為穆戎在這兒，心情早沒有一開始那麼愉悅。想想最初的相遇，真沒想到，她竟與這人彷彿脫不開關係，也不知上天為何要開這樣的玩笑，若是上輩子，她定是對穆戎一見鍾情，可知道他為人，她卻再難以喜歡他。喜歡他，便是為難自己。

姜蕙微微嘆了口氣，兩旁的風景入得眼裡，好似也不覺好看。倒是姜瓊最是興奮，摘了好些楓葉與寶兒玩。

穆戎走在前頭，一開始還聽得姜蕙說幾句，後來就聽不到她的聲音了。莫非見到自己來，她又不高興了？不過姑娘家被人偷親，也實屬正常，為了這吻，他自己都沒少困擾，別說她了。想想也是奇怪，他原先逼問實情，也不是沒與她那麼近，可一旦親到嘴唇，好像這感覺一下子放大許多。

再要他放開她更是難了，他第一次親吻給了她，如何還能讓她嫁給旁人？想到那紅潤柔軟的嘴唇將來要被旁人享用，他無法接受。她這輩子非得要跟著他了。因為這念頭，他對姜辭都親切了幾分。

眾人慢慢走著，終於到得山頂。但凡有山，但凡有人，那必定得有個寺廟。芒山也一樣，只因城內有寶塔寺，這兒的寺廟很落魄，平常一些香火怕也只夠那些沙彌吃飽，幸好還能賣賣齋飯與遊客，多少也算補助。

姜辭道：「咱們也歇會兒，要些齋飯吃，等等去看後面的神女峰。」旁人都同意。要吃飯，自然男女是不同席的，便各自去不同的飯堂。寺廟為了掙錢，客堂打掃得很乾淨，姜瑜等人摘下帷帽，坐在一處。

姜瓊笑道：「咱們便該常常出來玩嘛，在家中多沒意思。」

胡如蘭道：「妳們家請的女夫子很厲害，我學著還挺有意思的，只是字要從頭練起，有些難。妳們說，我到底專學哪樣較好？總也不可能都精通了。」

「那就學畫畫吧，我看妳畫得不錯，上回一張野鴨游水圖，很有趣味。」姜蕙建議。

「那是我親眼看到的，豈能不像？」胡如蘭嘆一聲。「要我畫別的，可就不行了。」

「誰說的，我就畫不好。」姜蕙對自己很了解。「琴棋書畫，我要學好，只有琴與書了，下棋也不行，走一步算十步，我大抵只能算到四、五步，這必是聰明人才能學好的。」

姜瑜同意。「妳便專學畫畫吧，但字也還是要練，這是基本的。」

等到齋飯上來，眾人一起吃了，味道不錯，很有滋味。寶兒年紀小，雖然貪吃，吃得幾口卻飽了，由小丫鬟領著在外頭的院子玩。

誰想到沒等姜蕙吃完，小丫鬟白著一張臉回來，抖抖索索地道：「二姑娘，四姑娘不見了……」

姜蕙手裡的筷子啪地落在桌上，腦中一片空白。等到弄明白那丫鬟在說什麼，她一顆心直跳，前所未有地恐慌，滿腦子想到的都是上輩子的事情，那是她最愧疚、最難以原諒自己的回憶——

上輩子，寶兒就是在她手裡弄丟的，那一丟，她再也沒有見過她。

她猛地站起來，大叫道：「怎麼不見了？在哪兒不見的？妳到底是怎麼看著她的，快帶我去！」聲音尖銳激動，像是受到極大的刺激。

姜瑜見狀忙道：「阿蕙，說不定寶兒只是調皮走遠了一些，妳莫擔心。」

可這時，姜蕙聽不見任何話，她急匆匆走出去。小丫鬟也不知道寶兒去哪兒了，根本也不知道怎麼領她去，到最後，是姜蕙自己在找。她一邊喊著寶兒，一邊哭，焦急得無法自已，她這輩子不能再把寶兒弄丟了！

就在這時候，有人悄悄走到她背後，抄起棍子，就要往她頭上打下去。

姜蕙忽覺後腦有風，回過頭，卻見一個男人在面前直挺挺倒了下去，抬起眼，看到穆戎立在對面，冷聲道：「平常見妳很是聰明，怎地今日這般莽撞，尋個孩子尋到此處？」

他本來在與姜辭吃飯，就見姜瑜幾個過來，說是寶兒不見了，又說姜蕙去找了，鬧哄哄的，一時手忙腳亂。幸好他一直派人盯著姜蕙，很快就知道她的去處，只是不曾告訴旁人。

姜蕙第一句話卻是：「寶兒在哪兒？你知道嗎？」

穆戎還未說話，何遠疾步跑來說了幾句，他道：「找到了，在另一處，被人拿風箏哄騙了出去，但走得並不遠。」

姜蕙大大呼出一口氣，好似現在頭腦才清醒過來，也才想到那昏倒的男人。她擰起眉，盯著他看了眼。

「他剛才想打暈妳，妳可知為何？」穆戎問。

姜蕙心想，她要是知道有人要害她，哪裡會出來找寶兒？便是今日門也不出了，但很快她腦中卻浮現出一個人。莫非是何夫人？她面色一變。

穆戎朝何遠抬一抬下頷，何遠上去扶起那男人，從袖中摸出一物，尖利似匕首，但又比匕首狹窄短小，猛地插入他手臂。姜蕙看得往後退了一步。

那男人醒轉，痛得要死要活。何遠問道：「是何人指派你？你老實說！」他拿那東西抵住他脖子，又微微扼住他下巴以防自盡。「如今還能痛一痛，一會兒便不只是痛了。」他說話簡潔俐落，一看便是慣做這種事的。

那男人嚇得渾身一抖，他雖也是亡命之徒，可對方顯然比他更精通此道，此時假使不說，只怕不是命沒了，而是求生不得求死不能。他立時作了決定，交代道：「是金姑娘！如今正在竹林那兒，只等我打量姜姑娘，再把消骨水倒在姜姑娘臉上，便回去覆命。」

毀她容？姜蕙一沒料到竟是金荷，二沒料到她竟比自己想像的還要歹毒。她思索片刻，盯著那男人問：「你是金姑娘找來的，還是何夫人指派的？」

那男人一怔，垂頭道：「是金姑娘花了錢的。」

姜蕙冷笑起來。金荷毒是毒，可她很窮，要雇個這樣的人，怕是出不起錢；再說，她到底是個小姑娘，到哪裡去找他這種人？

「麻煩再給他來一下吧。」她並無憐憫之心，只想要答案。

穆戎聽出她知道幕後凶手，便示意何遠。何遠拿起那物就要往那男人另一條手臂戳去，那人知不能善了，忙道：「我也不知是誰，當初雇我的人只叫我聽從金姑娘，旁的我便不知了。咱們這一行，這是規矩。」

何遠朝姜蕙點點頭。

「你帶咱們去找金荷。」

那人被何遠拽著起來，往竹林走去。姜蕙大踏步跟在後面，穆戎側頭瞧她一眼，她眸中像是燃著火，能把人燒成灰似的，不由訝然。在他印象裡，還不曾見過她這等神情，像是含著數不清的仇恨。

他忽然想起來，她說過姜家是被陷害，如此說來，莫非那何夫人是主嫌？倒不知何家與姜家為何有此等大仇。

竹林很快就到。金荷聽到腳步聲，只當得逞了，一聲輕笑。「那賤人可是舒服得很呢。」她可以想像得到姜蕙遭受的劇痛。那時，她不過是被滴到一點燭油都受不了，別說她那細皮嫩肉的臉，只怕暈了都會被痛醒。

姜蕙笑起來。「倒不知一會兒誰更舒服些。」平日裡柔美的聲音沒了，取而代之的是殘酷的冷。

金荷嚇一跳，轉身就要走，可她絕沒有何遠來得快，只跑出去幾步就被他一把逮住，甩在地上。

姜蕙走過去一看，她竟穿了身男兒的袍子，不仔細看還當真是個少年，可見是早有預謀。她垂下頭看金荷，心裡好似波浪翻滾。人心真是難以預測，她原以為金荷吃了苦頭，總會消停，誰想到反而變本加厲。當然，背後必是有何夫人的推波助瀾。

「金荷，妳還真聰明呢。」她第一句卻道。「想必利用寶兒是妳出的主意。」不然誰想得到，金荷總是與她們相處過一段時間，自然清楚她對寶兒的感情，才使出這招引她出來。

金荷抿住嘴唇不說話，她不會承認這些的，雖然這確實是她想的計謀，畢竟姜蕙狡猾，尋常也不易引她一人出來，但是寶兒小，卻是容易。

穆戎並不說話，只在旁邊聽。

見金荷嘴硬，姜蕙與何遠道：「他身上可有消骨水？」

何遠蹲下來摸一摸，尋到一個鐵製的長筒，打開來，裡面正是一些水樣的東西，聞起來十分刺鼻。此物他也熟悉，遞給姜蕙。

姜蕙走到金荷面前，搖了搖鐵筒。「今日妳如此對我，有道是禮尚往來，我怎麼樣也該還給妳吧？」

金荷一下面如死灰，抖索道：「妳、妳敢……」

「妳都敢，我為何不敢？」姜蕙指指那人。「如今他都招了，我只說妳原本要倒在我臉上，可惜不小心倒錯了，害到自己，怎麼樣，這理由夠充足吧？再者，這等事也是我二叔審理，誰輸誰贏，恐怕也不用我來告訴妳。」

她把鐵筒湊近，何遠過來按著金荷，金荷嚇得尖叫起來。

姜蕙忽地厲聲喝道：「妳再叫，我立時就倒！」

她忙又閉上嘴，這會兒再不敢不說，低聲求道：「阿蕙，是我一時糊塗，我不該做這種事的。」

聽她懺悔，真比什麼都噁心，姜蕙厭惡道：「妳別再與我演戲。跟我說這些，還不如說說何夫人是如何指使妳的。」

金荷一怔。

「妳說了，我還能留妳一張臉；不說，這臉可就沒有了。」

她恐嚇誘惑，什麼都使上，穆戎看得饒有興趣。原來一個姑娘做起這些事，也不是那麼教人討厭，或者說，這般挺好，比起天真單純，遇到事情畏手畏腳的姑娘，她這樣省心多了。

金荷眼見退無可退，一橫心，道：「此事全是我一人做的，與何夫人無關。」

姜蕙嘖嘖兩聲，不無挖苦。「妳與咱們家當初總算還有點情誼，可對付起堂姊，絲毫不手軟，現在呢，倒是護著何夫人了？妳個傻姑娘，妳當這宋州是何夫人作主的嗎？」她笑起來。

「怎麼也該是何大人，我不妨告訴妳，何大人背地裡也在對付何夫人呢，妳以為她護得住妳？妳不過是條狗罷了，遇到事情，她只會送妳去死，還有妳父親母親哥哥，一個都逃不脫。」

她把鐵筒的水倒在地上，這消骨水一遇到地面，發出嗤啦的聲音，教人心頭發顫。「我這還有點誠意，留著妳一張臉，何夫人有什麼？」她拍掉手上沾到的泥土。「何夫人只會拿妳父兄強迫妳。」

金荷心頭一震，她心裡思忖片刻，終於開口道：「是，是何夫人指使我，我原本、原本從不曾想傷害妳。」一宗交易換到這宗交易，只要對自己有利的，又有何不同？眼下，她還得保命呢！

姜蕙笑著點點頭。「甚好，咱們這就可以去衙門告何夫人了。」

這一天，竟是提早到來了。雖然她一早知道必有這天會直接面對何夫人，可沒想到會是以這種方式。

甚好，這樣也爽快些！

第二十一章

見她那麼快就作了決定，穆戎叫何遠先把那二人押走，竹林裡，只剩下他與她。

姜蕙這才想起，從頭到尾，穆戎都在旁觀看，心裡忽然有些異樣，可轉念一想，難道自己還在意在他心目中的樣子嗎？她上輩子經歷得太多了，如何還是那個天真爛漫的小姑娘？早不是了，她要的，也與以前不同。

不過今日總是他救了她，姜蕙誠懇地行了一個大禮，說道：「謝謝穆公子，這份恩情來日定當相報。」

穆戎道：「報不報另說，只是妳要去告何夫人，有沒有想過後果？」

「後果自然是贏不了。」姜蕙微微一笑。

穆戎眼眸瞇起來，盯著她嬌美若花的臉，有些詫異。原來她不只聰明，也很有預見，不提旁的，那何夫人的父親乃是威遠侯，就憑這點，他們姜家也不可能敵得過，想要靠一個小姑娘來扳倒何夫人，那絕無可能。可她剛才卻費盡心機說服金荷，為的又是什麼？他露出幾分疑惑，看著她，目光又好像透過她，到了更遠的地方。

竹葉的綠色稍許映在他身上，像是添了幾分溫柔。他那樣安靜，姜蕙心知他在思索，想一想，如實相告。「不過是為把這事鬧大，只有這樣，我姜家、何家，才能有一個更清晰的將來。」只有把何夫人推到風口浪尖，她才難以隱藏。

的抉擇了。

而姜家，任何人都將知道，他們有那樣一個敵人躲在暗處。至於何大人，他也該作個更明確

這一舉動將會造成很大的變故，穆戎沈吟片刻。「此舉總有些冒險，比如何大人興許會倒戈。」剛才他聽聞何大人暗地裡在對付何夫人，雖然不知緣由，可姜蕙既然如此說了，不像有假。

姜蕙一怔，她皺了皺眉。「何大人不會。」

「世上沒有絕對的事情。」穆戎看向她。「不過有本王在，妳不必怕這些。」他語氣裡頗有幾分自傲。當然，他是皇子，還是皇帝最寵的皇子，他有這樣的條件。

姜蕙目光凝住了，好像吃東西被噎了一口。「難道殿下還想……雖然殿下今日救了我，可報恩歸報恩，我不想給你做側室。」

穆戎道：「不管妳想不想，假使本王要，妳當真攔得住？」

姜蕙氣結。「你為何……天底下那麼多姑娘，你就只缺一個側室？」她未免著惱，此刻也不管身分高低。「何必非得揪著我不放？我到底哪裡好了，今日你也見著了，我可不是什麼善女子。」

為了不跟他，她開始說自己壞話。穆戎眸色沈了沈。

姜蕙接著道：「好似殿下也沒怎麼回京都，大概還不大知道京都的姑娘，那裡的姑娘，殿下見過之後，自會喜歡的。」

見她急著要把自己趕走，穆戎淡淡道：「本王才回過京城，並不曾發現。」

姜蕙勸道：「再多看看。」

好似她一心真為他好，穆戎突然往前走了幾步。想到他之前對自己做的，姜蕙心頭一驚，往後退去。

「妳怕什麼？」穆戎挑起眉。「剛才那樣勸本王，不是說得很歡快嗎？」

「我是真心的。」姜蕙道。「殿下沒見我如此心平氣和？」

穆戎笑了笑。「那本王也心平氣和說一句，妳被本王親過了，還打算嫁給誰？」

「你！」姜蕙詞窮。

她粉紅的唇瓣抿成了一條線，一雙顧盼生輝的眼眸此刻也黯淡下來，被這竹色印染，像是幽深的湖泊，教人看著，說不出地替她擔憂。

穆戎覺得自己勝券在握，誰料姜蕙忽地又道：「那我寧願這輩子都不嫁人，也不願做你妾侍，還請殿下三思！」她睫毛微微顫動，眸中像是含著水，碰就要掉落下來。「假使殿下真對我有幾分感情，莫再逼我，難道殿下真不知道做妾侍的難處？」她聲音嬌弱，很是淒楚，也略有些質問。

這話比剛才的勸說有效果得多，穆戎沈默下來，大概這才是她內心深處最真實的想法。側室不易做，他是皇子，見慣了母后與眾多妃嬪之間的鬥爭，雖說父親貪色，可到最後，母后仍是穩穩坐在皇后的寶座上，而妃嬪，卻一年比一年少。

原來她是害怕。穆戎把這事藏在心裡，不再提了。「去見妳哥哥他們吧。」

他終於沒有再表現強硬，姜蕙鬆了口氣。可見男人真都是吃軟不吃硬的，她早先那樣反抗，他一點不曾在意，一意孤行，如今她軟了些，他卻聽進去了。雖然她不願在他面前低頭，奈何上天總是不公，她只能這般忍過去。姜蕙咬一咬嘴唇，轉身往前。

他跟在後面，看著她頭上兩個小圓髻，剛才事發突然不曾注意，她今日竟然梳了這樣的頭。他忽地笑了。

姜蕙聽見他輕快的聲音，忍不住回眸一看。

他道：「這髮髻可愛。」那瞬間，他的笑容很是甜蜜，嘴角輕輕挑起，帶著迷人的弧度。

姜蕙心頭一跳，只覺胸腔裡好似有什麼湧出來，微微發酸。那時，她多喜歡看他笑，可惜他很少這樣笑。到底是年輕的穆戎，總是不一樣，他比起那時，陽光很多，還會誇讚她的髮髻。

姜蕙沒有破壞這一刻的友好。「原本只當來玩，一時興致梳了與寶兒一樣的。」

穆戎走上來。「妳也不大。」十三歲，正是年少的時候。

姜蕙笑一笑。在她笑的時候，他手伸過來，碰在她的髮髻上。「首飾歪了。」他整了整那紅珊瑚珠串。

姜蕙看到他的側面。他離得那樣近，長身玉立，高出她一個半頭，如同林中的青竹一樣，望之美好。她微微垂下眼簾，等到他放開手，她繼續往前而行。

走到半途遇到姜辭，他疾步而來，見到姜蕙無事，才狠狠喘了一口氣，不可思議地道：「剛才聽何遠說，金荷竟然想毀妳容貌？」

「是，不過也是何夫人指使的。」

姜辭奇怪。「也聽說了，只是我不明白。」又看到穆戎，忙道謝。「今日多虧穆公子救了舍妹一命，日後但凡穆公子有需要，赴湯蹈火在所不辭！」

「言華言重了，只是湊巧。」

言華是姜辭的字，這是穆戎第一次叫他的字，二人又親近了幾分。

三人一路說著回了寺廟。幾個姑娘都圍上來，姜蕙先急著去看寶兒。

寶兒倒是先哭了。「我以後不看風箏了……」她別的不知，只知道姜蕙為了找她，差點走丟，心裡很是害怕。

姜蕙摸摸她的腦袋。「寶兒乖，看是可以看，只是以後看什麼，都得與我先說一聲，知道不？」

寶兒眨巴著眼睛。「知道。」

姜秀卻是好奇，湊過來問：「當真是金荷這小蹄子要害妳？」

「咱們回去再說。」一時半會兒也講不清楚。

出了這事，自然再無心思，一眾人各自坐車回去。至於金荷與那幫凶，跟家中幾個小廝坐一起，也好看住。

車廂裡，姜瑜給姜蕙道歉。「許是因上回的事，倒是連累妳，我竟不知金荷……」

「是何夫人逼她的。聽金荷說，那何夫人的弟弟想納我做側室，何夫人便恨上了我，才逼金荷。」

幾人大驚。姜瑜掩住嘴道：「何夫人竟然那麼惡毒？又不是妳自個兒想的，妳都不曾與那秦公子說話。」

「所以說知人知面不知心。」姜瓊不屑道。「難怪我總看何夫人不順眼，果真不是個好人。」

到得城中，小廝押著金荷與那男人去知府衙門見姜濟顯備案，她們則先回家。等到姜濟顯回來，全家都知道了此事。

胡氏不敢相信。「豈會……何夫人那麼清高的人。」

老太太也不信。姜濟顯道：「現有金荷指證，我看錯不了。金荷一個小姑娘沒這樣的能耐，只是……」

真有些棘手，畢竟是何大人的妻子，何大人乃一省之布政使。可要是不管，也絕無可能。何夫人做出這種事，那是一點不把他們姜家看在眼裡，到底姜蕙是他親姪女，便是看在他與何大人同朝為官，也不該如此。

老爺子道：「幸好那穆公子救了阿蕙，不然阿蕙可冤枉了。這何夫人真真歹毒，她弟弟要納妾，又關阿蕙何事？濟顯，這事你需得跟何大人好好說說，可不是咱們姜家不講理。」

姜濟達卻是滿臉憤怒。「那何夫人太不像話了！又不是有深仇大恨，我看該當把她抓起來發配了才好。」

梁氏默不作聲，臉色略有些白。她知道，何夫人已經開始動手。

就在這時，只聽外面丫鬟通報。「何大人來了。」

姜濟顯一下站了起來，眾人自然也沒想到何緒陽突然登門。

老爺子忙要教人請他進來，姜濟顯一擺手。「請何大人去書房。」他轉頭與老爺子道：「父親，我會與何大人商議好的。」

如今上房聚集了姜家的人，未免鬧哄哄，二來他怕人多口雜，萬一誰不小心說出不妥的話，反而對事情不利。

老爺子點點頭。「行，你去吧。」

姜濟顯大踏步走了。姜蕙側眸看梁氏一眼，伸手握住她的手。

梁氏有好些話要說，眼見各人都陸續告退，她與姜蕙走到僻靜處，聲音有些顫抖地道：「阿蕙，都是為娘害了妳……要不是為娘，何夫人也不會傷害妳了！」她沒想到何夫人會對付姜蕙。一人做事一人當，她便是當年占了何緒陽的寵愛，又與她女兒何干？幸好女兒不曾出事，不然她如何活得下去？

姜蕙知道她心裡自責，安慰道：「阿娘，與妳無關，妳莫這樣。再說何夫人露了形，總是好事，今次即便不能教她伏法，她只怕也不好待在宋州了。」

梁氏未免奇怪。

「她可是布政使夫人，這種消息傳出去，她還有臉面見人？何況是這等清高的人。」姜蕙知道這一招必定弄不垮何夫人，可是要讓她嘗點厲害，卻也不難。流言蜚語總是最可怕的利器。

梁氏嘆口氣。「可我怕以後……」

「莫怕，阿娘，兵來將擋水來土掩，等把眼下這關過了再說。」她目光堅定，只是眼下這關並不是指何夫人，而是指周王謀反一事，等此事了了，才能塵埃落定。

到那時，又不知是何局面了，所以何必擔心將來？境遇，總是時時變化的。

梁氏自然不知，聽了欣慰道：「阿蕙，妳比娘堅強多了。」

「那是因為娘做了娘啊，娘總怕孩子受傷，假使只有阿娘一人，女兒相信也不會那麼害怕。」

梁氏伸手輕撫她的頭髮，目光複雜。「阿蕙，妳說得沒錯。」她心下已打定了主意，等有機會，她必定要去見一見秦淑君。

誰料姜蕙識出她的想法，忙道：「阿娘莫去自取其辱，何夫人如今已喪心病狂，此次毀我不成，只怕更是變本加厲，阿娘如何勸得了她？難不成何夫人要阿娘死，阿娘還真能死了？阿娘一死，阿爹也活不下去，也會成為哥哥、我與寶兒的終身遺憾。」

梁氏一怔，被她說破，只覺心中悲痛，竟落下淚來。姜蕙抱住她，也不由得哭了。「阿娘，只要咱們在一起，總有法子的，阿娘莫做傻事……」

梁氏嘆一聲，雙手回抱住她。

何緒陽正在書房等待，很快，姜濟顯就疾步走入，向他行禮。「見過何大人。」

「不必多禮，我為何而來，想必姜大人定是知道了。」何緒陽開門見山。

姜濟顯道：「是為何夫人的事情。」

何緒陽道：「是，我今日來，是想請問姜大人，要如何處置？」

姜濟顯只當他是來求情，畢竟何夫人是他的妻子，雖然聽聞二人感情不好，但一日夫妻百日恩。他想一想，道：「金姑娘與那幫凶是人證，照常理是要傳何夫人上堂的，下官也預備明日開審，只阿蕙是下官姪女兒……」

在他斟酌言詞間，何緒陽道：「確實，此事涉及你姪女與本官娘子，故而你我都不適合做主審。本官已經派人去請鳳陽知府吳大人來此審理此案，你從旁協助。」

姜濟顯怔了怔，才明白他真正的來意，原來是為公務。他頷首。「下官領命。」

何緒陽說完此事，站起來道：「你姪女兒一事，我甚為抱歉。」語氣很是真誠。

這個舉動，姜濟顯又不曾想到，畢竟還沒有水落石出，可何緒陽竟然致歉……他忙道：「何大人公正嚴明、鐵面無私，下官敬佩至極。」

何緒陽心底一嘆，告辭出去。姜濟顯親自送他到門口，轉身時，心裡一動，又回頭朝他背影看了一眼。

這鳳陽知府吳大人乃是出了名的清官，從不畏強權，如今可是何大人的妻子涉嫌主使金荷傷人，看來傳言果真不假，這二人感情不好。今日看來，不只不好，可能還有些仇怨。

不過何緒陽這一招當真毒辣，一來博了個不徇私情的美名，二來又把自己摘出去，並不參與審理。但也正合他意，自己的姪女兒，作為二叔，哪能不報仇？且還有吳大人這把利器在手。姜濟顯面露微笑，走了回去。

第二日一大早，何夫人就被抓了。

第二十二章

何夫人被抓的時候，完全不敢相信。就算金荷沒有成功，可僅憑她一句話，無論如何也不能抓她的，她可是布政使的妻子！可沒有人聽她辯解，衙役取了鎖頭往她頭上一套就帶出門。

那日，衙門很熱鬧，好些人來聽審。身為受害者，姜蕙自然要到場，見到何夫人這等模樣，她心裡快慰。如此清高的何夫人也有今日，只見她頭髮亂糟糟，衣服也被扯開了一個口子，面上粉黛甚至還沒來得及施，顯得那一張臉孔更是蒼老，看起來極為落魄。

姜蕙嘴角挑起，目光肆無忌憚地落在何夫人身上。何夫人自然察覺，狠狠瞪了她一眼。

她依舊笑著，胸有成竹。既然何緒陽昨日前來，何夫人第二日就被抓捕，可見何緒陽已經作出了選擇。

不過何夫人也不是那麼好對付的，很快，她請的訟師姍姍而來。那是宋州最有名的訟師，對簿公堂不曾輸過，當然，要請他價值不菲，不過何夫人不缺那點錢。其實便是不付錢，那訟師也得來，涉及布政使夫人，正好借之揚名。

何夫人看著姜蕙，慢慢露出了不屑之色。即便抓了她來又如何，今日給予她羞辱的，將來她一個個都要雙倍奉還！

姜蕙輕嗤一聲。她原本也料到必是弄不死何夫人，並不驚訝，倒是越覺得何夫人雖然毒辣，可也傻，半輩子沒換來丈夫的一點疼愛，到頭來反而還讓丈夫成為自己的仇人，如此可笑！

她側過頭，看向堂中面色黝黑的吳大人。剛才在路上就聽見百姓說吳大人是個清官，那麼，何夫人今日必定是不會受到半點優待了。正如她所料，今日這場審理，吳大人果然不曾偏袒，而姜濟顯又見縫插針。

何夫人這臉色是白了又紅、紅了又青，但今日的主角其實並不是她，而是金荷。金荷從小也不是沒見過審案，但作為旁觀者看著有趣，一旦自己成為那個被審的人，她才知其中的可怕，如今哪裡還想攬到自己身上，只恨不得全都要何夫人來承擔，她才能安然無恙地走出去。

她眼淚流了一臉，控訴何夫人如何強迫她，如何制定了計劃。眾人聽了譁然，其中自然有不少譴責的。何夫人指甲都戳到肉裡，但是一言不發，她不屑分辯給那些卑賤的人聽。

訟師不慌不忙，一一反駁。其實金荷站不住腳，因為那幫凶也是被人雇來的，可雇傭的人不曾露面，他根本也不知道是誰，假使指向何夫人，便是何夫人不報復他，他那行的首領也不能饒過他。在訟師的誘導下，那人臨時倒戈，說其實是金荷雇的，也不曾付錢，只用美色誘惑，聽眾再次喧譁。

真是一場好戲，姜蕙聽得津津有味。

金荷嚇得渾身發抖。金太太在她身後哭，說不是自己女兒做的，要上來求吳大人，可衙役攔住了，她哭得暈倒在地上。

金荷在絕望中，回眸看了姜蕙一眼，又再次出賣姜蕙。「是姜姑娘要我誣衊何夫人！我原本並沒有害她，是她，是她自己說謊！她說只要我誣衊何夫人，我就沒事！」

說得亂七八糟，漏洞百出，誰會信呢？金荷已到了崩潰的邊緣，兩面受敵，無處可逃。

姜蕙冷冷看著她。「妳與何夫人原是同謀，只是何夫人能逃脫，妳卻不能，今日，便好好受著吧。」

金荷一下子癱軟在地。年紀輕輕的小姑娘竟是要發配邊疆，此去路途遙遠，也不知是死是活，眾人雖覺金荷可惡，卻也難免發出唏噓之聲。

姜蕙卻不曾有絲毫憐憫，她直直立著，像是出鞘的劍，殘酷而尖銳。

穆戎站在不遠處，看著她的背影，嘴角微微一揚。這姑娘瞧著越發有意思，明明是個美人兒，需人仔細呵護，好好疼著，卻生了這樣一副冷硬的性子，渾身像長了刺一般，忽地就豎起來，毫不猶豫地扎向敵手。

當真是有趣。也確實，要她這樣的人做側室，未免委屈了。她絕不是能伏低做小的人，雖然上回說得那般可憐。不過，做他的妻子，身分卻也不夠……穆戎沈吟著，轉身走了。

在堂外看著的還有姜濟達、姜辭、姜照和胡如虎，而姜瑜幾個雖也關心此事，到底是女兒家，便沒有出門。

等到姜蕙出來，姜濟達寬慰道：「總算那金荷也是伏法了。」

姜蕙點點頭，一笑。「咱們回去。」

路上，姜辭心事重重，見眾人問完此事，他送姜蕙走，眼見要到院門口了，他忽地嘆口氣道：「如今何夫人脫了干係，如何是好？我看妳以後不要出門了，萬一她又要對妳下手，誰護得了妳？」

姜蕙不肯。姑娘家本來就很少出門，一出門都很高興的，怎麼能為了何夫人一輩子不出門呢？
姜辭道：「妳總得要命吧？我看這何夫人是個瘋子，光是為她弟弟就要毀妳的臉，什麼事情做不出來？」他無法理解何夫人的做法。
其實誰又能真正理解呢？除了幾個知道真相的，但真相不可能揭露，便是何夫人自己也不會說，因為是她自己撒的彌天大謊，說梁婉兒死了，又怎好再翻出來；至於姜蕙，更不會說。
可姜辭，告訴他是可以的。見他想不明白，姜蕙沈默會兒，揮手叫下人退下，才鄭重道：「這事我是該說了，哥哥知道了，將來再有事，咱們也能好好商量。」
姜辭怔了怔，姜蕙低聲把梁氏的事告知他，好比晴天一個霹靂打在頭上，姜辭好一會兒回不過神。難怪母親不只模樣與越國人不同，身世也模糊，說起來，他打小也不是不懷疑，只是對於自己母親，定然不會追根刨地，如今總算一清二楚了。
他吐出長長一口氣，看向姜蕙。「難為妳了，阿蕙，妳一早該告訴我。」
「我也是不久前才知，如今哥哥該明白，其實何夫人是因阿娘才對付我，想必她是想折磨阿娘。」
姜辭恨恨道：「不可理喻！阿蕙，妳等著，將來有一日我入了仕途，必定教她後悔！」
姜蕙暗道：那也未免等得太久，指望他，還不如指望二叔呢！如今有這一事，姜家算是與秦家結了梁子，不過哥哥有了這等動力，只怕更要刻苦了。她又心疼姜辭，叮囑道：「凡事也不能一蹴而就的，量力而為。」
「我知道。」姜辭摸摸她腦袋。「妳以後有事也莫要瞞著我，妳一個姑娘家，多累啊，這等事，還是男兒來承擔。」

「說得好像我不是姜家人。」姜蕙得意道。「便是女子，我也一樣可以做好，看我那藥鋪生意做得多好呢。」

姜辭笑起來，面色卻不似往日開朗，他摟一摟妹妹的肩膀，沒有說話。一個人，總是會在特殊的時候，迅速成長，在這一刻，姜辭比之前更明白權勢的重要。

姜蕙也知，說出這個，興許會改變姜辭，可這件事總要面對。將來，應當還會有與何夫人交手的時候，姜辭身為她的哥哥、大房唯一的兒子，又如何能逃脫？她笑了笑，與他道：「哥哥，過幾日休沐，你陪我去藥鋪一趟，我好久不曾去了。」得了解生意做得如何，雖然有父親，可她不親自看看，總是不放心。

姜辭道好，送妹妹走入院子，他才告辭離開。

卻說何夫人回了何家，頭一個就去找何緒陽。不等他開口，她上前拿了桌上茶具一陣猛砸，咬牙切齒地道：「好你個何緒陽，他們敢來抓我，定是你的主意！沒你放話，他們如何有這等膽子！」

何緒陽面色平靜。「是妳自己牽涉進去的，若我偏袒妳，妳也知周王虎視眈眈，若是彈劾上去，我這官帽未必保得住。」

「你！」何夫人氣得臉色鐵青。

何緒陽瞧她一眼，已看不出絲毫當年她嫁給他時的樣子。如今的秦淑君，陰沈冰冷，哪裡像以前，總還有些溫婉的氣質。他厭惡地垂下眼眸。「便是妳父親知，想必也不會怪我。」他語氣淡淡。「我已寫信回京。」

何夫人差點吐出一口血來。「你竟不與我商量？」

「妳做事又何時與我商量？」何緒陽站起來，立在她面前，高大的身影遮得她面上一片陰翳。「旁人查不到，可我不是旁人，妳那侍衛剛才已經招了，是他去雇的幫凶。此事我也與妳父親說了，今日救妳一次，妳好自為之，且收拾收拾回京吧。」

何夫人咬住嘴唇，如今她不回去也不行了。只是何緒陽這麼做，父親那裡，她都得交代清楚，不只如此，倒好似秦家還因她欠了何緒陽的人情。何夫人忍耐住沒有發作，轉身走了。

何緒陽看著她的背影，微微瞇了瞇眼睛。雖然他也想讓秦淑君一腳踩入泥潭再出不來，卻不能傷了何秦兩家的交情，教兩家成為對立的兩方，況且又是這等多事之秋。

他拿起屜中一紙休書。不然趁著這機會，早該休了她，秦家也無話可說……但也是早晚的事情了。他把休書又放了回去。

到第二日，何夫人便回京了。宋州關於她的言論不少，過了好幾日才消停下來。

至於金荷，自然被押著去了邊疆的路上。

姜辭與姜蕙道：「如今金公子看到我，面上都有恨意。」本來他們都在應天書院唸書，時常來往的，但因金荷一事斷交，如今又結仇了。

姜蕙道：「那是他不明是非，明明是他妹妹的錯，還能怪得了咱們？」

「聽說金太太一病不起。」姜辭搖搖頭。「金荷是活該，只是害了她一家子。」他也不想再說，跟姜蕙道：「走吧，陪妳去藥鋪，或有妳想買的，也一起買了。」

「倒是有。」姜蕙笑著拿出一盒珍珠來。「上回阿娘幫著挑的，我去做幾樣珍珠首飾，也送給堂姊堂妹她們一些，阿瓊老說我掙了大錢呢。」她滿臉笑意，像是早已忘了何夫人的事。

姜辭拉著她走了。二人先是去了首飾鋪，姜蕙看了樣式，選了幾種，留下珍珠，便與姜辭去仁心堂。遠遠就看見人來人往，姜辭心情也好了。「真是發大財了，有兩位名醫是了不得。」

姜蕙得意洋洋。「是我眼光好，開了藥鋪的。」

「是了，阿蕙最能幹。」姜辭笑著承認。

只是走入藥鋪時，卻教姜蕙有些吃驚，沒想到找寧溫看病的人不少。姜辭也訝然。「看來妳眼光不錯，我原以為這寧大夫太年輕呢。」

姜蕙仔細瞅了瞅，暗自嘀咕。「莫不是看病的姑娘多……」因為前陣子還不是如此呢，聽說都是找李大夫看的。

姜辭忍不住哈哈笑起來。這寧大夫長得是不錯，身上的氣質，怎麼說呢，像是有些書生氣，看起來溫文爾雅，可又混雜了一些江湖氣，為人處世瀟灑不羈，這樣的人最容易吸引女人。

至少在姜辭看來是的。他忍不住點點頭，輕聲道：「是有一些婦人，妳看這個，」他手指暗中一指。「濃妝豔抹的，指不定是專來找寧大夫的。」

姜蕙看過去，果然見到一名二十左右的年輕婦人，少不得想到自己的小姑，不由得噗哧一笑。

她走到寧溫身邊。寧溫此時正在寫方子，只聞到一股芙蓉香，便知是她，輕聲一笑。「姜姑娘終於得空來了？」

姜蕙道：「寧大夫還真忙，我原想問你一些事。」

寧溫寫完最後一味藥，與後面的客人道：「請去馬大夫、李大夫那兒排隊。」他把筆一擱，轉過頭來。「妳要問什麼？」

姜蕙見他就此不看了，忙道：「那些病人，你少看一個，少拿一份錢。」

「那又有何辦法？」寧溫道。「妳可是掌櫃，在下是靠著掌櫃吃飯的，誰能排妳前面？」

姜蕙一聽，噗哧笑起來。

姜蕙走過來與寧溫打招呼，寧溫道：「不如去內堂吧，那兒清靜。」

姜蕙點點頭，與馬大夫、李大夫問好一聲，便隨他進去。三人坐下，姜蕙把帷帽摘下來放在桌上，她一張臉露出來，豔麗無雙，微笑間，攝人心魄。

他大大方方看她，不曾迴避，笑道：「我那藿香散可好用？」

「好用。」姜蕙笑咪咪地肯定道。「天氣乾燥，容易起皮，用了比以前舒服多了，而且洗頭也好，用完頭髮很柔順，阿娘也很喜歡呢。今日正好來，你給我再做幾瓶，送給堂姊她們。」她說起話來眉飛色舞，像是很喜歡。

寧溫嘴角也不由挑起來。「既然好，那便可以拿去賣了，妳覺得如何？」

「賣錢？」姜蕙一怔之後，笑著拊掌道：「真是好主意！那麻煩寧大夫了，再多做一些，到時叫夥計介紹與客人便是了。」她不忘給寧大夫好處。「從藿香散掙的錢，當然寧大夫也可以分一份。」

寧溫沒有拒絕，道了聲謝。身為大夫，雖是懸壺濟世，可他從來不會視銀錢為糞土。二人你一句我一句，姜辭都插不上嘴。

姜蕙又問起鋪中情況，多數都是關於藥材的，寧溫一一答了。「姜姑娘莫操心太多，比起旁的生意，藥鋪向來是穩定的，只要大夫不出差錯。」

藥材又在同一處買，她還有個知府二叔，仁心堂只會越來越興旺。

姜辭笑著點點頭。「我看也是。」他好奇寧溫。「今日來，見找寧大夫的病人甚多，堪比名醫了。」

寧溫一笑。「那是借了姜姑娘的吉言，上回那肺癆婦人被在下治好了，想必得了一些名聲。」

姜蕙為他高興。「我早說過，寧大夫總有一日會名揚天下的。」

看她眸光璀璨，竟是毫不懷疑。寧溫暗自奇怪，也不知她為何就那樣信賴自己。其實以他這等身世，名揚天下，不過是個美夢，雖然他自小就想學醫，奈何家中窮困，等到父母雙亡更是淒慘了，他前十年都是在藥鋪裡做夥計過來的。遇到好心的大夫，會教他一些；遇到吝嗇的，他會想盡辦法偷師學藝，其中艱辛自不必說，直到如今才能獨當一面，但要再上一層樓，可是難得很了。

但有人願意相信他，總是件欣慰的事情。寧溫笑笑。「若有那日，必定會讓姜姑娘掙大錢的。」

她不就在等著這一天嗎？姜蕙心道：等寧溫成了神醫，她這輩子應該都不會愁錢的事情，不過此處有個問題，寧溫到時會不會自己開醫館啊？她無比關切地道：「寧大夫若有任何需要，還請一定要與我說。」

見妹妹這般殷勤，姜辭眉頭挑了挑。

三人出來，寧溫又繼續去看病，姜蕙見他用了新的筆，笑道：「這筆可還好用？我讓阿爹仔細挑選的。」

寧溫手指頓了頓，忽地一笑。「若是姜姑娘來挑，興許更好看些。」

這筆的筆桿顏色暗沈，連花紋都沒有一處，確實不漂亮，但筆肯定是好的。姜蕙想著，目光落在寧溫的手上，才發現他的手指很長，雖然肌膚有些微黑，卻也是教人賞心悅目的一雙手。她爽快地道：「那我下回給寧大夫重新買枝吧，寧大夫用得順手，這方子也能寫得快些。」

姜辭的眉頭又挑了起來。等到走出仁心堂，他一把拉過姜蕙，低聲問道：「阿蕙，妳莫不是看上這寧大夫了？怎地對他那麼好？」

「自然要好一些了。」姜蕙眨眨眼睛。「將來寧大夫可是咱們藥鋪的搖錢樹呢！」不對他好，如何留得住人？

姜辭還是皺著眉。「那也不行。」

姜蕙一想，大抵知道他的意思了。若她是個男人，對寧溫再好，他只怕都不會說，可她是個姑娘，便是連掌櫃的權力都剝奪了。原本作掌櫃，對鋪中之人友好，那不是人之常情嗎？但她從善如流，說道：「那下回我不這樣了，都由哥哥出面，可好？哥哥得空常去鋪子看看，阿爹人太老實，未必做得好。」

見她聽進去了，姜辭才笑起來。他看重這個妹妹，一早就想著把她嫁給好人家，可這寧大夫人再不錯，卻是配不上妹妹的。

第二十三章

等過幾日，首飾鋪珍珠頭面做好，姜蕙挑個時間又與姜辭去拿，順便精心挑選了一枝筆，答應過的事情總要做。不過她沒有親自送去，而是叫姜辭代勞。

很快就到寒冬。宋州四季分明，一入冬便冷得很，出得門，風吹在臉上，像是刀刺般的疼。如今即便有人要找姜蕙出去，她也不去了，屋裡有炭盆，暖烘烘的，哪裡也比不上這兒。

白日裡，她與姜瑜她們隨同女夫子學習，晚上與寶兒說笑，每日過得充實而歡樂。可這感覺總不是特別真實，因她知道，最大的難題還未解決。

所幸姜濟顯終於等到好友的回信，信裡說皇上五月是要出遊，他心中的震驚難以形容。原來姪女兒作的夢竟是真的！

他想一想，把姜蕙叫到書房。「阿蕙，我已經打聽過，皇上五月是要離京。」姜濟顯在屋內走了幾步，才問道：「妳這夢，還記得多少？」

姜蕙心裡一喜，只可惜她知道得不夠多，不然定是詳詳細細說了。她側頭想一想。「只記得五月周王就會謀反，好似會攻打宋州。」

「攻打宋州？」姜濟顯面色一變，暗自琢磨，還真有可能，因宋州不只離開封近，也是較為富饒的地方，拿下宋州對周王很有利，進可攻、退可守。

見他一直在思索，姜蕙輕聲道：「二叔，您可要早做準備啊，不能讓周王占了先機。」

誰料姜濟顯又問了一個問題。「關於皇上，妳曾說過皇上出遊會被行刺，那到底周王得手了沒有？」

這是個好問題，假使皇上被刺死了，局面會更教人難以預測。姜蕙心想，二叔還真是謹慎。「皇上只是受傷，並沒有什麼，好似夢裡很快就回了宮。」

姜濟顯唔了一聲，對姜蕙笑了笑。「看來母親說得沒錯，阿蕙妳是得了福運，幸好作了這夢。」

那是拿上輩子無數的慘痛換來的，姜蕙面色微黯，但很快又笑起來。「希望我這福運可以助二叔一飛衝天。」

姜濟顯詫異地看她一眼。

姜蕙笑道：「二叔定是要忙了，姪女兒先告辭。」她轉身走了。

姜濟顯看著她的背影，已明白她的話。他很快就挑了兩個極為能幹的手下，給他們換了身分，前往開封，密切關注周王的一舉一動，只待有確切的線索，他打算再與何緒陽相商。這樣，即使周王哪日攻打宋州，他們也不會臨時慌張，或者更好一些，他們能提早阻止周王起事。

與姜濟顯說過這些話後，姜蕙覺得心中總算有些踏實，這生活也真實起來。再過幾個月，一切都要落定了吧？她也能像個無憂無慮的小姑娘，不用成日裡想這些事。

她望著窗外陸續盛開的臘梅，只見天空忽地飄下了雪，她站起來，走過去探頭往外看。已經好久不曾見過雪，不知不覺，卻也過了一年。

金桂這時走進來，叫了聲姑娘，面色猶豫。姜蕙問道：「何事？」

金桂見銀桂出去泡茶，外頭兩個小丫鬟離得也遠，她擦一擦額上的汗，方才道：「穆公子叫奴婢帶個口信，說姑娘若要報恩，今日申時去趟荷香樓，他不日就要回京了。」

姜蕙怔了怔。「他難道在咱們家？」

「不曾，是他的隨從。」金桂想起來都害怕，面色發白地道：「奴婢只去廚房一趟，路上就被那人拉到暗處，也不知他如何進來的，恐嚇奴婢若是不帶口信給姑娘，這命也留不到明日。」

那隨從渾身的血腥氣，金桂哪敢不答應，甚至連聲音都不敢發出來，只想著穆戎上回救了姜蕙一次，應當不會有什麼。

姜蕙點點頭，這確實是他一貫的作風。

金桂見她不說話，輕聲道：「這事是奴婢不對，奴婢不得已與姑娘說，可姑娘未必要去的。再說，怕老太太、太太也不會准許。」

姜蕙心想，如何能不去？他雖說得客氣，可她若不去，他定能使出好些法子。也罷，這份恩情總是要報的，她並不想欠著，只望他此次一去京城，再不要回來了。

到得申時，金桂見她坐著梳頭髮，便知她還是決定去了。「一會兒姑娘如何說呢？」

「不說。」姜蕙慢條斯理。「大不了回來給祖母訓一頓。」因她年紀不算大，不似姜瑜就等著訂親嫁人的。她貪玩，見著下雪了偷溜出去瞧一瞧，便是長輩知道，不過說兩句罷了，也不是沒有過。

她自己梳了個單螺，上身穿一件玫紅夾襖，下頭淺色棉裙，也沒刻意打扮，便起身出去了。

金桂忙跟上，給她披狐裘。這狐裘還是近日新做的，幾位姑娘都有一件，胡氏兩個鋪子生意不錯，心裡高興，今年冬季裡做新衣，便與老太太說，買了幾塊皮子。姑娘穿起來，平添了幾分貴氣。

銀桂見姜蕙出得門口，也要跟上來。姜蕙道：「妳留下吧。」

銀桂有些奇怪，瞅了金桂一眼，但還是退了回去。

二人到得後門，眼見雪越下越大，那守門的人都沒有，金桂嘀咕一聲。「難怪上回那人進得來，看個門也不好好看呢，這要來個賊匪如何是好？」

宋州很太平，可也沒到夜不閉戶的程度，但對姜蕙來說倒是好事，省得還要想法子引開他們。主僕兩個一路就出了姜府。

荷香樓離姜家很近，隔了小半條街，不用一盞茶工夫，她們便到了。

何遠一直等在樓下，姜蕙雖然戴了帽，可好認得很，他招招手，輕聲道：「請姜姑娘上二樓。」

金桂也要上去，他一把攔住。「妳且與我在下面等。」

何遠生得面色黝黑，平日看著倒挺和善，一旦凶起來，殺氣騰騰，金桂嚇得臉又白了，輕聲喚道：「姑娘。」

「沒事，妳莫擔心。」姜蕙寬慰她，提著裙子走到樓上。

要說擔不擔憂，她也有點，但被穆戎三番兩次的驚嚇，好像又有點習慣了；再說，他是一心要納她為側室，又不是要她的命，其實想想，也不用怕。

她很快就到穆戎面前，他正安靜等著，見到她來，好似一點也不意外。

看他胸有成竹，姜蕙又有些惱意，立定了說道：「我今兒瞞著家裡出來，便是為殿下說的報恩。小女子欠了您的情，也總牽掛著，現就想聽聽，殿下到底要小女子如何回報？但凡小女子力所能及之事，定是極為願意。」話先說清楚，要是他提個不成體統的要求，她絕不會做。

大雪此時如鵝毛般落下來，天色暗沈，樓中亦是一樣，可她立在那兒，也不知是不是因裹了身狐裘，烏髮襯著雪白的臉蛋，整個人像是亮閃閃的。

穆戎嘴角略微上挑，開口道：「坐下，陪本王用膳。」

姜蕙怔住了，看一看桌上好幾樣菜，她不由遲疑。「莫非這算報恩？」

真是個斤斤計較的女人，穆戎道：「算。」

雖然他這麼說，可是依姜蕙的了解，不會那麼簡單，但她還是解開狐裘，坐了下去。

穆戎瞧她一眼，拿起酒壺，給自己倒上一盅酒，放在唇邊飲了口，道：「既然是相陪，莫要拘束，妳吃好喝好了，便可回去。」

真是如此，倒好了。姜蕙的柳眉微微一挑，仍坐著不動，眼眸往桌面瞧去，共有八樣菜，看起來都很精緻，鼻尖聞得甚香。說實話，她也有些餓了，便伸手拿起筷子，但嘴裡不忘套穆戎的話。「聽說殿下要回京了？」

穆戎淡淡道：「姜姑娘是關心本王行程，還是為此歡喜？」

姜蕙手一頓，笑起來。「殿下總是救過小女子，自然是關心殿下，如今離五月也不遠了，殿下想必有很多事情要處理。」

「說起此事，妳二叔應已知道周王要謀反了吧？」穆戎的目光落在她手上，紅褐色的箸襯得她右手好似白色的玉蘭花，分外漂亮。

既是正經事，姜蕙也不由正色，頷首道：「二叔還知皇上五月要出遊，必定有個應對的法子。」

「那就好。」穆戎道。「本王此去京城，怕也不會再回，宋州還得靠妳二叔了。」

姜蕙心裡一喜，就想回去燒高香，面上卻認真道：「有殿下在，乃京都之福。」

這馬屁拍的，穆戎嘴角一挑，眸色也越發深了些，看著姜蕙道：「妳上回說的話，本王也想過了，是該回京城多看看。」

難道是回心轉意，再也不為難她的意思？姜蕙有些吃驚，可穆戎若不是別的意思，她也猜不出他真正的意圖，興許他當真想明白了。她更高興。

穆戎道：「今日難得相談甚歡，陪本王喝盅酒。」

姜蕙不再吝嗇，拿起酒壺給自己倒了一些。酒色呈琥珀色，濃香襲人。

穆戎用酒盅朝她一迎。「本王先乾了。」

今日氣氛不錯，姜蕙只以為當真可以甩脫穆戎，她也喝了幾口酒。酒一入腸，辛辣滾燙，她的臉瞬間便紅了，忍不住拿手掩住唇輕咳一聲。「這、這酒好烈。」

穆戎輕聲笑起來。「本王喝酒一向如此。」

姜蕙下意識搖頭。怎麼會？她記得他喝的酒一點都不烈，還常喝果酒，難道說他十來歲到二十來歲，中間竟變了那麼多？

她吃得幾口菜，想要解一下酒意，誰料過一會兒，腦袋越發地暈，昏沈沈的只想睡。「殿下，我得告辭了……」她仍記得自己得走，勉強站起來，向穆戎行禮，可只說了半句，人就搖晃起來。

這在他意料之中，這等烈的酒，姑娘家喝了不醉才怪。

他伸手攬著她，她有了依靠，半邊身子都偎入他懷裡，嘴裡聲音模糊。「怎地東西也看不清了……」聽起來軟綿綿的，有撒嬌的味道。

穆戎托起她下頷看，她一雙水眸半睜半合，像是藏著滿春的媚意，他喉嚨忽地有些乾，忍不住一低頭，吻在她唇上。

姜蕙還有些清醒，只覺呼吸被堵住了，嗚嗚出聲，想伸手推他，卻渾身軟綿綿的，耳邊只聽他像是呢喃道：「這酒，本王也有些承不住……」

她心想，難道他也醉了？可意識越發離得遠了，竟覺自己好似回到衡陽王府。

那日，府裡宴客，他喝醉酒半途回來，在園子裡遇上她，當著一眾侍女的面，就這般捧著她的臉親吻，她一顆心歡喜得差點碎掉。他的唇那般溫柔，可舌卻強硬得很，不容她一點阻攔便鑽進來，就好像現在這般，她一點也沒力氣抵抗。

姜蕙的身子直往下滑，穆戎離開她的唇，雙手抱她起來。她的臉此刻緋紅，像綠草葉裡盛開的芙蓉花似的，穆戎伸手輕撫一下，她竟主動依過來，輕觸他的手指，嘴裡也好似呻吟，說不出的嬌媚。

他渾身難受起來，挨著她的身體忍不住想要靠得更近一些。在天人交戰半刻後，他忍住心中慾念，推開她，把她放在椅子上。

她此時已然醉倒，穆戎看著她，目光又有幾分陰冷。聽到他回京城，她竟這般高興，高興得還喝酒了，如今可是活該？他想著，伸手去捏一捏她的臉蛋洩憤。

她哼唧一聲，全沒有平時的樣子，倒像隻小貓兒。他瞧著又笑起來，也罷了，此次原也為臨走前見她一面，二來話說得鬆一些，令她放心，誰讓他這次回京得需那麼久，興許也真不會再回宋州。

若還讓她覺得自己執意要納為她側室，等他一走，她指不定把自己嫁出去。她這樣的性子，他看得都有點透了，興許是做得出來的。可他在京城鞭長莫及，身邊又有那麼大的事情要應付，如何分心來管她，便讓她以為自己打消主意了吧！若按平常，她得等到十五才嫁人，他也有充裕的時間。

他叫何遠上來，吩咐道：「叫夥計煮碗醒酒茶。」

何遠看到姜蕙竟然暈著，一時吃驚，又看看穆戎，臉色竟也發紅，他忙轉身下去。

穆戎餵她喝了醒酒茶，又叮囑金桂一聲，方才離開酒樓。

外面的雪仍在下，何遠忙跟上來打傘，穆戎道：「不用。」他迎著風雪往前走了。

只有這般的冷意，才能壓住勃然的衝動，才能教他身體舒服些。

第二十四章

姜蕙好一會兒才清醒，睜開眼睛就見到金桂，她一時都不知自己在哪兒。

金桂鬆口氣。「姑娘總算醒了。」

姜蕙揉一揉額頭，只覺腦袋有些脹痛，詢問道：「莫非我醉了？」

「嗯。」金桂猶豫了下道：「姑娘跟穆公子……」

她還未說完，姜蕙想起來了。他叫她陪著吃飯，還陪著喝酒，可是她才喝了幾口就醉了。這酒真烈啊，到現在頭還很疼，口唇又乾，便要喝水。

金桂給她倒了水過來，她喝得幾口，又想起一件事，忍不住拿手摸了摸嘴唇。好像他親她了？但是好像他醉了，又像是幻覺。

上輩子，他們兩個親吻的次數可不少，但最讓她心動的，莫過於那次在園子裡，她倒是記得，剛才腦中又出現那幕情景，可見還是幻覺吧！

但她仍一下子警覺起來，問金桂。「穆公子何時走的？」

「姑娘喝醉酒，穆公子要了醒酒茶之後就走了。」金桂道。

那應該沒做什麼事，她低頭看看自己，身上衣服也好好的，便微微吐出一口氣來。早知道不該喝酒的，還是一時大意，以為那酒不烈呢。怎麼他十八歲時是這樣的？不只性子有些不同，喝的酒都不一樣。姜蕙弄不明白。

「如今什麼時辰？」她站起來。「這下祖母定是要發現了！」

二人急匆匆回去，此時地上的雪都已經堆起來。姜蕙發現後門有人，當下不管不顧地走進去，那守門的小廝驚訝道：「哎呀，二姑娘怎麼從這兒進來呢？難怪剛才老太太派人來問。」

「我還是從這兒出去的呢。」她問那小廝。「你剛才去哪兒了？」

小廝臉色一變，支吾道：「沒、沒去哪兒……」

還撒謊，姜蕙拂袖走了。她頭一個就去老太太那裡請罪，垂著頭道：「今兒看到下雪，一時沒忍住，出去逛了逛，我下回再不敢了，還請祖母罰得輕一些。」

她裹著狐裘，肌膚雪白，像是從林中跑出來的白狐似的，老太太看著喜歡，但臉色也是一沈。「是該罰，妳便是出去也該說一聲，少不得要人家擔心呢。我看罰妳抄二十遍女誡吧，也好長長記性。」

比起往常說幾句，嚴格了一些，姜蕙欣然接受，但也告了個狀。「祖母，後門都沒人看守，我這才能出去的。」

老太太眉頭皺了皺，問胡氏。「後門今兒誰看著的？」

胡氏也不知，又去看張嬤嬤。張嬤嬤心裡咯噔一聲，不好隱瞞。「是奴婢姪兒。」

老太太看在胡氏的面子便沒有提，倒是胡氏臉色有些臊，回頭說張嬤嬤。「妳這姪兒有點不像話了，雖說大門有門房，可後門也是個危險的，哪能少人？今兒讓阿蕙跑出去，欸，這丫頭也是沒規矩！」她嘴裡還有幾句沒罵，收了口。

姜蕙為人大方，掙了錢沒少送家人東西，她這二嬸都得了幾樣，就不好意思再說了。

張嬷嬷忙道：「奴婢這就去，還請夫人原諒奴婢姪兒一次。」她跟了胡氏好幾年，從姜濟顯任知縣時就在家裡，胡氏便答應了。

姜蕙出來，梁氏少不得也說兩句，姜蕙一副虛心道歉的樣子，且老太太又罰了，梁氏一時又心疼她要寫字。「正好練練，這天冷，在屋裡閒著也挺沒意思。」她挽住母親胳膊。

「妳也可多做些針線活。」梁氏道。「阿瑜就常做，不說那些富貴人家，便是尋常的，哪有做媳婦的不做呢，相公也暖心。」她作妻子，也是如此。

姜蕙一迭連聲。「是了，我一會兒抄完女誡，再做雙鞋子給哥哥。」

梁氏見她聽話，笑著摸摸她的頭。

過幾日，姜辭從書院回來，姜蕙就給他一雙鞋。他低頭一瞧，鞋面是烏青色的，鞋幫子針線細密，不由笑道：「阿蕙手藝越發好了。」他脫了鞋子穿上去，不大不小，十分合適。

姜蕙笑得眉眼彎彎。「哥哥的腳不長了啊。」

姜辭嘴角一抽，臉黑了黑。「只是最近不長，我個頭在長的。」

「那倒是。」姜蕙抬頭看他。他們姜家的男人都很高大，姜辭也一樣。

姜辭又把鞋脫下來。「我明兒穿著去書院。」提到書院，他想起一事，有些惋惜地道：「穆公子回家了，臨走時跟我說，不會再來宋州。」原本他們關係都很好了，他與穆戎也談得來，如今突然失去一個朋友，姜辭甚覺難過。

姜蕙卻很高興，看來穆戎當真走了，但見哥哥這般，又寬慰他。「興許哥哥以後還會見到他的。」

「興許吧，可能穆公子明年也得去鄉試。」

姜蕙聽著好笑，有一日哥哥知道他身分，定會吃驚得不得了。不過也不知哪日了，穆戎回了京城，這等年紀應是很快就要娶妻，他既然也想明白了，不再納她為妾，那麼可能過不了一、兩年，他娶了沈寄柔，就要去衡陽。

總算是解脫了！

姜蕙心情不錯，隔幾日寫了一份清單給姜濟達。「咱們鋪子賺得不少，眼看就要過節，該當開開心心的，我便想三位大夫、兩個夥計也少不了，雖然禮不重，但總是份心意。」

他這女兒很細心，每樣都想得清楚，姜濟達笑道：「反正家裡也要辦年貨，便順道了。」他買了好些節禮送與三位大夫，夥計少一些，但比起旁的鋪子，也很豐厚。眾人都很感激。

等新年一到，那冷意好似也漸漸薄了，家人聚在一起，熱熱鬧鬧地過了一個春節。這樣，離周王謀反的日子越來越近。

姜濟顯最近也有些神出鬼沒，早上早早起來，晚上很晚才歸，弄得胡氏有些驚奇，與老太太道：「老爺像是忙得很，整日都不見人影。」

姜蕙心裡一動，猜測二叔是不是查到什麼。

老太太笑道：「忙才好，閒著哪裡像是個清官大老爺？」

事實上，姜濟顯確實是收到了消息，周王早前就已招募盜匪，如今更是招兵買馬，只是四處把得很嚴，城門進出甚是困難，要不是他那兩個手下身經百戰，怕也難以溜出來。不過由此可見，周王的弱點也不小，做事不夠縝密，可能是皇上對他的縱容太過頭，讓他有些飄飄然。

掌握了這些之後，姜濟顯才與何緒陽商量。何緒陽自然是有頭腦的人，很快就進行了部署。二人也同時寫了彈劾周王的奏疏上去，時間選在四月下旬，這樣即便周王有細作在京都得知，也來不及通知周王。只可惜，皇帝信任周王，仍不相信，故而到得五月，一切就如上一世一般，周王在開封起事。

同時間，宋州衛指揮使賀洋，奉了何緒陽之命，領兵埋伏於開封前往宋州的路途，這一蟄伏就是好幾日，但成功打敗了周王的大軍。周王大軍遭受突襲，四分五裂，逃亡的路上，原本人馬竟然失去一半。賀洋乘勝追擊，直打到開封。

得知喜訊，姜濟顯總算鬆了口氣，坐在椅子上，與胡氏道：「妳老爺我這次能躲過一劫，該當謝過阿蕙了。」

胡氏一頭霧水，姜濟顯也不明說，清洗了把臉，又去衙門。

周王被圍困之後，固守城池死不投降。這時皇帝也才知道真相，從京中下令，皆可格殺，意思是不用留活口了。原先哥哥寵弟弟，再是表現得親密無間，一旦牽扯到皇權，哪裡還有什麼情分？很快，大軍壓過來，周王的兵馬如同鳥獸般散了。

其間，何緒陽與姜濟顯立了大功，若不是他們提早部署，宋州必定要經歷一場戰爭，不知得死多少人。皇上大筆一揮，升姜濟顯為三品大員，任工部左侍郎，不日赴京上任。至於何緒陽，竟不曾升官，平級調至京都任都察院左副都御史。這事有些奇怪，不過歷來聖心難測，姜濟顯也不多想，自己因禍得福，總是高興的事。

姜家舉家歡喜，次日聚一起慶祝，男人們喝得醉倒，女眷們也歡聲笑語。唯獨姜蕙最沈靜，雖然她那麼高興，可是當這一天真到來，竟覺恍然如夢。上輩子，連累她一家遭遇滅頂之災的謀反案，如今看來真是一場笑話。她走出去，抬頭看著碧藍的天空，輕輕吐出一口長氣。

這三年，總算是熬過去了，以後，她得歡歡喜喜地活著。

因姜濟顯要赴京任職，胡氏這兩日在忙著收拾行李。老太太也不時叮囑，不要忘了這個，不要忘了那個。人逢喜事精神爽，不管說什麼，眾人臉上都跟開了花似的，家中一點矛盾都沒有，比往常還要和氣些。梁氏見胡氏忙，也承擔了多數內務。

這日，胡氏送姜濟顯上馬車，兩人依依不捨，老夫老妻了，胡氏摟著姜濟顯不肯放手，淚汪汪的，在車中纏綿了會兒才下來。「相公您等著，我等鋪子處理好了，便來京城。」

姜濟顯去京城，三、五年不動，不可能胡氏還留在這兒；但胡氏一走，老爺子跟老太太也必得跟著。往常都是這般，自從姜濟顯做縣令，二老就隨著他，畢竟姜濟顯才是老太太的親生兒子，她一天見不著，心裡頭就難受，要擱個三、五年還能得了？

姜濟顯點點頭，臨行時叮囑一句。「來京城，把大哥一家也帶上。我與大哥已經說過，他還沒個準信，妳多勸勸。」

胡氏奇怪。「他們來不來，自有他們的主意，老爺管這些做什麼？」

「妳聽著就是了。」姜濟顯不好解釋。他只覺得自己這次升官，有一半的功勞都得歸在姜蕙身上，可這夢不夢的，怎麼說得清楚？故而想盡盡心，可若姜蕙不在身邊，他怎麼還這功勞？

胡氏看他強硬，只得應一聲。馬車疾馳走了，留下一路煙塵。胡氏回去與老太太說：「相公想叫大哥一家也去京城，只是大哥還沒決定，許是在同大嫂商量。」

老太太道：「這有何商量？咱們都去了，光留他們也不好，別說阿辭今年八月還得去京城鄉試呢，到時考上了，興許就留在京城了，老大、老大媳婦能不念著？且他也十六了，再看看，過得一、兩年便要娶妻的。」

說到這個，胡氏喜上眉梢，湊過來道：「娘，要說這寶塔寺解的籤還真靈，難怪叫咱們別急著給阿瑜訂親，原是有這等喜事！京城的年輕才俊可多了。」她一定好好給女兒挑個好郎君。

老太太笑得合不攏嘴，喜道：「被妳一說，還真是，咱們秀秀也能挑個好的。」胡氏笑容就淡了些。

二人說了會兒，老太太派人把姜濟達找來，還有老爺子，三人坐下說話。「便一起去京城吧，阿蕙這仁心堂雖然生意不錯，可到得京城也一樣的，再說，便是不開又如何？」老太太現在自覺兒子是三品官了，頗有些得意。「阿蕙便是老二姪女兒，那也是大家閨秀，沒得還往外跑的。再說，老二又不在此做官了，你們留下做什麼？便是那鋪子，誰來照應？」

大樹底下才好乘涼，一家人，別說誰佔誰的便宜，有得沾光，總是好的。老爺子聽著，點一點頭。「是這個理，老大，咱們一家如今住久了，再分開也不習慣。現在老二做了侍郎，怕是更忙了，家裡事情是沾不到邊的，你去了也好搭把手。」

老爹老娘那麼殷切地要求他去，姜濟達便答應了。

老爺子又發令。「既然如此，你也先去京城，把咱們住的院子先置辦好，好了寫信回來，咱們再去。不然這麼多人還租個地方住，還得了？亂成一團了，到時還得搬家。銀錢你多帶點，院子就照咱們現在這樣的買，別吝嗇錢，得空與老二商量一下。」

看老頭子周到起來，老太太誇讚道：「你阿爹說得真沒錯，我倒一時忘了，你過兩日準備準備，就去吧。」

三人這就定下來。姜蕙一早料到會如此，胡氏的弟弟一家都要跟著去京城，他們怎會不去？難道以後家中外事要交給胡家管？不可能。老爺子跟老太太瞧著平日裡不顯山露水，可不是笨人，尤其是老太太，自然不會讓肥水留給外人，將來那些外事，最終還是要落在父親身上。父親再不是她親生的，也是姜家的兒子、姜濟顯的手足。

不過她這藥鋪可惜了，剛有好苗頭，如今卻得賣了。而且說實話，她內心也不太想去京城，只是他們一家的命運糾結在一起，二叔好不好都關係到他們，唯有等到姜辭茁壯成長了，興許才能獨立。但這一日還遠得很，如今自然要團結在一起，人多主意也多，才能越過越好，也能抵擋住難以預測的危機。

她嘆一聲，放下手中筆。是時候要去跟寧大夫說一聲了，倒不知他願不願意去京城呢？他的醫術進步很快，便沒有李大夫、馬大夫，只怕也能應付。

她並沒單獨去，而是叫姜濟達陪著。如今老太太更重規矩了，雖然這些規矩，姜蕙自己是不屑一顧，她經歷得太多，很多事情早已不看重，可為人處世便是這樣，長輩的話豈能真不聽？故而寧溫再看到她時，已隔了好一陣子。

第二十五章

自上回託姜辭送了枝筆，她就沒出現過，算一算有半年了吧？大戶人家的姑娘真是過得無趣，也可惜她那樣的性子，終究還是要困在一方小小天地裡。他瞧著姜蕙，多少有些惋惜。

「寧大夫……」姜蕙沒發現，斟酌言詞道：「我二叔調任京城，想必你也知。」

寧温道：「妳可是要賣鋪子？」

「寧大夫真聰明。」姜蕙微微頷首。她很想寧温一起去京城，可提出這個要求，總有些不好意思，呼出一口氣才道：「雖然我在此處賣了藥鋪，可去京城還是要再開的，不知寧大夫可願同行？」

不等寧温開口，她又道：「京城雖藏龍臥虎，卻也能讓自己的醫術得到更大的發揮，寧大夫或可考慮一二。」聽得出來，她多少有些擔心。

寧温微微一笑。「我向來不看地方，只看錢。」

聽到這話，姜蕙噗哧笑了。跟寧温這樣的人說話，總是不費力氣，她很大方地道：「給你翻一倍，喔不不，翻兩倍，如何？」

京城寸土寸金，錢不似在這兒經用，寧温靠著這點錢，初期肯定是很拮据的，不過等他日後名揚天下，自然就會好了。姜蕙一是為挽留他，二是當然也為上輩子的相救之恩，總是願意多為他考慮一些。

寧溫答應了。「也好，在下原本也想去京城看一看。」正如姜蕙說的，那是個藏龍臥虎的地方，那些京城的名醫定是有好些可以學習的。

姜濟達一旁聽著，此時鬆口氣道：「寧大夫肯去再好不過了，到時候咱們前往京城，自會來請寧大夫，寧大夫便不用自己雇車了，路上也熱鬧。」與寧溫相處的時間多，姜濟達也挺喜歡這個年輕人的親和隨意。

寧溫道謝一聲。

藥鋪的事情處理完，姜蕙也放下一樁心事，這幾日都與姜瑜她們一處玩。因要去京城了，她們都得跟女夫子告別，幾人想起以往，忍不住抹淚。

胡氏也捨不得，與老太太說：「我多封了一些銀子給她。這女夫子真是有本事，看把阿瑜教得多好，到得京城，還不知道要找誰了。」

老太太道：「船到橋頭自然直，怕什麼，反正阿瑜也學全了，另外幾個不急於一時，慢慢找就是。」

胡氏想起一件事，唉呀一聲。「咱們去京城，可是要做些新衣服呢。那邊的夫人姑娘更是了不得，都是些高門大戶。」

老太太笑了，指指她。「我看妳是忙暈了，這兒便是做了新衣服，又能比得上京城？聽說那邊的衣料五花八門，裙衫應都時興些，自然是到了那兒再去做的。」

「娘說得是。」胡氏臉紅了紅。

姜濟達很快就去了京城。時間越來越近，幾個小姑娘也都漸漸興奮起來，最近都在說那兒的事情。

姜瓊道：「何二姑娘提起京城，總是一副瞧不起咱們的樣子，真就那麼好？不如咱們去了，求祖父祖母讓咱們四處看看，我還真是好奇呢！」

姜蕙斜靠在榻上，慢悠悠道：「便怕到時候妳忙不過來，一會兒去拜見這家夫人姑娘，一會兒去拜見那家夫人姑娘。」她已經可以預見頭疼的事情。

姜瓊的臉也黑了。「說起來，京城那麼大，官宦人家定也是很多。」

「非常多，幾隻手都數不過來。」

姜瓊的好奇心立時被她打擊得煙消雲散。

姜瑜笑道：「阿蕙，妳別嚇唬阿瓊了，咱們家初去京城，定然是要結交朋友的，以後自會慢慢好的。」

胡如蘭豎著耳朵聽，她已經見識了宋州的富饒，這京都，還真不敢相信，但聽了會兒，又低頭繡荷包。

碧藍色的荷包上兩隻白鶴，形態優雅，姜瓊湊過去道：「妳這荷包還未繡好啊？瞧著真好看，是要送給誰？」

胡如蘭道：「不送給誰，只是練著玩，阿娘成天要我做女紅呢。」話是這麼說，可臉色慢慢就有些紅。

但眾人未注意，姜蕙靠著榻有些睏，微微合著眼睛。這會兒，老太太那裡一個丫鬟過來道：

「家裡來客人了，老太太叫幾位姑娘去正堂呢。」

姜瓊好奇。「誰啊？」

「說是衛家二夫人，領著兩位姑娘探親回來，路過宋州，順道來拜會下的。」

姜蕙一下子從榻上起來。「衛家姑娘？妳可知道名字？」

小丫鬟不知，搖搖頭。「回二姑娘，奴婢也未見到人呢。」

姜瓊笑道：「堂姊急什麼呀？去了自然就知道的。」

原本幾人聚在一起，穿得也隨意，這要去見客了，自然得好好打扮打扮。姜蕙聽得衛家，很快就聯想到衛鈴蘭，哪能不警惕，故而頭一個就到了上房。

老太太與那衛二夫人正在說笑，見到她，忙招手。「這是衛家二夫人、衛二姑娘、衛三姑娘。」

姜蕙上去問好，再抬起頭，目光卻落在衛二姑娘身上。她想得沒錯，還真是衛鈴蘭。

衛鈴蘭見她看來，微微一笑，很禮貌地道：「不知姜姑娘在家排行第幾？」

老太太笑道：「這是我大兒子的女兒，排行第二，與衛二姑娘倒是一般。」

衛二夫人瞧見姜蕙，吃了一驚。她原本以為姪女兒衛鈴蘭長得夠好看的，誰想到這一個卻不輸於她，只是氣質頗為不同，渾身上下有些狐媚氣，這一點就大大比不上衛鈴蘭。

她這姪女兒在京都有第一美人的稱號，故而骨子裡也有些清高，只是不曾表現出來，她有心挫挫她，連聲誇讚道：「老夫人，您這孫女兒長得可真漂亮，像是天上下來的仙子，便是在京都也不曾見過這般的。」

老太太自然高興，可她也喜歡衛鈴蘭這樣的姑娘，腹有詩書氣自華，這才是真正的大家閨秀。「比不上妳們家姑娘，到底是京都閨秀。」

兩位姑娘都略微頷首，衛鈴蘭笑道：「老夫人謬讚，我一看二姑娘出來，便知是有女夫子教導的。」

她為人謙遜，又生得美，言行舉止落落大方，任誰都喜歡。姜蕙不再說話。上輩子衛鈴蘭指使桂枝毒死她，那便是仇人，只是這一世，衛鈴蘭必定不認得自己，她就是想要報復，好似也沒有理由。可要她好好對待衛鈴蘭，那是不可能的，故而她只是安靜聽著，倒顯得有幾分木訥。

姜瑜幾個現在才來，老太太又令她們拜見衛二夫人。胡氏與梁氏也才到，她們一個忙著處理鋪子，一個忙著內務，都是老太太派人去請的。

衛家在京都是真正的名門世家，衛老爺子是太子太師，當今太子自小便是他輔導的，如今見到，仍尊稱他為老師。不過衛老爺子現已致仕，但大兒子仍是京中高官，任吏部左侍郎，二兒子，也就是衛二夫人的相公，卻沒他大哥有才能，在工部任員外郎，是姜濟顯的下屬了。

胡氏一早聽說衛家，一開始還挺震驚，後來想到自家相公現乃三品官，那衛二老爺還得屈居在下，心裡不得不說是舒心極了。但即便這樣，衛家的根基是他們姜家拍馬難及的，是以胡氏面上一點不露得意，說話間也是提衛二夫人的好。

衛二夫人笑道：「我娘家便是住開封的，此次無事，也是託了姜二老爺的福。只是我心裡到底擔心，過來看看。且我們家與何家也是相熟的，家裡姑娘們關係很好，路過宋州，才去何家拜訪過一次，得知你們也要去京城了，早晚得見一面，這才冒昧上門。」她這是對胡氏說的，雖然剛才已經與老太太說過。

胡氏笑道：「不知妳們到，不然早該來迎接。」

長輩們說笑間，老太太叫姜瑜招待衛家二姑娘與三姑娘，言下之意自然是要她們親近親近，可有長輩在，總是拘束，她們自然就去園子逛了。

姑娘家起先不熟悉，無話講的時候便互相誇讚，毫不吝嗇言詞。不過那衛鈴玉不比衛鈴蘭會做人，看起來無甚耐心，姜瑜見狀，連忙叫人擺上點心吃食，這樣便是不說話，總有東西吃，也不至於尷尬。

衛鈴蘭笑道：「我這堂妹向來話少，妳們莫要介懷。」

姜瑜忙道：「二姑娘言重，倒是阿瓊調皮，還請妳們擔待。」

姜瓊這人好奇心重，此前就一直盯著衛鈴蘭瞧了，說話也直爽，沒那麼多規矩。

衛鈴蘭道：「這樣甚好，不然越發生疏了。」

她通情達理，姜瑜心道：難怪何家姑娘會稱讚她，這樣的姑娘，果真教人喜歡。

衛鈴蘭看向寶兒，拿了點心給她。「妳們家小妹可真漂亮，我也有個妹妹，可比她調皮多了，整日閒不下來，不像她這樣乖巧，看得我好羨慕。」說著竟要把寶兒拉到懷裡，逗她玩。

姜蕙可不希望她離寶兒那麼近，說道：「只是看著如此，寶兒也有頑皮的時候，莫把二姑娘衣服弄髒了。」

衛鈴蘭便放開手，審視她一眼。「二姑娘看來很疼這個妹妹呢。」

這不是廢話，自己親妹妹能不疼？姜蕙笑了笑，並不作答。

旁人看不出，可衛鈴蘭玲瓏心思，發現她不喜自己，越發懷疑一樁事。看來姜蕙與許如自己一樣重生了，不然，姜家如何能擺脫家破人亡的命運？

早前她在京都聽聞周王謀反一事，何家與姜家立了大功，姜二老爺被任命為工部左侍郎，她當時就奇怪，因為一早注定的事情，要不是有人預知改變了行路，根本就不會變。

今日來到姜家，眼見姜蕙對自己態度疏離，更是奇怪。像她這樣的人，旁人即便不因她的身分，也沒有不喜歡她的。而姜蕙，父親無功名，不過是依仗二叔才能有些好日子，她憑什麼對自己這般？早該巴結上來，瞧瞧胡如蘭的態度，那才是正常的。

可見她心裡不喜自己，要麼多半是嫉妒，要麼便是因為上輩子的事情……衛鈴蘭垂下眼簾掩飾心事，拿起茶來喝。

姜蕙此時問道：「二姑娘的小妹，怎麼不帶過來？莫非二姑娘是一個人跟著二夫人過來宋州的？」這事她當然好奇，因為衛二夫人又不是衛鈴蘭母親，只是她二嬸，她探親回家，衛鈴蘭怎也來此？

衛鈴蘭喝了幾口茶，笑道：「我素愛遊玩，只從不曾有機會，今次二嬸來開封，也是求了娘親，才放我出來的。但也只得這一次，下回要想這樣，可就難了。」

「那是，妳得等著嫁人了。」衛鈴玉打趣。「不過伯母也真疼妳，這回要不是外祖母信裡提到我，只怕母親也不帶我出來。」

眾人微微一笑。姜蕙有些狐疑，但上輩子二叔不曾立功，不曾升官，自然也不會有衛二夫人來拜訪，可見她改變了一件事，後面所有的事情也跟著變了。

衛二夫人還要趕路回京城，故而坐了會兒便要告辭。

見丫鬟來報，衛鈴蘭站起來笑道：「今日得妳們款待，下回妳們來京城，我定會請妳們來作客。」

眾人自然願意，除了姜蕙，但她也不好太過表現出來，敷衍地隨她們點點頭。

那姊妹兩個走了，姜瑜不時誇讚衛鈴蘭，又惋惜。「時辰不多，不然一定要聽聽衛二姑娘彈琴呢！」

姜瓊無甚興趣，只道：「那衛姑娘看著人是挺不錯，可到底怎樣，誰知道呢？以前金荷不也好得很，後來才發現竟是那麼惡毒的一個人，不只害姊姊，還要害堂姊！」

這話戳到姜瑜的傷口了，姜瑜面色一黯。姜蕙卻很高興，恨不得抱一抱姜瓊，只是見姜瑜這樣，也不好再火上澆油。

胡如蘭道：「我只見那兩位姑娘穿著，心裡就羨慕了。妳們看到沒，衛二姑娘脖子上戴的那項圈，天呀，上頭的紅寶石竟然那麼大，咱們在首飾鋪都沒見過吧？」

這項圈，衛鈴蘭一直都戴著，想必戴了好幾年，姜蕙心想，好像聽說是她表姨祖母送的，至於她的表姨祖母，乃當今皇太后。

所以說，上輩子自己一介奴婢，無論如何也不可能鬥得過衛鈴蘭。姜蕙心裡未免鬱悶，這輩子再遇到衛鈴蘭，雖是同一個人，可又不是同一個人，這滋味還真挺複雜的。以後去京城，當真是不想再見到她了。

第二十六章

姜濟達記掛家中妻兒，一到京城，便急著置辦宅院。雖然京城東西昂貴，可只要有錢，一切還是不成問題的，故而很快就把這事辦妥了，買下一座大宅院，是大院子套著小院子，極為寬敞，足夠住上四代人。

但看看時日，竟已到七月，因八月初姜辭就要鄉試，他親自回去再護送家人過來定是來不及，當下連忙寫信，命人快馬加鞭送到宋州。

此時姜蕙的鋪子剛剛賣掉，算一算，從開鋪到現在足足賺了四百兩，從一開始的一千兩，變成了一千四百兩，那是好大一筆錢了。只是有些可惜，要是再做上半年，說不定就有二千兩了呢！但也還是很高興，她喜孜孜地收起來。

幾日前，他們就開始收拾東西，準備搬去京城。搬家不是件容易事，要帶走的太多，以至於昨日一下雇了六輛大平板車，可能還駝不下。姜家雖然不是什麼高門大戶，但做了那麼多代的大地主，錢真不少，家具自然也不少，也都是好木料做的，一個都不捨得扔下。

老太太頭疼。「全都帶走得多長一個車隊啊，不知道的，還當咱們家是走商的呢！」

這話聽得梁氏笑了，出主意道：「要不請哪位掌櫃來瞧瞧，能賣的還是賣了，只要價錢不是差太多，不然進得京城，定是太惹人注意。」弄得動靜那麼大也不好。

老太太想想，便派人與胡氏說，後來賣掉一些，總算放得下了。

因太過喧囂，姜辭也出來看熱鬧，笑著與姜蕙道：「光是幾張床都夠嗆的，怎沒賣掉呢？」

「賣什麼啊，祖父祖母那張可是祖上傳下來的，聽說睡了對家裡好，人丁興旺、永世平安，以後定是要傳下去的，咱們小輩的幾張倒是賣了。」姜蕙道。「一等搬上去，咱們就得啟程，一刻留不得，不然晚上都沒地方睡。哥哥你那兒衣物都收拾好了吧？」

「我東西又不多，不似妳們姑娘家，一盒盒的，我昨兒就叫他們收拾好了，就是書有些重。」姜辭說著打了個呵欠，面色疲倦。

他這幾日，夜夜油燈亮到很晚，姜蕙知道他勤奮，但也知勸不了，因很快就到鄉試，不說哥哥，其他學子也一刻不曾放鬆，只道：「哥哥莫要太勞累，病倒了，便是考都考不成。」

「多看一個時辰，無事。」姜辭摸摸她的腦袋，看了會兒便回去了，路上遇到胡如蘭母女兩個，笑著打招呼。

他今兒穿了身藏青的夾衫，上頭繡有四君子暗紋，襯得人似青竹，越發斯文清俊。

戴氏看著他，喜得合不攏嘴，人走了，還嘖嘖道：「別看他阿娘臉上有道疤，身世不清不楚的，可人確實生得美，這兩孩子占了好大便宜，看阿辭越來越俊了。」

聽她說得有些不妥，胡如蘭忙道：「阿娘妳別在背後說人。」

戴氏看著她笑。「說說怎麼了，旁人又聽不見。」

「那也不好。」胡如蘭皺著眉。「再說，大太太哪兒不清不楚了？」

「唉呀，現在就知道護著他了。」戴氏揶揄。

胡如蘭一下紅了臉。「娘胡說什麼！」

「妳是我女兒，我會不知道？」戴氏拉她靠近些，壓低聲音道：「妳一早看上阿辭了，是不是？繡個荷包也不好意思送，不過這也應該的，送出去了反倒丟人，妳如今跟女夫子學過，那也是大家閨秀了，是該懂些禮貌。」

胡如蘭羞得話都說不出來，只低著頭。

「等到了京城，我自會與妳姑母說，咱們兩家是親戚，肥水不落外人田。」

胡如蘭心裡又高興。自那日發覺姜辭是個令人動心的男兒，她一顆心就收不住，每見一次就沈溺一點，如今母親說要幫忙，她哪有不高興？只有些擔心。「萬一表哥考上舉人，我這哪兒配得上……」

戴氏道：「怎麼配不上，大老爺又沒什麼功名，說難聽些，也是依仗妳姑父呢，與咱們沒什麼兩樣。再說，如海也在唸書，將來也未必考不上。」

胡如蘭聽得心定了些，點點頭。

到了午時末，因姜蕙一早就派人與寧溫說，他及時趕到，一眾人便啟程前往京城。

此時，一封信也同時送往京都。

十來日後，乾西二所的大院裡，穆戎躺在床上，何遠進來稟告道：「周知恭來信，說姜家已經出發，姜二姑娘也隨行。」

穆戎唔了一聲，想要起來。何遠忙上前把引枕放在他身後，關切道：「殿下現在可有不適？」

五月時，皇上出外遊玩，穆戎伴隨身側，遭遇了埋伏。幸好他一早便有準備，只是腿上被劃到一刀，要說嚴重談不上，但皇上心疼得不得了，又見他是為自己受傷，便勒令他好好休息，不到痊癒不准下床，隔幾日還會親自過來看他一次。這不，他就足足躺了兩個月。

穆戎道：「也是時候該好了。」

正說著，另一護衛在外稟告。「殿下，太子殿下來了。」

二人是同胞兄弟，他受傷的時候，他這哥哥也沒少來。穆戎這就要下床。

太子幾步入內，忙道：「三弟，別動，小心又拉扯到傷口。」

穆戎便罷了，只坐著行禮。

太子仔細打量他一下，笑著道：「有起色了，父皇看到定然高興，不然還天天牽掛著，便是母后，也是一日一日地問起，說再不好，還耽擱你婚事呢！」

「婚事？」穆戎挑眉。「母后何時給我定下了？」

「不是一早就說是那沈姑娘？只等你好了，便要完婚。」太子伸手拍拍他肩膀。「那沈姑娘，我看挺適合你，活潑開朗也懂禮數，母后很是喜歡。等你成婚後，不要再這般到處遊玩了，早早在衡陽落定，母后也放心些。」

穆戎笑了笑，暗道：也不知到底是誰最放心？面上順從地點了點頭。「等我傷好後，自會考慮此事。」

太子唔了一聲。「這便不打攪你養傷了。」他轉身走了。

等人影不見了，何遠關上門，輕聲道：「殿下，您當真要娶沈姑娘？要回衡陽？」

穆戎道：「回衡陽倒沒什麼。」

父皇如今身子健朗，談什麼皇位還早了些，只是哥哥這般急切，他難免不悅。真要想保住太子之位，不如想想怎麼取悅父皇吧，總來針對他又有何用？

他又重新躺了回去。「這傷還得過些時日才能好。」

何遠嘴角抽了抽。

「你且調查一下沈家。」他發令。沈寄柔雖然人不錯，原本娶了她也無甚，可這樣一來，他如何娶姜蕙？只能納她為妾。可他立時就想起姜蕙的抗拒，萬一真是如此，家裡只怕不得安生。她性子那樣倔強，難道會因為正室讓步？想想也不可能，到時起了矛盾，他護著誰？穆戎搖搖頭，只覺頭疼，真不想費心處理妻妾之事，外面的事情就夠他忙了。

可要娶姜蕙，她的家世擺在這兒，且要母后改變主意，並不容易，真是要費一番功夫……他嘆口氣，沒想到竟也有為女人如此傷神的時候！

何遠嚇了一跳，偷偷瞧他一眼，暗想主子該不是又為姜姑娘嘆氣吧？這都有兩回了，姜姑娘就那麼好？但他很快就想起，上回穆戎給姜蕙餵醒酒茶的事情。他立在門口，不是很近，但也能看得清。主子的手不算老實，嘴更談不上老實，可見皇后娘娘太嚴也不好，這從來不曾嚐過肉味的人，一旦嚐了點，那更是一發不可收拾，非得弄到手！

姜蕙坐在車上，忽地就打了個噴嚏。

姜瑜忙道：「快些把車簾放下來，這兒風真大，吹得真有些涼。」

「是啊，越近風越大。」姜瓊也道。「好像天也比我們那兒乾，幸好堂姊妳送了咱們藿香散，真好用，我用了一些，皮膚滑得很呢。」

姜蕙笑道：「那得謝謝寧大夫了，都是他想出來的。」

「寧大夫醫術真好。」姜瓊又誇。「這一路上，咱們這兒有人生病，寧大夫一看就好了，祖母都說幸好帶了寧大夫。」

姜蕙瞅著她。「妳倒是滿口誇他呢，他在妳面前說了什麼好話？」

姜瓊嘻嘻一笑。「寧大夫可不曾與我說話，我是看他能掙錢，堂姊再開了藥鋪，有寧大夫，錢又滾滾來，我可不是又有好東西得了？」

「調皮鬼。」姜蕙伸手戳她腦門。

二人在車裡打打鬧鬧，過了半日，車停了下來，姜蕙好奇，掀開車簾往外看。

姜辭騎馬在旁道：「到京都了，城門口人多，咱們在等著進呢。」

姜蕙往前一看，果然老遠就看到高大的城門，藍天下，如她上輩子見到的一樣，莊嚴巍峨。

原來，真到了京城。

車馬慢慢行入城內，姜瓊好奇地掀開車簾偷偷往外一瞧，只見滿目繁華，她瞠目結舌道：「天呀，京城好大，人也好多，那些鋪子一間連著一間，還有四層高的樓呢！」

姜蕙笑笑。「京城可是有皇上的，能不好嗎？」

這是天底下最繁盛的地方。那會兒，她見得一眼，也與姜瓊一樣，滿是震驚，只可惜穆戎不曾帶她出去玩，只知道在宮中謀算，一杯鴆酒毒死自己的親哥哥。

當時，她在裡屋，差點沒尖叫起來。他倒是面無表情，擦了手，把巾子扔一邊，稍後才出去，應是向皇上稟告。後來一片大亂，像是掘地三尺都要找出凶手來。結果找是找到了，不過是個替罪羊。

姜蕙想到這些，又想起現在的穆戎。這兩人，是有些不同的。當年的他，那麼殘酷陰狠但絲毫不顯，而現在的他，還未到這個程度。她忽地有些慶幸，幸好如此。他還在年少的時候，果然容易說服些，不然只怕絕不會輪到她說話，他怎麼也會強迫自己為妾的。

姜蕙搖搖頭，吐了口氣出來。重活一次，真好呀！

她笑著靠向椅背，拉住寶兒的手。這次寶兒也好好地在她身邊，不曾丟失。寶兒搖了搖她的手。「又要見到阿爹了，我想阿爹呢。」

「我也想。」姜蕙笑。

他們很快就到了新家。姜濟達信中寫了地址，車馬停下來，眾人陸續走到外面，門房是姜濟顯先前帶去的小廝充當的，見到他們，趕忙進去通報。

大門打開來，只見一條通道極為寬敞。老爺子四處看看，高興得不得了。「真好啊這地方，難怪花了那麼多錢，瞧瞧這地鋪得多平，這屋子造得也結實。」

姜濟達大踏步過來。「阿爹、阿娘，總算到了！」

「老大，你這次事情辦得不錯。」老爺子誇讚，又問：「家裡家具可買一些了？咱們過來可沒有全帶來。」

姜濟達笑。「這不急，阿爹，先把急用的買了，旁的慢慢挑，不然我哪知曉大家的喜好呢，買錯可就糟了。」

「老大說得有道理。」老太太接話。「旁的不急，先把床置辦了，晚上得睡個好覺！老大，一會兒歇息下，你與你媳婦、老二媳婦一起去看看，今日就買回來，應該有的吧？」

「有有有，京都家具鋪太多了。」姜濟達一迭連聲地道，領他們進去。

走兩步又落在後面，看見梁氏，喜笑顏開，輕聲道：「娘子。」一邊伸手碰了碰她的，以表相思之情。

梁氏衝他微微一笑，握住他的手。

姜濟顯現在衙門，老爺子問：「你看老二現在比起在宋州做知府，如何？」

「忙得多了。」姜濟達嘆一聲。「最先剛剛上任，總有人相請，衙門又事多，我看著都心疼，叫廚房多燉些補湯給他喝。」

老太太嘆一聲，拿帕子擦眼睛，身為母親，自然更是心疼。

眾人到得上房，先坐下，姜濟達命人上茶，並說起各處院子的事情，都是他與姜濟顯安排好了的。最大的一處三進院子給二老與姜秀住，旁的兩進院子，各帶東西跨院的，兩兄弟一人一處，姑娘就住在跨院裡，旁的還有單獨的院子，便是給姜辭、姜照等人住了。

二老連連點頭，也不曾反對，原先就是這般安排。

等到家具差不多陸續抬進去，他們各自去了住所。姜蕙跟寶兒一人住一個跨院，東邊陽光好一些，姜蕙就讓給妹妹，她自個兒住西跨院，也是喜氣洋洋的。

稍後，姜濟達他們又去買些必要的家具。這幾日，府裡都很忙亂，但也沒有她們姑娘家的事，如今還無女夫子教導，幾人甚是清閒，成天在一起吃喝玩樂，老太太都說野得不成樣子。

眼見鄉試在即，姜蕙才緊張起來。她雖然總勸姜辭不要辛勞，可心裡哪會不期待？讀了那麼多年的書不就是為此，若是失敗，她都替他心痛。

故而一大早，她就起來了。長輩們都聚在上房，今日姜辭、姜照都要去鄉試，不過姜照年紀小，眾人指望不大，姜辭就不一樣了，是他們姜家又一個希望。只有男兒們一個個都立起來，家族才能長盛不衰。

老爺子親自給姜辭整理了一下夾袍。「阿辭，一定要好好發揮，祖父相信你定然能考上的，給咱們姜家祖上爭光！」

姜辭面色鄭重。「孫兒定不負眾望。」

姜濟顯沒有給這個姪兒壓力，笑一笑，道：「阿辭，莫要緊張，考不考得上無甚，男兒家不怕重來，盡力便是了。」

二叔是他心中的楷模，姜辭面露感激之色。

眾人都說了一番鼓勵的話，眼見他們要走，姜蕙急著上前。「哥哥，我也送你去。」哪怕只是送到考場門口，她也滿足。說完，回頭看著老太太。

老太太笑道：「你們兄妹情深，送就送吧。」

姜蕙一喜，連忙謝過老太太。

因姜濟顯要去衙門辦公，故而也只有姜濟達去送。幾人出來，姜濟達對姜辭、姜照道：「吃喝都在裡頭，你們要小心身體。另外，東西恐不乾淨，少吃點，我聽聞有人吃了拉肚子，最後考都考不成了。」

姜辭笑起來。「好，那些葷的我就不吃了，反正也就幾日。」

姜照嘿嘿一聲。「可能還很難吃，我也不吃。」

說話間，幾人上了馬車，前往考場。

第二十七章

不用說，這日定是擁擠得很，鄉試聚集了全國所有有意考舉人的秀才，門口真算得上人山人海。

姜辭看馬車也不好走，與姜照一起下來。「咱們進去了。阿爹、阿蕙，你們回去吧。」

姜蕙仍坐在車裡，只是車簾子是掀開的，她看著他道：「哥哥，你……」不知為何，忽地想起上輩子的事情，語聲哽咽。

「我知道，阿蕙。」姜辭明白她要說什麼，對她笑一笑，與姜照轉身走了。

姜濟達看著二人背影，嘆口氣。「阿蕙，妳瞧瞧這麼多人，要考上還真難呢。」

姜蕙伸手拍拍父親的手。「哥哥那麼刻苦，便是這次考不上，下回也會考上的！」

二人正說著，旁邊停了一輛馬車，傳來姑娘的聲音。「哥哥，你要好好考呀，莫枉費我叫人做了這麼多好吃的，還給你去進香。」

這聲音很是嬌柔，也是在叮囑哥哥的，姜蕙往外一看，正巧那車裡的姑娘也看過來。目光一對上，那姑娘對她一笑，很是友好，姜蕙倒不好冷冰冰地一點不理，當下也笑了笑。

誰知那姑娘的哥哥走了，她竟與她說起話來。「妳也來送妳哥哥的不成？」

「是。」姜蕙回答，很簡短，她本來就不愛搭理人。

那姑娘妙目落在她臉上，只覺她一張臉生得美豔極了，忍不住誇讚道：「妳長得真好看，比蘭蘭長得好看呢。」

「蘭蘭？」姜蕙但凡聽到蘭字，總有些敏銳，挑眉問道：「這是誰？」

「妳竟然不知？」那姑娘驚訝道。「是衛家二姑娘衛鈴蘭呀，她是我好友，妳莫非才來京城？」

姜蕙嘴角露出一抹冷笑。陰魂不散，在這兒都能聽到衛鈴蘭的名字。「我是才來京城，倒不知妳是哪家的姑娘？」

「我叫沈寄柔。」沈寄柔笑道。「妳叫什麼？妳我在此遇到，也算有些緣分，下回我請妳來家中玩。」她生得一張滿月臉，眼睛也圓圓的，極是嬌俏可愛，令人歡喜，性子看起來也很好。

只是姜蕙聽到她的名字，心裡一驚。這不是上輩子穆戎那懸梁自盡的前王妃嗎？她的臉頰差點抽了一下。這下可好，前王妃、繼王妃，她一個不落地都認識了。

見她盯著自己不說話，沈寄柔才意識到什麼。「可是我唐突了？」

她身後婆子催道：「姑娘，該上車走了，與這些陌生人說什麼，還不知道是誰呢。」說著，後頭也有長輩在催，像是她大伯什麼的。

沈寄柔只得走上車去，臨行還回頭看姜蕙一眼。「妳到底叫什麼啊？」

姜蕙沒答，身子往後靠了靠，臉就隱在車裡了。好似眼前美景一下子消失，沈寄柔未免失望，嘀咕道：「這姑娘怎那麼怕羞，我又不是男兒，她為何不說？」

馬車徐徐開走，姜蕙微微吐出一口氣。這沈寄柔竟然與衛鈴蘭也認識，可她上輩子入衡陽王府時，沈寄柔已經死了，倒是不知。不過衛鈴蘭當時也在衡陽，她二人早前認識，不是沒這可能。但也罷了，與她又有何干係？這姑娘有些可惜，這次若再嫁給穆戎，不知道會不會還想不開……

姜濟達在一旁道：「阿蕙，剛才怎不說妳名字，我看這姑娘挺不錯，妳初來京城，交個朋友沒什麼不好。」

「自從出了金荷這事，我如今更不敢亂交朋友。」

一聽這話，姜濟達立時不說了，吩咐車夫駕車回姜家。

因還未開鋪子，胡氏的弟弟一家暫時無事可做，便只管管下人。今日見姜辭去鄉試了，戴氏把胡海叫到屋裡頭，回過身把門一關。胡海個性老實，笑道：「說什麼話，還要關門？」

「你就是個木頭疙瘩。」戴氏輕啐一口。「眼前有樁好姻緣你看不到？」

胡海一頭霧水。

「咱們如蘭明年可要十五了，咱們趁早得把她婚事定了。」戴氏拉他坐下，細細說來。「阿辭這孩子很勤奮，在宋州時，我就聽說學問很好的，此次鄉試多半能中，便是後面進士做不了，當個小官是不難的，有他二叔呢，以後慢慢來，也會順暢。我是想，把咱們如蘭嫁給他。」

胡海吃了一驚。「這、這不好吧？」

「怎麼不好？」戴氏瞪眼睛。

「你也知道阿辭能做官呀，那他幹什麼娶如蘭？京都那麼多好人家。」

要不是他姊姊運氣好，嫁了姜濟顯，如今這日子是想都不敢想的，他們胡家算什麼？要錢沒錢，要人沒人。胡海連連搖頭。「不行、不行，只怕我說了姊姊得生氣。」

戴氏道：「你不說我更生氣！女兒本來就要高嫁，如蘭嫁給阿辭再好不過了，我可不願看著女兒像我……」戴氏盯著丈夫。「如蘭生得漂亮，不似咱們莊稼人，你如今不給她謀條路，她也只能步了咱們後塵，給人家管管家事罷了。」她眼睛一紅。「你也瞧見，阿瑜她們幾個才是千金小姐，咱們如蘭可還不算是，你就忍心看她以後吃苦？」

胡海向來聽妻子的話，先前還沒去宋州時，也是她催著寫信給胡氏央求，又正當是胡氏開鋪子的時機，才脫離了農人身分。他想一想，道：「也罷，那我就去試試。」

「還是我與你一起去。」戴氏怕他嘴笨，當下就拉了他一起去找胡氏。

胡氏正跟梁氏點算帳目，這回來京城，花費還是不少的，剛剛添置的家具又用去不少錢，如今這地方也大，二人商量，是不是要再去多買一些下人使喚。畢竟姜濟顯現在也是三品官，又不是在宋州，幾個姑娘家身邊才兩個貼身丫鬟好似也不太夠，還需要打雜的粗使。眼見胡海與戴氏進來，梁氏識趣，說幾句便走了。

胡氏手沒有停，問道：「有何事？」

「姊姊，是關於如蘭的終身大事。」胡海搓了搓手，有些難為情。

胡氏詫異地抬頭看他一眼，心道：姜蕙還沒著落呢，他來湊什麼熱鬧？

戴氏心直口快。「姊姊，相公是想把如蘭嫁給阿辭。姊姊妳看，他們也是青梅竹馬，如今年紀也差不多，先定下來可好？咱們如蘭也討人喜歡，我見大太太也不討厭她，便是與阿蕙也好得很。」

她一口氣說了很多，胡氏皺了皺眉。「我可作不得主。」

她是二房的，姜辭是大房的兒子，再怎麼樣，也得老爺子與老太太作主，且又不是一樁好姻緣……胡氏瞧瞧戴氏，有些不屑，暗想要不是看在弟弟的分上，她能對這村婦友好？要說戴氏確實滿身土氣，言行間規矩也不知多少，對她這個三品夫人少了些尊敬，真當是一家人了。

戴氏心裡一涼，沒料到胡氏會不肯，她忙道：「如蘭嫁給阿辭，那是親上加親，將來也不用擔心他們大房離心啊，姊姊！」

胡氏一怔，忽地又笑起來。「他們尚且靠著相公呢，離什麼心？此事別提了。」

姜辭真要討胡如蘭，那他們姜家就少了個助力。胡氏如今可不是一般的農婦，眼光還是有的，姜辭好歹也是她姪兒，有個好岳家，對姜家好，對任何人都好，故而她一口拒絕。

戴氏臉色頓變，差點就想哭，可見胡氏冷冰冰的樣子，她到底還有些自尊心，當下便奪門走了。

胡海囁嚅道：「姊姊，妳、妳不妨再考慮考慮……」

「倒是你要好好管著你妻子了！」胡氏掃他一眼。「沒得忘了身分。你放心，如蘭的相公總不會差到哪兒，但阿辭就算了。」

胡海被她說得滿臉通紅。見他走了，胡氏捏了捏眉心，嘆口氣道：「我這弟弟也不省心，我這勞碌命啊！」

張嬤嬤討好。「能者多勞，夫人，您現在可是三品夫人了，且老爺平定謀反一事立了大功，您這是真正的誥命夫人，聽說文書很快就要下來了，夫人真正有福氣。」

胡氏喜笑顏開。「如今就是阿瑜這事了。妳上回說，有幾家夫人相請？」

「有六家呢。」張嬤嬤奉承道：「這京都人如今都知道老爺的名聲，對夫人也是尊敬有加的，知道夫人才搬來，有事務要忙，故而都說過幾日再來相請。」

胡氏叫她報上名，張嬤嬤說了幾家，提到賀家時，胡氏抬手道：「賀家？該不是宋州衛指揮使賀大人家吧？」

那次剿滅周王，除了何緒陽與姜濟顯的功勞最大，還有便是賀洋。當初也是封賞的，只是未升官。胡氏道：「那賀大人是一人在宋州當差，他夫人、孩子咱們都不曾見過。聽相公說，家中世代立有軍功，那賀大人不顯山不露水的，其實他老父乃平川侯爺呢！」

張嬤嬤道：「那是該請來作客了。」

「請吧，相公也說，那次若沒有賀大人領兵作戰，也不會如此順利。至於賀大人未曾升官，興許是家中已很是顯赫了。」胡氏打定主意，又令張嬤嬤派人先去查查賀家，不然請了來，一點都不了解，似也不好。

等到姜濟顯回來，胡氏邀功似的與他說：「過幾日，打算請賀夫人過來坐坐。」

「好啊，是該請。」姜濟顯果然同意。「賀大人為人低調，做事又果斷俐落，很值得結交。」

胡氏說得幾句，很體貼地給他揉肩膀解乏。

此時，戴氏正不高興地哭呢，胡海安慰她也無用，好一會兒，她才抬起頭恨恨道：「我總算看清了，姊姊她甚是瞧不起咱們！也罷，我就不信如蘭不能嫁個好人家！」

胡海道：「姊姊說不會虧待如蘭的，妳就不要瞎折騰了。」

「誰瞎折騰？」戴氏本想多說兩句，可瞧著自家相公愣頭愣腦的樣子，又不想說了，反正他是一點忙都幫不上。只是胡如蘭還不知這些，正期盼著母親能成，她也好嫁給姜辭，還歡天喜地的每日祈禱，希望姜辭能考中。

這日，姜蕙想起寧溫，畢竟好幾日過去了，現在鋪子還未開，家裡忙成一團，她也不好添亂，故而開鋪的事情得往後拖一陣子，她便想知道寧溫在做什麼。

結果小廝回來，帶了一個消息，教她哭笑不得。「你說寧大夫在濟世堂做夥計？」她不敢相信。他在仁心堂好歹也掙了不少銀子，就這幾日工夫，不至於窮得沒錢花了，要去做這等活兒掙錢吧？

小廝很肯定地道：「是，寧大夫說，等姑娘開了藥鋪，他定然會回來的。」

姜蕙無言，擺擺手叫他走了，但也不為寧溫擔心，雖然寧溫做事總教人出乎意料，可她相信，總是有理由的。

不等胡氏得空請賀家作客，衛家的請帖先到了。那衛家如此家世，胡氏自然沒什麼猶豫的，當下就與老太太說。

老太太道：「衛二夫人懂禮，上回路過宋州都專程拜訪，只是這回咱們才搬來，沒來得及請他們衛家，誰想到又來請咱們，真正是好客。不過我便不去了，這請帖名義上是請姑娘過去玩的，老婆子不湊熱鬧，倒是妳還得去，我怕她們還不夠懂規矩，失禮了。」

胡氏點點頭，看向梁氏。「那大嫂呢？」

梁氏初來乍到，還不想立時就露面，搖搖頭道：「我也不去了，弟妹到時就說家中尚有不少事務要處理。」反正以她大房，就是不去，旁人也不在意的，梁氏很清楚。

胡氏笑了笑。「也罷。」

她起來就派人去告知姑娘們。姜蕙聽說衛家相請，哪裡想去，板著一張臉坐了許久才肯伸手梳頭髮。這還是為姜瑜幾個著想，因這衛鈴蘭實在太主動了，在她印象裡，她有點清高，骨子裡是瞧不起人的，如今一而再、再而三對她們姜家示好，就有些奇怪了。

可惜姜瑜、姜瓊、胡如蘭這三人都是腦子簡單的，不是自己小瞧她們，姜瑜總把人想太好，姜瓊年紀小，還有點偏執，看人對物不夠理智；那胡如蘭也是白紙一張，指不定被人戲弄了也不知。她嘆口氣，真操心！

第二十八章

幾個姑娘收拾好，這就到了正堂，胡氏一個個看過去，目光落在姜蕙身上。她這姪女兒顯然沒怎麼太花功夫，不像她是叮囑過的，姜瑜、姜瓊都是精心打扮，就是胡如蘭，都把最漂亮的裙衫穿上了。

幸好姜蕙一張臉長得好。胡氏原本要說兩句，忽地收了口，橫豎不是她女兒，自個兒不想出眾些，她多嘴做什麼？在她心裡，姜蕙還是很有主見的。

姜秀姍姍來遲，穿得花枝招展。胡氏一見她就頭疼，忍不住道：「莫不是小姑也想去？」

姜秀嗤笑一聲。「怎麼，我不能去？」一邊就同老太太撒嬌。「阿娘，我這穿得漂亮吧？總不會給妳丟臉，我也不是寶兒，還需要人照顧，連作個客都不成了？自從來了京城，就未出過門呢。」

「既然妳二嫂去，妳也去吧，莫惹事。」老太太叮囑。

胡氏見她有婆婆撐腰，只得壓下心頭煩躁。說實話，她越發見這小姑不順眼，一來是沒個自覺，在家裡成日吃喝玩樂，什麼事也不做，二來她還得為她找個相公，瞧著又豈能高興呢？不過是看二老面子，她不再多說，告辭一聲，就領著她們坐車去了。

路上，姜瑜還有些興奮。「一會兒得請衛二姑娘彈琴給咱們聽呢。」她一直念著這個，想領略下衛鈴蘭的琴藝到底有多好。

胡如蘭很上進。「倒不知道咱們家何時再請女夫子，我怕再這麼耽擱下去，以前學的都忘了。」將來她可是要嫁給姜辭的，不能差他太多。

姜瓊唉呀一聲，打趣道：「表姊，妳可真用功，都要趕上那些學子了。我聽說妳晚上還練字呢，可是要去鄉試啊？」

胡如蘭臉一紅。「誰說的，也就想起來寫一寫。」

說起來，胡如蘭是挺勤奮的，她是最後一個跟女夫子學習，可現在，一點也不比姜瓊差；而她這個堂妹，就是個任性的孩子，每每都把胡氏氣得不得了，可她自己歡快得很，就是不愛學。

幾人說話間，便到衛家了。京城說大不大、說小不小，富貴人家都在城東，故而離得不遠，像姜家與衛家，也就隔了兩條街的距離，坐馬車就是一會兒工夫。

但女眷也不在大門下車，而是一路行到二門處，馬車才停下來。姜瑜剛下車，就聽到丫鬟相迎的聲音。她抬頭一看，都穿了清一色的碧色比甲，頭髮也梳得一模一樣，只有腰帶顏色不一，興許是分辨上下之用。這些名門果然不一樣，他們家的丫鬟可沒那麼多講究。

那迎頭的丫鬟行了一禮，笑道：「見過姑娘們，請隨奴婢進去。」

她們便跟著往裡走。衛家世代簪纓，早在越國開國之時，祖上就有高官，百年大家自是不同凡響，便是這宅院也透著不一樣的底蘊，照壁、遊廊、通道，都有不少舊日痕跡，像是歷經風雨的見證。

姜蕙也是第一次來，難免好奇看了幾眼。只是到得正堂，她往裡瞧去，竟看到何家兩位姑娘在與衛鈴蘭說笑。

胡氏也有些驚訝，但後來一想，上回衛二夫人來，便說與何家關係不錯，那麼此次請她們情有可原，也很有分寸，沒請何夫人，不然她倒真有些尷尬了。因姜蕙的事，姜濟顯很厭惡何夫人，她可不想在這點上惹相公不滿。

衛家總共兩個兒子，自然也有兩位夫人，比起衛二夫人的和善，這衛大夫人看起來就有些清高了，寥寥說得幾句便推說有事，留下衛二夫人來招待她們。衛二夫人向來屈居這長嫂之下，只奈何自家相公沒大老爺有本事，平日她都是盡力忍讓，此刻雖是不悅，卻也笑容滿面地與胡氏說話。「上回見過妳們家姑娘，鈴蘭、鈴玉念念不忘，總算妳們來京城了，便急著要請妳們來家中作客，這會兒就讓她們說個夠吧，姜夫人不如隨我去花廳坐坐。」

胡氏欣然應允。

衛二夫人又與衛鈴玉道：「一會兒沈姑娘來，妳可要好好招待。」

衛鈴玉應了一聲。

衛二夫人與胡氏剛走，姜蕙就見丫鬟領著一人過來，正是沈寄柔。那沈寄柔性子活潑，極快地走到面前，竟不先與她們打招呼，而是直走到姜蕙那兒，驚訝道：「原來是妳！咱們可真有緣分，我一直在想妳到底是哪家的姑娘呢，如今妳可躲也躲不了。」

衛鈴蘭驚訝。「妳認識她？」

「我送哥哥去考場，遇到她的，她也送哥哥呢。」沈寄柔嘻嘻一笑。「妳看，她是不是生得很美，不比妳差吧？」她說話坦然，並沒有挑釁的意思。

但衛鈴蘭的眼神仍是一冷。她面上謙虛，可骨子裡相當自傲，可惜上輩子與穆戎的姻緣，先是因自己年紀小，敗在沈寄柔手下；後來沈寄柔死了，又敗在姜蕙手下。這姜蕙，還不是憑著那張臉與狐媚手段嗎？可恨穆戎竟會上當，因為她死了而拒絕成親，讓她成為京中笑柄。

衛鈴蘭的手慢慢握緊了，這一回，這兩人誰也不能占了先！她微微一笑。「姜二姑娘是生得好看，貌美如花，難怪妳看一眼就記得她了。」

「是啊，我原本還想叫人去打聽呢。」沈寄柔笑道。「我就喜歡美人兒！瞧我身邊的丫鬟，一個個也都美得很，可惜我娘不喜歡，非得要換了，我心煩得很。」

這姑娘渾身上下透著一股天真，姜蕙聽她說這些，總算明白她為何要懸梁自盡了，這人定是簡單得很，而穆戎卻是那樣複雜的一個人。

衛鈴玉噗哧笑起來。「沒見過妳這般笨的，都要嫁人了，丫鬟還弄這些美人兒，妳就不怕三皇子……」

姜秀聽到三皇子，她對皇室中人很好奇，插嘴道：「唉呀，沈姑娘要嫁給皇子啊？」

衛鈴玉看她一眼，眉頭皺了皺，都不想講了。

何文君性子好些，說道：「我聽父親說，等三皇子成親後，可能就要去衡陽，寄柔不是也要跟著去啦？」

沈寄柔撇撇嘴。「還未定呢，其實我一點也不想嫁。」

她生性也有些貪玩，衛鈴蘭瞧她一眼，暗道：如今是不想嫁，但嫁了之後卻跟發癡似的……

她略是不屑，又看看姜蕙，想觀她反應，誰料目光一對上，發現姜蕙也在看她。她心頭一驚，收斂了內心想法，微笑道：「妳還當自己是孩子呀，都十五了，該學著做個賢妻良母了。」

「我覺著這樣挺好，能經常與妳們一起說說話，嫁人了可就不一樣了。」

衛鈴玉揶揄。「算了吧，三皇子長得那麼俊，原本京中也有好些美男子，可他一回京城，在上元節露了面，如今姑娘們嘴裡哪個不說他？等妳嫁了他，說不定還不理咱們呢！」

沈寄柔也見過穆戎，自然知道他的樣子，想起來是有些心跳，垂頭不語。

這時有個丫鬟過來，與衛鈴蘭耳語幾句，她聽著有些驚訝，但面色不變，笑著與她們道：「咱們去西花園坐坐吧，光在這兒說話也沒意思。」

「我一早想聽衛二姑娘彈琴呢。」姜瑜忍不住道。「必是能一飽耳福。」

衛鈴蘭回眸一笑。「聽文君說妳琴藝精湛，何必謙虛，咱們互相切磋罷了。」她溫和地拉起姜瑜的手。「我有把桐木綠綺琴，便是要妳這等巧手彈了才好。」

姜瑜原本在家中便像是大姊姊，到衛鈴蘭這兒，卻好似小了。胡如蘭嘖嘖兩聲，與姜瓊道：「這衛二姑娘真是教人喜歡，我都想去給她牽著手呢。」

姜瓊不知不覺也失了警惕。「是啊，說話好似春風般的。」

眼見她們一個個傾向衛鈴蘭，姜蕙雖是心煩，可也疑惑。衛鈴蘭的功力好似比以前深厚不少，可她如今比自己還小一歲呢，不過十三罷了，怎有如此本事？不只博得個第一美人的稱號，還人見人愛，雖說她重生，興許能改變一些人的命運，可是衛鈴蘭遠在京城，不可能牽扯到她，莫非……

一個念頭慢慢湧上來，難道衛鈴蘭也是重生的不成？

她得好好觀察，於是一聲不響地跟在身後。到了園子裡，眾人都請衛鈴蘭彈琴，衛鈴蘭起先推讓，等到姜瑜、何文君二人都彈過了，她方才上去。

纖纖玉指一揚，琴聲便響起來，嫋嫋好似仙音。姜蕙暗想，上輩子在衡陽王府，她也聽過衛鈴蘭彈琴，穆戎很是欣賞，如今她琴藝又進步了一些。眾人都屏氣凝神，生怕打攪這「只應天上有，人間能得幾回聞」的曲子。

隔著一道牆，穆戎正與衛大公子衛之羽說話，忽地聽到這琴聲，一時驚豔。

衛之羽笑道：「定是我二妹在彈呢。」

「喔，是衛二姑娘？」穆戎笑笑。「本王倒是與她許久未見了。」

因衛鈴蘭的表姨祖母是皇太后，他們自小便認識，只是穆戎與皇上一樣，喜歡出外遊玩，等到年長一些，二人就見得少了，他此去宋州，更是許久未見。

「原來她琴藝如此精深了。」穆戎稱讚。

衛之羽道：「下的工夫也不少。」

二人正說著，琴聲戛然而止，只聽到眾位姑娘的喝采聲，隨後像是換了一人，琴聲又響起來，不似剛才衛鈴蘭的婉轉優雅，此曲慷慨、激昂，像是沙場上金戈鐵馬，刀尖相交般殺伐，教人精神一振。

穆戎嘴角挑起來，這人又是誰？

園子裡除了琴聲，再無旁的聲音。眾人顯然沒料到姜蕙會彈出如此曲子，等到她一曲終了，放下手，她們等了會兒才回過神。

姜瓊頭一個叫起來。「阿蕙，妳原來這麼厲害，難怪女夫子說妳勤加練習，定是能一日千里的！」

姜瑜與有榮焉，過去拉住她的手，輕聲笑道：「妳彈得真好，阿蕙。」但不忘誇衛鈴蘭。「今日聽到妳們二人彈琴，當真是飽了耳福。」

沈寄柔也湊過來與姜蕙說話。聽到一聲聲稱讚，姜蕙眼裡含笑，面上謙虛，內心卻是快意極了。不用看衛鈴蘭，都知道她渾身難受。原是想一人出盡風頭吧？她偏生不讓衛鈴蘭如願，不過也是她想讓自己出醜，彈得一曲仙音後，又邀她去彈，只是她卻沒那麼差。

衛鈴蘭好不容易才拾起笑容，淺淺一笑，與姜瑜道：「姜二姑娘這般了得，妳竟不早說，害我此前還獻醜了。」她還想如春風般，但到底有些像秋風，帶著點涼意。

姜蕙道：「論起技藝，我與二姑娘差得遠了，只這曲風迥異，難免新鮮。」

確實是這樣。比起衛鈴蘭的琴藝，她仍是自愧不如，只是沾了曲子的光，衛鈴蘭一柔，她一剛，絲毫不被她壓下。

真是個聰明人，與上輩子一樣狡猾，不然憑她一個奴婢也不能讓穆戎另眼相看！衛鈴蘭壓下心頭怒意，笑著招呼她們坐下喝茶吃點心，稍後又一起去賞花。

那頭，穆戎站起來道：「你們家岩桂開得不錯，都聞到香味了，去看看。」

衛之羽有些吃驚。他其實也弄不明白穆戎突然來府上做什麼，只派人告知妹妹。誰想到他又要去園子，又不是不知道園子裡有姑娘呢，莫非是為那沈寄柔？他想著，眉頭皺了一下。

穆戎已經往前去了。衛之羽雖有不滿，卻不敢開口阻止，因為知道穆戎的脾氣，他天生尊貴又得皇上寵信，從來都是說一不二的性格。去就去吧，反正他也不是不認識妹妹她們，至於旁人家的姑娘，他也懶得管了，總不至於穆戎會看上哪個，強著就納妾吧？

衛之羽跟在身後，二人一起往園子裡走去，結果半路上遇到姑娘們。

看到穆戎突然出現，衛鈴蘭吃了一驚，剛才衛之羽雖然派人告知她，卻沒說穆戎會來此，她忙低頭行禮。

旁人一聽她口稱三殿下，除了衛鈴玉、沈寄柔與姜蕙，全都面色一變。何家兩位姑娘是不曾見過他，而姜家的人見過他，卻不知道他是皇子，豈能不震驚。

穆戎淡淡道：「不必拘禮。」

眾人應聲，但是頭也不敢抬。包括姜蕙，她也垂著頭，不過比起旁人，她心裡可是複雜多了，但想來想去，覺得他應是為沈寄柔而來，因時間差不多，該是他要娶妻的時候了，她未免欣慰，面色恬靜。

穆戎掃了她一眼，目光定在她嘴唇上不動了。她今兒沒怎麼上妝，只抹了些桃色口脂，因唇形漂亮，此處反是最吸引人，穆戎瞧著，忍不住就想起在酒樓的事情。那也是他離開宋州後，回憶得最多的。如今再見到她，才發現自己竟是忍不住想再嚐一次。

穆戎轉過身，不再多說一句，沿著小路走了。衛之羽又是一頭霧水，他本來還以為穆戎會與沈寄柔說句話，結果看都沒看一眼。衛鈴蘭也奇怪，露出疑問之色。衛之羽衝她搖搖頭，跟了上去。

眾人這才緩過一口氣，姜瓊忍不住道：「這人竟是皇子呢！天呀，我以為他只是哥哥的同窗。」

「什麼？」衛鈴蘭聽到這話，掩飾不住震驚，問道：「妳是說他去過宋州？」

「是啊，在應天書院唸書呢！」

衛鈴蘭只覺一陣頭暈。因為皇上太過寵穆戎了，允許他遊山玩水，可這次他去哪兒，誰也不知，故而她許久不曾見他，問起皇太后，只說穆戎神神秘秘，唯獨皇上知，原來他這兩年竟然在宋州！

如此說來，他是認識姜蕙了？衛鈴蘭猛地看向姜蕙，眼神好似刀子一般。

不，她絕不能讓姜蕙阻攔了自己的路！上輩子便是因為她，不然她早就當皇后了，奈何這喪門星陰魂不散，不只壞了她與穆戎的姻緣，興許死了之後還纏到她身上，在她後來成親之日，馬車出事，害她活活被撞死。臨死前，好像還看到姜蕙衝著她笑……

想到這兒，衛鈴蘭渾身發寒。她咬一咬牙，勉強笑道：「三殿下還真有意思呢。」

一個人要隱藏所有情緒，可不是那麼容易。此時姜蕙也感覺到她的敵意，這敵意就跟上輩子一樣，她心想，不管衛鈴蘭是不是重生，看來她與她，是注定要成為敵人的。

一眾人慢慢行去。走得一會兒，金桂上前湊到姜蕙耳邊道：「剛才三殿下傳話來，要姑娘得空去園子東邊的花池見他。」

姜蕙眼睛都瞪大了。「他又派人脅迫妳？」

不脅迫都得聽從，金桂心想，原來穆公子竟然是皇子，誰敢違抗啊？她搖搖頭。「倒是不曾，這話是從張婆子那裡傳來的，說是有要事。」

她們出門帶了丫鬟，也有幾個婆子，只是婆子沒隨行，留在原地，想必那兒人少，容易找機會說話。倒不知穆戎又是怎麼嚇唬張婆子的？姜蕙嘆口氣。「那我去看看。」他都這麼說了，定然是有要事，不然在旁人家裡，他這般總是有些不妥吧？

姜蕙稍後就找藉口落在後面，去尋了那處花池。人剛到，還未站穩，就被穆戎一把拽了過去。身後一處假山，堪堪遮掩著二人。

他貼得極近，一點也不講規矩，姜蕙沒想到他還是這般作風，氣道：「殿下莫非是在胡扯什麼要事？」

「自是要事。」他一手握住她腦袋，頭直接低了下去，壓在她嘴唇上。

灼熱又柔軟，像是夾帶著夏日的火，姜蕙一顆心直往下沈，伸手就抵在他胸口，借著這力往後仰，可他力氣那麼大，哪裡推得開？他見她反抗，一手把她兩手抓住了，將她壓在假山上。

她的氣都透不過來，伸腳踢他，只是也好像給他撓癢似的，一點也起不了作用。

金桂都要嚇傻了，差點要哭，輕聲道：「殿下，殿下求您，放過姑娘……」她不敢聲張，只怕引來旁人，自家姑娘跳進黃河也洗不清。

穆戎終於鬆開手，卻怪異地發現，自己一點也不曾輕鬆。今日其實本是來看一看姜蕙的，誰想到見了一面卻不滿足，故而才使人叫她來這裡。如今親也親了，他還是不滿足，恨不得要伸手動她的裙衫。

見他目光灼灼，還盯著自己，姜蕙真想抽他。這人莫不是還打著納妾的主意吧？不然為何要如此對她？姜蕙厲聲道：「殿下可是想看我死了才甘休？我死了給你做妾可好？」

她唇上口脂被他親得弄到臉上，這兒一道紅印，那兒一道紅印，這般咬牙切齒說話時，未免很是好笑。穆戎嘴角輕揚，拿出條帕子撫在她臉上，道：「本王何時又說要納妾了？」

他竟給她擦臉。姜蕙側過頭去，一點也不想給他擦。「那你到底是何意思？」

他手指扳過她的臉。「本王說要事，自然是有要事。妳聽著。」

又想說什麼狗屁！姜蕙在心裡，粗話都出來了。

誰料穆戎接著說道：「本王打算娶妳，讓妳當衡陽王妃。」

第二十九章

姜蕙的眼睛一下子瞪大了，看鬼似的看他。「你說什麼？」

金桂也呆了，又驚又喜，忍不住就在旁邊道：「姑娘，說是讓您當王妃呢！」

原來沒聽錯……姜蕙一下子不知道怎麼反應。

穆戎給她擦完臉，越看這張臉越滿意，這性子也有趣，不娶她娶誰？今日在園子裡，那麼多姑娘，包括沈寄柔，他全都不想看一眼，光顧著她，他還能娶誰呢？這一輩子的事情，總不能找個自己不喜歡的吧？

眼見姜蕙傻了一樣，他捏捏她的臉。「可是高興壞了？」

「是你瘋了吧？」姜蕙忍不住去摸他額頭。「你如何娶我，你該、該是……」該是娶沈寄柔的呀！

穆戎任由她的手伸上來，只是剛碰觸，她又縮了回去。姜蕙震驚歸震驚，恍惚後又板起臉。

「殿下若只為這件事，小女子告辭了。」

她一開始還當是姜家的事情，畢竟上回周王謀反，穆戎還認真問起的，誰想到，他卻說這種胡話。他怎麼可能娶她呢？再說，便是做王妃，她也不肯。比起嫁給穆戎為妻，她嫁誰都能安安心心過日子，可跟著他，難呢！

穆戎知她不信，只道：「妳祖上燒高香了。」

依她這身分，原是不配，只是他下定了決心便沒有不能解決的，總好過娶個不喜的，天天對著難受，若再納她為妾，府中定是雞飛狗跳。他這幾日也是想了又想，今日才與她說這件事。

姜蕙嘴角撇了撇，暗道：誰稀罕呢，說得她好似有多大的福分。但她也學乖了，穆戎吃軟不吃硬，再抗拒，他定是要惱羞成怒，不知會做出什麼事情來，當下只道：「殿下說得是。」

聽不出喜怒，穆戎眉梢微揚，恨不得又把她扯入懷裡，但終是沒動手，心想以後娶回家了，自然是想如何便如何了，到底在衛家也不便。

姜蕙欠一欠身便走，他叮囑：「妳今日出門，便有人尾隨，想必是何夫人還未死心，最近莫出來了。」

要她在家中避禍？姜蕙挑眉。「殿下如何知？莫非殿下派人盯梢？」

穆戎淡淡道：「本王是為保護妳。」

做了一樣事情，他這兒就是對的，還大言不慚。姜蕙懶得說，就當養了條犬吧，比起何夫人，穆戎自是好多了。他不曾要自己的命，如今還想娶她做王妃，想到這點，姜蕙現在都有些不敢相信。她快步回去。

金桂喜孜孜的，早已沒有剛才的驚恐，悄聲道：「姑娘竟有這等好事，若是告知老爺子老太太，不知道得多歡喜呢！」

姜蕙臉色一冷，警告道：「妳千萬莫透出一絲消息，這三皇子何人，他能娶我才怪了，便是皇后那兒都過不去。說出去，到時讓我被人笑話。再說今日這事，私下見面，如何能說？」

金桂想一想也是，連忙道：「奴婢定守口如瓶。」

事。

二人繞了半個園子才回來，衛鈴蘭再見到姜蕙，目光就有些不善了，可姜蕙弄不明白怎麼回

剛才她不見，衛鈴蘭連忙派人去尋，幾個奴婢分頭去找，有三個被人打暈了，剛才又有丫鬟稟告，也出了事，好似有人闖入園子。可是姜蕙定是沒有那麼大的能耐，莫非是穆戎？衛鈴蘭心思玲瓏，有些懷疑那二人是私下相見，卻沒有證據，無可奈何，只猜測定是姜蕙勾引穆戎。故而她滿是關切地道：「幸好二姑娘平安回了，剛才此地出了些事，還怕二姑娘遇到呢。」

姜蕙面色不改，笑一笑，道：「你們府裡美景一個連一個，我看得入迷，不慎走丟，讓大家擔心了。」

衛鈴蘭看她一點也不心虛，暗道此人臉皮也修得厚了，絲毫不露破綻。她轉過身，不再多言，反正日子還長呢。

姜瑜與姜蕙小聲說話。「真把我與阿瓊嚇一跳呢，上回在行府妳也是，說妳聰明，怎麼老是喜歡亂跑呢？」

這能怪她嗎？每次都是有特殊事情。姜蕙嘆口氣，笑道：「下回定不這樣。」

眾人又坐了會兒，胡氏與衛二夫人回來，眼見時辰差不多，便領著她們回府。

沈寄柔很喜歡姜蕙，拉著她道：「下回我請妳來家裡作客。」姜蕙面上自然答應。

等回了府裡，老太太問起，胡氏道：「那衛大夫人都不曾說幾句話，比起衛二夫人可是高傲得多，既如此，還請咱們去幹什麼呢？」

「那衛大夫人的表姨可是皇太后，看不起人也是常理，再說，不是以衛二姑娘名義發的帖

子？」

胡氏心想，這也是。她想起今日之事，身子湊過去，很是驚訝地道：「對了，娘，咱們在衛家見到三皇子，原來以前他竟在宋州唸書，可把我嚇一跳，還是阿辭、阿照的同窗呢！」她後悔極了，要早知道，定是要叫姜照好好結交的，真是把眼前的機會都錯過了。她想著，側頭看姜瑜一眼，不然或許能有個姻緣也說不定……

不過聽說那三皇子會娶了沈寄柔，如今也輪不到他們家。

眾人聽了都很吃驚。老爺子奇怪地問道：「那三皇子難道是隱姓埋名，不曾聽說一點消息？」

「定然是了。」姜濟顯道。「我也只知三皇子愛四處遊玩，卻不知竟就在宋州。」如今他那麼大年紀還留在京城，足以對太子造成威脅，他隱隱能察覺將來朝堂必要經歷一場腥風血雨。

姜辭從考場回來，自然也知道了，跑來與姜蕙道：「妳見到的人真是他？」

「還能有假？自然是了。」

姜辭往椅子上坐下來，忽地笑道：「看來我眼光還是好的，原本就覺得他將來定能位極人臣，誰想到原就是龍子龍孫，還是那衡陽王。我聽幾位學子說起他，好似前不久去揚州受傷，救了皇上一命，現在能出來，定是傷好了。」

原來他也去揚州，難怪那時要回京。是了，姜蕙好笑，必是故意要立功的，他這人一向如此，心機深沈。不過他的傷比起後來，算是輕了。她想起與他纏綿時，見過他身體，胸口一道傷痕足有五寸長，很是猙獰，可以想見當時的嚴重。

姜辭幽幽道：「不知道我可還有機會再與他說話？」二人原本是同窗，關係也曾越來越好的，可如今差距那麼大，便是見一面，恐怕也不容易。

姜蕙安慰道：「都是看緣分。」

姜辭嘆一聲。「我若是考上，機會還大一些。」

姜蕙笑道：「已經考好了，莫再想，很快就會知道結果。今日正是中秋，咱們不擔憂這些，好好玩一玩。」

這話頗有今朝有酒今朝醉的灑脫，姜辭笑起來。「走，把寶兒叫來，咱們去燃燈！」

等姜蕙和寶兒來到園子，已見姜辭令小廝放了好些花燈在地上。中秋燃燈，高高掛起，姜辭親自動手，拿繩子紮花燈，掛在屋簷下。寶兒見到各色漂亮花燈，小嘴都笑開了，圍著蹦蹦跳跳的。姜辭挑了飛魚的燈給她。「寶兒最配這個，拿著去玩吧。」

她今兒穿了一身銀紅的小夾襖，頭上梳一個元寶髻，戴了串珠花，手裡提閃亮的小花燈，繞著走一圈，當真就跟年畫裡的娃娃似的。姜瑜幾個現在才來，看到她喜歡得不得了，一個個圍上去抱她玩。

等到天黑，花燈都掛好了，整個姜家燈火通明。老太太一早就教人在園子裡設下宴席，除了好多月餅，還有螃蟹，蒸得紅通通的，一大盤擺在中央。

姜瓊差點要流口水。「有螃蟹吃了啊！」

「叫人一大早在集市挑的，也就雌蟹不錯，要吃公肥蟹還得等到九、十月才好。」老太太道。「不過咱們來京都，這是第一個節，怎麼也得多熱鬧熱鬧。」

老爺子笑道：「是啊，來來來，都上座了。」

眾人依次入席，陸續說些應景的話，方才吃將起來。

第三十章

酒足飯飽之後，姜瓊好動，頭一個就道：「阿蕙，咱們去放河燈？聽說這兒的金水河到晚上很熱鬧呢！」

姜蕙有些心動，可她聽了穆戎的告誡，總是有些警惕，想當初姜瑜讓金荷差點暗算，如今晚上黑漆漆的，要是何夫人真出什麼毒招對付她，興許招架不了。

不等她說話，胡氏先阻止了。「京城的人比宋州還多，萬一出點事，還得了？別去了，就在家中。」胡氏也記得金荷的事，自然有些後怕。

老太太也道：「初來乍到，一點也不熟悉，聽妳阿娘的。」

姜瓊沒法子，有些不樂。姜照與她同胞姊弟，見她不高興，笑著道：「我也不出去了，才來京城，還真沒幾個交好的，一會兒看妳們拜月，定有意思。」

本來他們男兒到得這節日，也是結伴玩的，只是他們確實才來京城，與書院裡的同窗都還不相熟。姜辭也同意。姜瓊又順心了，笑嘻嘻地拉著其他姑娘去拜月。姜辭跟姜照跟著去看。

眼見她們一個個穿著光鮮裙衫出來，神態虔誠地對月參拜，渾身好似閃著聖潔的光，姜辭與姜照在旁看得眼睛發直，姜照小聲道：「不知不覺，她們都那麼大了，都要嫁人了啊……」他忽然有些不捨起來。

姜辭深有同感，雖然他一直希望姜蕙能嫁個好人家，可真等她要嫁人，只怕自己心裡會難過。在這家裡，從此沒有她了，再也不能時時見到。他微微嘆了口氣，人總是這麼矛盾。姑娘們拜完月，聚在一起說話，過得寧靜而溫馨。然而對另一名姑娘，這一晚卻是如惡夢一般，不堪回首。

早上姜蕙起來，洗臉漱口後，就拿著玉梳梳髮。她這頭髮烏黑油亮，像緞子似。金桂把首飾拿來，打開盒蓋擺在她面前，一會兒也由她自己挑。姑娘最會裝扮，反倒她們一點也不如。

姜蕙梳好，拿淡綠綢帶把頭髮束起，垂在兩側，再從盒子裡挑出兩串小珍珠，一邊戴一個，面上稍許抹些胭脂。等塗口脂時，她瞧鏡中柔嫩的嘴唇，不知怎的忽然就想起穆戎。他那麼狠地親吻自己，跟著了魔似的，當時情景如今想起還真有幾分疑惑，他怎麼就跟發情一般？

金桂又把裙衫拿來，姜蕙穿好了，正要用早膳，銀桂進來，面色驚異地道：「姑娘，昨兒晚上沈姑娘出事了，聽說外頭都在傳呢。」

姜蕙一怔。「沈寄柔嗎？她怎麼了？」

「好似去放河燈時，被賊人劫掠，好一會兒才被尋到。」銀桂道。「兵馬司都派了好些人去找。」

姜蕙大為吃驚，忙問道：「那她傷了沒有？人好嗎？」

銀桂搖搖頭。「奴婢不知。」

這事實在出乎意料，姜蕙飯也沒吃，去了上房那兒，胡氏、梁氏都在。她上前問安後，問胡氏。「二嬸早上可曾聽二叔提到沈姑娘的事情？怎麼咱們這兒不曾有動靜呢？」

胡氏嘆口氣。「提了，其實妳們睡了之後，我們就知道了，只是未尋到這兒。聽說是在西城那裡，也不知什麼人做出來的，好好一位姑娘……如今滿城皆知，哪還有名聲呢？怕是再也嫁不出去了。」

姜蕙心裡咯噔一聲。如此說來，這事上輩子沒發生過，不然沈寄柔出了這種事，定然不可能嫁給穆戎。可這是誰做的？

穆戎？他上回說要娶自己做王妃，或許不是假話。只是對沈寄柔下手，也太過狠毒了吧？她搖搖頭，雖然她因上輩子的事情討厭穆戎，可事實上，她對他仍有幾分了解，沈寄柔這樣的弱女子，他應當做不出來。

那是……衛鈴蘭嗎？她眸中冷芒一閃，忙問胡氏。「昨日可還有哪家姑娘與沈姑娘在一起？」

胡氏奇怪地瞅她一眼，不明白她問這個的意義，只道：「聽說是衛二姑娘救沈姑娘回來的，因她與沈姑娘一起去玩，沈姑娘出事，她一個姑娘家死也不肯走，愣是幫著一起尋，還摔了幾跤，腿都傷了。說起來，真是有情有義呢。」

姜蕙聽了，渾身都起了雞皮疙瘩，喉頭也難受得很，恨不得要吐。

衛鈴蘭啊衛鈴蘭，當真厲害！不只坑害沈寄柔，還博得一個有情有義！

想到沈寄柔那單純天真的樣子，她著實不忍心去想，伸手揉了揉胸口，忍耐住那洶湧而上的怒意，問胡氏。「二嬸，那沈姑娘到底有沒有事，有沒有……那賊人掠了她到底為何？」

胡氏道：「這誰知道呢，就算沒什麼，旁人可又信？」

姜瑜幾個姑娘這會兒也來了，老太太乘機教育她們。「看看，幸好沒讓妳們去，這金水河也不太平，妳們以後少出門，免得出事，要後悔都來不及。」

眾人都應是。

出得上房，姜瑜面色很不好，眼睛都紅紅的。「沈姑娘這麼可愛的姑娘，怎麼會出這種事呢？咱們去看看她可好？」她猶記得沈寄柔握住她的手，那掌心暖暖的，說起話來又清脆又甜，只不過幾日的事情，就這樣了。這一刻，她才明白世事無常。

姜瓊也嘆口氣。「就怕她見到咱們，更是難過。」

「是啊，說不定都不見咱們的。」胡如蘭道。

「還是等段時間吧，她肯定需要安靜一下，不被人打攪才好。」姜蕙看著園中的玉簪花，熱熱鬧鬧地開了，只等一場大雨打下來，芳華又皆散。想起自己上輩子，她對沈寄柔的事不無傷感。當初只因沈寄柔的身分，且又認識衛鈴蘭，自己便敷衍待她，辜負了她的熱情，要是當時能告誡幾句……

姜蕙搖搖頭。如何說呢？沈寄柔定是很相信衛鈴蘭，她無法說。

這日，愁雲纏繞，幾個人都甚不開懷。

姜濟顯回來，胡氏也問他，畢竟是見過的姑娘，還是有些關心的。「到底找到時如何的？我聽外面傳得不像話。」

「都是胡說的，那賊人原本是要做什麼，只是還未來得及，沈姑娘只是受到驚嚇，聽說皇后都派了御醫去瞧。」姜濟顯搖搖頭。「沈家這兩日是多災多難了，昨兒出了這事，今日竟還有人彈劾沈家二公子貪墨。」

胡氏啊了一聲。「哎喲，沈家怎如此倒楣，這沈二公子好像是個主事，那後來如何？」

「大理寺在查，不過聽說證據確鑿，早晚要貶官。」姜濟顯搖頭道。「也是怪他曾得罪錢申，皇上極寵信那人，這些事一捅出來，他跟著落井下石，沈大人都差點被牽連。」這世上，清官能有多少，誰多多少少都能沾到點污跡，真要查都逃不了，別說還有莫須有之罪。

胡氏道：「那沈姑娘定是嫁不得三皇子了。」

姜濟顯心想，這還用說。

不過皇后卻很喜歡沈寄柔，這會兒正心痛著，本來過幾日就打算昭告天下，讓穆戎娶沈寄柔，這下可好，出了這種糟心事！

太子妃坐在身邊安慰皇后。「許是與三弟無緣分，娘娘別傷心了。等寄柔養好了，娘娘再給她尋門好親事，她還是有福分的。」

皇后嘆口氣。「也只能如此，可戎兒總要成親呢，本宮現在倒不知選哪家姑娘了。」她頓一頓。「興許衛二姑娘？」

太子妃面色稍許變了變，又笑道：「衛二姑娘可行的話，太后娘娘只怕一早就定下了。」那衛鈴蘭可是皇太后的表外孫女，皇上再疏於政務，還是很聽皇太后的話，若是皇太后一早定下，皇上也不會反對。

皇后想著點點頭。「這倒是。」

她多少有些明白皇太后的意思，衛家太過顯赫，不只衛大老爺身居高位，衛家那些個親戚也多有高官，如今太子已立，作為一個親王，再娶衛鈴蘭，就有些不妥。皇太后很為太子著想。可身為母親，她對這兩個兒子的感情不分深厚，都是極為疼愛的，因此有些頭疼。

太子妃察言觀色，建議道：「要不兒媳看李大人家的姑娘不錯，下回請來宮裡叫娘娘看看？也是個好姑娘，李家也很清白。」

皇后瞅她一眼。「哪個李大人？」

「禮部員外郎李大人。」

禮部是清水衙門，那裡的官員都是無多少實權的，皇后淡淡道：「也罷，妳再挑幾個，下回一起領來，便說入宮陪陪永寧。」

永寧是公主，也是宮裡唯一一個不曾嫁人的公主了。

太子妃笑道：「好。」

出來後，她就遇到太子。太子見四下無旁人，湊過去就在她臉上親了口，笑問道：「母后如何說？」

「自是沒有辦法了，沈姑娘都這樣了，還能如何？」太子妃伸手拉一拉太子，悄聲問道：「今日還有人彈劾沈家，殿下可知怎麼回事？」

太子看她嬌俏可愛，笑道：「我看興許是三弟做的。」

太子妃吃了一驚。「不會吧？」

「怎不會？他這幾日動靜不小，我看得清楚，多半是他不想娶沈姑娘。」太子很忌憚穆戎，因為這個弟弟從小就分掉皇上對自己的寵愛，如今更是緊要關頭，他豈能不盯緊。「要我料得沒錯，他是看上姜家一位姑娘了，還派人成日盯著。上回去衛家也是，怕是偷偷見面。」

「姜家？」太子妃道：「可是在周王一役時立功的姜家？」

「正是，我派人調查了，好似那姜二姑娘生得極美，三弟便昏了頭。」太子笑笑。「從來不近女色的，也難怪。」想當初，母后也不准他碰女人，憋了好些年，只是穆戎未免太聽話了，他私底下早嘗了鮮，如今有了太子妃，也有好幾位側妃，卻不覺新鮮了。

太子妃道：「剛才母后還考慮衛二姑娘呢，幸好妾身提起皇太后娘娘，這才罷了，可見娘娘還是把殿下擺在心裡的。」

太子笑笑，捏捏她的臉頰。「真聰明，晚上賞妳。」一邊說著，卻想起衛鈴蘭那張清麗的臉，身子不由一熱。可惜她那時太小了，不然當初他該是娶了衛鈴蘭，也不會嫌衛家顯赫。如今她長大了，一日日漂亮起來。太子搖搖頭，又摟住太子妃親了親。

太子妃道：「妾身給娘娘提了李姑娘，娘娘說叫妾身下回多請幾位姑娘來宮裡陪永寧說話呢。」

太子笑道：「那妳是該好好挑了。」

「那姜姑娘……」太子妃道。「只怕家世不夠，娘娘也看不上。」

「看不上才好，不知三弟會否為此與母后起衝突呢？」太子露出一抹冷笑，這下真是有一場好戲看了。

太子妃也一笑。二人攜手沿路走了。

穆戎剛剛在園中練完一套劍法，淨了臉，坐在榻上休息，就見何遠走進來。

「沈姑娘一事，聽說還未尋到賊人，怕是抓不到了。依屬下看，像是早有準備，來無影去無蹤的，興許還不止一人。」

「也太巧了。」穆戎道。「你不覺得？」

何遠知道他在說什麼，因穆戎暗地裡想讓沈家知難而退，誰料到沈寄柔會突然出事，便宜了他們不用再花費工夫。

「可除了殿下，還有誰不願沈姑娘嫁給殿下呢？」何遠想不明白，沈家雖說也是書香門第，但不算顯赫，還是沈老爺子那輩才漸漸起來的，當真算不上多大的威脅。

穆戎道：「故而本王才讓你去查，結果你一無所得。」

何遠忙垂下頭。「屬下無能。」

「罷了，總不是壞事。」穆戎淡淡道。「不過母后定是要煩惱了。」

「聽說此前召見了太子妃。」

皇后與太子妃關係不錯，二人常有商有量的。他這皇嫂為人也聰明，即便挑剔如皇太后也挺喜歡她，平日裡沒少誇讚，當真是哥哥的良妻。穆戎心想，倒不知娶了姜蕙，她成為自己的妻，又是如何一番作為？可會心甘情願替他著想？

他不由想起那日說要娶她為王妃的情景，眉頭微微皺了起來。她當時是很驚訝，可要說真正的歡喜，卻是沒有的。這女人，也不知到底在想什麼……

第三十一章

正當這時，外頭有小黃門傳話，說皇上請他去御書房。他立刻從榻上起來。

皇帝剛剛批閱完奏疏，喝了一盞茶，立在窗前看園子裡的樹木。這些樹還是他才登基時教人種下的，如今已長成了參天大樹，只是到了秋日，葉子落下來，已有些光禿。也跟他一樣，有點老了，皇帝嘆口氣，略是感慨。

身後傳來一聲「父皇」。他回過頭，看見穆戎立在不遠處，長身鶴立，面如冠玉，清俊不凡，真是與他以前一般無二。

他幾個兒子當中，就他最像自己，見到了總是心情不錯，不過今日叫穆戎來，卻是為寬慰他。「朕也是才知道，沈姑娘出了這等事，想必你心裡不好受。」

穆戎面色一黯。「天有不測風雲，人有旦夕禍福，讓父皇擔心了。」

皇帝叫他坐下。「沈姑娘是可惜了，不過人的命天注定，她與你無緣罷了，你母后定然還會與你挑個好妻子。」

穆戎頷首。「母后也頗是難過。」

「你母后很喜歡沈姑娘，當時就一心要你娶她了，在朕面前也沒少說沈姑娘的好。」皇帝搖搖頭道。「你最近隨朕出去散散心，會舒服點。」

穆戎一驚，只當他這父皇又要出遊。

幸好皇帝接下來說道：「你命人準備下，過兩日咱們去狩獵，這天氣不冷不熱，舒爽。」

經過揚州埋伏行刺一事，皇帝還是受到不小刺激的，以至於好久不曾出宮門，過了段時間才好些，但也只敢在附近過過乾癮。穆戎好笑，明明是他自己要出去玩，非說得好似為他著想。不過他這父親向來如此，那麼大年紀的人，骨子裡卻是個長不大的孩子，故而會被人稱為昏君。可他對這父親是了解的，他不是個壞人，也不是個貪心的人，只是不太適合做皇帝。

穆戎道：「兒臣領命，興許這也是兒臣最後一次陪父皇狩獵了。」他多少有些傷感。

「為何？」皇帝一怔，但隨即想到皇太后說的，要穆戎完婚後去往衡陽。那是她的意思，當時自己也答應的，但如今看著這個兒子，皇帝又不捨得了。自己的親生兒子，為何一個個都要放那麼遠？

什麼爭奪皇權，這皇權，他想給誰就給誰！再說，他如今離死還遠著呢，想這些做甚？他就不信了，穆戎還能害死太子，搶太子之位不成？兩兄弟本就該和和睦睦，一起幫著他這父親治理越國。

皇帝伸手拍拍穆戎肩膀。「這京城，你想待多久就待多久，走那麼遠，朕若是想看你，你還得坐馬車十天半個月過來？成親了，朕給你在京城也開個王府。」

穆戎豈會不感動？父皇是把他疼入骨子裡的，可如此一來，那些大臣不知得如何煩他了。

「父皇，此事以後再說吧。」他笑笑。「今次狩獵，父皇打算要哪些大臣陪同？」

「你看著擬幾個吧，劉大人千萬別請。」皇帝叮囑。

劉大人是越國棟梁，歷經兩朝的重臣，皇帝出去玩樂，國中大事都是交由劉大人處理的，劉大人也是唯一一個在皇帝面前絲毫不收斂，敢出口教訓的大臣，因為他是帝師。皇帝內心是害怕他的，雖然他是皇帝，但也因有這個人，即便自己貪樂，越國仍是繁榮興盛，絲毫不曾衰弱。

穆戎嘴角翹了翹。「父皇，劉大人這把年紀了，便是要去又如何去？別說上月還摔斷手，不曾痊癒呢。」

皇帝喔了一聲，想起來了。「你命人送去貴重藥材，叫御醫再看一看。」

穆戎應了一聲，很快從御書房出來。去往坤寧宮的路上，迎面遇到幾人，紛紛上來行禮，耳邊聽得一個極其悅耳的聲音。「見過三殿下。」

他看過去，見是衛鈴蘭。她今兒穿了很素的裙衫，淺綠繡荷花襦衣，下頭一條月白百褶裙，一把烏黑的頭髮梳了平髻，只斜插了根碧玉簪子，整個人就好像枝頭的玉蘭花一樣清新好看。因為上回要見姜蕙，穆戎不曾仔細打量她，這回見到，有些吃驚，原來衛鈴蘭也長那麼大了，容貌還很出色。

「二姑娘是來見太后娘娘？」他詢問。

見他主動說話，衛鈴蘭心裡一喜，面上卻沈痛道：「我是來與娘娘道歉的，若不是我，沈姑娘也不至於出事……想必殿下也很難過吧？」

穆戎想起何遠查的，那日好似衛鈴蘭也在，而且她還留下來，一起幫著尋到沈寄柔。他說道：「與妳無關，不必如此。」

衛鈴蘭道：「如今寄柔還不曾開口吃東西，我明日想去進香求求菩薩。」

誰料穆戎聽完這句，忽地問道：「妳與她一起，不曾見到那賊人？」

「我正巧去旁邊拿河燈了，回頭發現寄柔已不在。」
「昨日放河燈的姑娘應是許多，妳們怎會去如此偏僻之地？」正因為如此，才給了賊人機會，細細一想，不無巧合。
衛鈴蘭答：「我本也不想去，奈何寄柔說人多太擁擠……早知道，我該勸一勸。」她拿起帕子抹眼睛。「是我不好，不然寄柔定不會遇到賊人的。」她哭起來，楚楚可憐，教人心軟。
穆戎皺了皺眉，忽地想起去年在宋州，姜家姑娘也去放河燈，那姜瑜原本要被金荷暗算，是姜蕙上去一腳踢了那金荷，他都看在眼裡，如今再看衛鈴蘭事後哭訴，便不太想聽。傳聞衛鈴蘭如何聰明，難道竟不知這些道理？姑娘家出門在外，又是黑燈瞎火的，原就該謹慎些。現在沈姑娘已經遭難，哭又有何用？
他轉身要走，卻又遇到太子。太子笑道：「三弟，原來你在這裡。」又驚訝地看著衛鈴蘭。「二姑娘怎麼了，如何在哭？」
衛鈴蘭連忙擦了眼淚，輕聲道：「沒事。」
她人瘦弱，好似風中落花，太子見她臉上還有淚痕，不由得有些心疼，走上去兩步，從袖中拿出一方帕子。「妳這帕子小了些吧，都擦不乾淨，用我這個。」
太子比衛鈴蘭年長了八歲，可以說是看著衛鈴蘭長大的，二人有些兄妹情，衛鈴蘭倒是沒拒絕。只是她伸手去拿的時候，太子見她纖長手指伸過來，鬼使神差般地半握了一下。衛鈴蘭嚇一跳，驚訝地瞪大眼睛，臉忽地有些紅。
太子像是不曾在意，往後退了一步問：「二姑娘是要去哪兒？」

「慈心宮。」

那是皇太后住的地方，太子喔了一聲。「孤也正要去那兒，不妨一起去吧。」

衛鈴蘭朝穆戎看了看，他無動於衷，不由有些失望。這人真是兩輩子都沒變，所以即便娶了沈寄柔，也沒有放在心上，只是那傻子卻喜歡上他，喜怒都由他，日日折磨自己，結果卻讓穆戎越來越厭煩了，碰都不想再碰她。

也虧得她肯聽沈寄柔哭訴，說的都是傻話。如今也好，沈寄柔也算解脫了吧，還得謝謝她呢！只是，自己如何得穆戎的心呢？這人真是近不得也遠不得，猜不透他心思，難怪能坐上皇帝的寶座。

至於這太子，可就差得遠了，如今這等時候，還想著占自己便宜呢！不知道去討好皇上，做的蠢事也越來越多。她面上仍是親和，對太子道：「請殿下先行。」

二人往前走了，穆戎轉頭去坤寧宮。

過得兩日，桂花香最濃烈的時候，終於放榜了。老爺子一早就派人去守著看，眾人早上也睡不著，紛紛起來。

胡氏笑道：「這等時候，總是最緊張的，真比我當年生孩兒都緊張。」

老太太笑了。「別說妳，我昨晚上就沒睡好，都是被老頭子鬧的。他大半夜就起來了，在屋裡走來走去，一會兒又喝茶，到天亮才瞇一會兒。」

老爺子哈哈笑道：「這是咱們姜家的大事情，怎能不急？我鞭炮都讓人買了好些，可不能白買。」

姜辭、姜照聽了心裡都咯噔一聲，壓力很大。畢竟這鄉試難說，自己覺得寫得不錯，可考官覺得好不好，誰知道呢？

姜濟達與梁氏輕聲道：「也不知阿辭中不中呢，反正昨兒晚上我是夢到好兆頭的。」

姜蕙也湊過去聽。

「夢到天上通紅一片，照得咱們家裡都金光燦燦的，妳說，是不是好兆頭？又紅又金的，許是老天——」他正說著，梁氏一把捂住他的嘴。「好事不說破。」

姜蕙噗哧笑了，看來阿娘其實也擔心得很，生怕父親作了個反夢。

眾人你一句我一句的，過一會兒，總算把小廝盼回來了，那小廝大老遠地就在叫：「中了、中了！大少爺中了！」

胡氏起先高興，一聽只有大少爺，臉就是一沈，心裡喜悅去了一半。不過自己兒子還小，也是情有可原，姜辭考上總是好事，她立時又露出笑來。

老爺子高興壞了，連忙叫人去放炮仗，又問小廝。「第幾名呢？」

「十七名。」

「很不錯了！」已經出乎老爺子意料，他伸手就握住姜辭肩膀。「好小子，給咱們姜家爭光了！」

姜辭總算鬆了口氣。他多怕辜負眾望，如今中了，多年辛苦得到回報，他渾身輕鬆，但也沒忘記安慰姜照。「阿照，你以後機會多得是。」

姜照生性豁達，嘻嘻一笑。「考上才奇怪呢，我才幾歲啊？便是當朝大儒，最年輕的也只有十四歲才考上的，堂哥，你可也算得上是天縱奇才了呢！」

姜辭有些不好意思。「什麼奇才，我是笨鳥先飛。」

「管他什麼，中了就好！」老爺子叫道。「快叫廚房準備宴席，晚上慶賀慶賀！」又拉著姜辭。「走走，給咱們老祖宗去磕個頭，也好讓他們知道，咱們姜家越來越有望了！」

他喜得連捶了姜辭好幾下，又恨不得把這孫子抱在懷裡疼一疼。因姜家一直都是地主，從未曾出過入仕的，後來姜濟顯出人頭地，點亮了最初的希望，現在又多了姜辭，老爺子怎能不激動？恨不得祖宗顯靈，他能說上兩句話誇耀誇耀呢！這可都是他的兒子、孫子！

姜辭跟著老爺子走了，幾個女眷也很高興，老太太抹起淚來，與梁氏道：「阿辭真是個好孩子，你們做爹做娘的也辛苦了。」老太太向來會做人。

梁氏笑道：「也是娘教得好。」

沒胡氏的事情，胡氏便起來去廚房。幾個姑娘家聚一起說話，都歡歡喜喜的。胡如蘭最是高興，她伸手捏了捏荷包，這荷包裡還藏著一個荷包呢，只等母親把這事說了，她就把那荷包送給姜辭，恭喜他高中。她臉兒紅撲撲的，眸中閃著喜悅的光。

戴氏見到，哪裡不難過，原本好好一樁事情，結果胡氏非不肯出面，而且聽她的意思，老太太肯定也不准的，只是可憐自己這女兒了。她找機會把胡如蘭領到屋裡，胡如蘭只當她要說好事，羞澀地道：「阿娘，可是老太太同意了？」

戴氏臨到跟頭又不忍心了，支支吾吾好一會兒才道：「如蘭，為娘自會給妳挑個好人家，阿辭本也不適合妳，妳莫想著他了。」

胡如蘭臉色一下白了，盯著戴氏道：「老太太不同意？」

戴氏嘆口氣。「別說老太太了，便是妳姑母都不願意。」

「可是阿娘之前說……」胡如蘭的眼睛都紅了，她期盼了那麼久的事情，結果卻是竹籃打水一場空。「阿娘，妳怎麼不多求求姑母，姑母不是挺喜歡我的嗎？老太太也喜歡我。」

喜歡歸喜歡，可她們都是多麼勢利的人！戴氏也是第一次發現，心有不甘，自己女兒也是個好姑娘，怎麼就嫁不得姜辭了？姜家也就姜濟顯一人當官罷了！

「如蘭，妳別難過，以後……」不等戴氏說完，胡如蘭哭著出去了。

原來老太太、姑母他們表面上是喜歡自己，心裡當真覺得自己配不上姜辭的，興許姜瑜她們也是，她不過是個農人的女兒罷了，沾得姑母的光來這家中生活，可到底不是什麼大家閨秀……

胡如蘭這一氣，哭了好久，可晚上還有宴席，她不能讓她們看出來，只得忍住，洗了臉照樣出去。

晚上眾人慶賀，她見到姜辭，他穿了一身新袍子，比這夜裡的燭光還要耀眼。她淹沒在人堆裡，一點也不起眼。也難怪，她是配不上他……她想著，眼淚像是要從心裡流出來，說不出的難過，還不能教人發現，她只能拚命忍住。

幾個姑娘在一桌吃飯，她們都說說笑笑的，唯獨她不開口。姜瑜發現了，問道：「阿蘭是有什麼心事？一聲不吭的，早上還高興得很呢，下午倒是沒見妳。」

「哪有，我太高興了，表哥興許很快也能做官，家裡就有兩個官了。」她笑著拿起酒盅。

「咱們喝酒啊！」

姜瑜便沒起疑。

酒入愁腸，愁更愁，胡如蘭卻是一盅接著一盅，不知道喝了多少，一會兒就醉了。姜蕙有些奇怪。「沒想到表姊那麼能喝酒，倒是比咱們還高興。」

姜瑜道：「總是姑娘家，可不能讓她再喝了，快些把酒盅拿了。」

姜蕙坐在她旁邊，便去拿酒盅，胡如蘭醉醺醺的，見到她的手伸來，輕聲問：「阿蕙，妳可也是瞧不起我？」

「什麼話？」姜蕙驚訝。

胡如蘭道：「便是瞧不起呢！」說完一頭栽在桌上。

見她爛醉如泥，姜瑜忙叫人抬了回去。

第二日，順天府又舉行鹿鳴宴，宴請眾位舉人。這幾日，京城總聽得到鞭炮聲。姪兒中舉，姜濟顯自然也很高興，同袍也都來恭喜，這日回來與胡氏說話。「明兒皇上要去狩獵，妳幫我找套騎射服來。」

胡氏一開始不明白，驚訝道：「騎射服？老爺哪兒有？」她嫁給姜濟顯多年，不曾見他穿過這個，且一把年紀了，還騎馬去打獵不成？只當他開玩笑。

姜濟顯好笑。「那妳就差人去買。」

胡氏這才知道什麼意思，瞪大了眼睛，驚喜道：「莫不是老爺要陪著皇上去狩獵？」她不敢相信。「這是多大的殊榮啊！皇上平常見一面都是福分了，竟然還……」她笑得合不攏嘴，只覺自己相公前途大好，又問：「可還有旁的大人一起？」

「聽說還有兩位大人。」姜濟顯其實也覺得奇怪，要說他初來乍到，才當京官，與皇上談不上有任何私情，沒想到皇上竟然會命他陪同。他笑道：「對了，阿辭也去，說是家裡有年輕人也一併陪同。阿照還小，就算了，萬一騎馬摔了，衝撞皇上，反倒不好。」

胡氏有些遺憾，但也笑道：「真是大好事，皇上見過阿辭，若是有個好印象，將來他再考上進士，當官是不難的了。」

姜濟顯自然也是這麼想，但心裡總有些疑惑，只想不明白罷了。

這消息傳到姜辭耳朵裡，他本人也很吃驚，笑咪咪與姜蕙道：「等我打隻麞子回來給妳加菜。」

姜蕙無言。「哥哥，你小心別摔了倒是真的。」自己哥哥一介書生，騎馬是會騎，可射箭只能說略通一二吧，還打麞子呢，只要不打到人都算好的了，不知道皇上怎麼會想到要他去？

姜辭笑著摸摸她的頭。「放心，我會看著的。」

姜蕙又叮囑了幾句。

不過皇上傳召，還有什麼好猶豫的，第二日，姜辭便與姜濟顯騎馬等在城門，只等皇上出來，再一起行往郊外。

第三十二章

不久，就見一行人聲勢浩大地過來，姜濟顯叮囑姜辭。「謹言慎行。」

姜辭笑道：「是，姪兒這一趟，真只是陪同，不敢胡亂射箭。」

姜濟顯聽到，不由一笑，因為他自己射箭的本事也著實不精，只看另外兩位將軍的了。

皇帝坐在龍車裡，到得城門口停下來，探頭往外看一眼，幾人連忙上去跪安，不只給皇帝，還有太子、衡陽王。

皇帝目光落在姜濟顯身上，這人是戎兒提議的，他心想，姜濟顯當初立下大功，保住宋州，便給他這個榮耀也無妨。只是平常不曾細看這位臣子，今日一見，膚色微黑，濃眉大眼，倒是渾身上下很有些純樸氣，他忽地問道：「聽聞你們姜家是地主？你也會種田了？」

姜濟顯道：「回皇上，臣家歷代都是地主，綿延了百年，不過臣自小唸書，地裡事宜多數都是家父與家兄管理，不過臣還是懂得一二的。」

皇帝點點頭。「那你待在工部合適，昨兒有道奏疏提到農田水利一事，就你去辦。」

來打個獵，還領到份差事，姜濟顯領命。

在一旁的姜辭聽著有意思。都說皇帝是個昏君，無心管理朝政，他還奇怪到底是什麼樣一個人，但今兒偷偷一看，這皇帝不只長得英俊，脾氣還很親和，沒多少架子。

皇帝又道：「都起來，快些走吧，別耽誤時辰。」

眾人忙又起來，各自上馬。

姜辭其實還想看看穆戎，可不知為何，有點沒勇氣，只得往前走了。

他沒去打招呼，穆戎卻停下來，回頭道：「言華，你打算一直裝作不認識本王？」

姜辭一驚，抬眸見他微露笑意，當下心裡一鬆，說不出的激動，忙道：「臣不敢，只怕冒犯殿下。」他不似普通百姓，考上舉人便已有功名，是以不稱草民。

穆戎道：「不必如此，還當以前在書院時一般。」他上下看姜辭一眼，見他穿了騎射服甚是英氣，又笑道：「本王記得你無甚箭術，今日正好練練。」

「臣怕誤傷。」姜辭說老實話。「來時，臣妹還叮囑臣千萬不要傷到人，二叔剛才也再三提到。」

穆戎哈哈笑起來。「無妨，草野廣闊，尋常也不易傷到人，一會兒你跟著本王。」

姜辭自然高興，二人說笑著並肩而騎。

姜濟顯知道他們在宋州曾經同窗一段時間，只沒想到感情如此之好，看起來，三皇子甚是看重姜辭。他少不得想到，今日之行，興許也是三皇子安排的，自己還是沾了姪兒的光？但也產生了深深的憂慮。皇帝很寵愛穆戎，假使姜辭與穆戎關係密切，姜家必得捲入皇位之爭。可他向來謹慎，原本是絕不會讓自己陷入這等危機的，當下就想著，回去定要與姜辭說一說。

太子此時也在看著二人，心想他這弟弟是打定主意要娶姜家的二姑娘了。若他真娶到，想想也是好事。那姜家什麼人家，原先做地主的，可說毫無根基，對穆戎並無助力。興許他該幫個忙？太子嘴角挑了挑，打馬跟上。

卻說姜家人因他們得了這等榮耀，很是歡喜，卻也滿是擔心。有道伴君如伴虎，若是在狩獵時出了什麼事，指不定就要掉腦袋的，故而他們未回，眾人心裡都七上八下的。

胡氏也無心做事，跑來與老太太商量事情。「我最近倒是尋到一位女夫子，被她教過的人家，個個都說好，只是每月需得三十兩銀子，可比以前那個貴多了。京城果然不一般，不只菜錢貴，連鋪子也貴得離譜，我只能先租了。」

姜蕙聽著，笑道：「貴是貴，可掙得也多啊。」

胡氏看她一眼。「我那鋪子沒什麼，倒是妳，京都那麼多厲害的名醫，妳一個姑娘家便罷了。」勸她不要開。

尋常是該這樣，可她有個神醫呢。姜蕙笑道：「無妨，先試試，等虧了，我就當此前沒賺過。」

「哎喲，膽子真大。」胡氏看不過去，但也懶得說了，總歸不是她的錢。

老太太道：「再貴，女夫子也得請的，妳明兒就領來吧！還有上回說的下人，這兩日也買一些。」

胡氏點點頭。

等到下午，姜濟顯跟姜辭總算回了，還帶了一隻麅子回來。姜蕙驚訝道：「這是哥哥打的，還是二叔打的？」她只期望那二人平安，可不曾想到還有獵物。

姜辭笑道：「妳猜呢？」

姜蕙道：「總不是哥哥打的。」

胡氏道：「老爺也不像能打到的啊。」

姜瓊聽了噗哧一笑。「堂哥，快些說吧，別賣關子了！說完了，趕緊叫廚房去弄來吃。」

寶兒也拍手。「好、好，烤了吃。」

兩個饞鬼，姜辭伸手摸摸寶兒的頭，與姜蕙道：「是三殿下送的。我與二叔都不曾打到，倒是另外兩位將軍打了好一些呢，皇上一高興，賞了百兩銀子下來。」

姜蕙一怔。

老太太卻高興道：「是那衡陽王？唉呀，看來是很看重咱們家了，不然他一個親王，怎麼送你們麅子呢？」

胡氏眼睛一轉。「老爺，怎麼也不請來家中吃飯？」

姜濟顯本來就在擔憂姜辭了，還請來吃飯，當下臉一板。「別胡說八道了，那是作夢！」

胡氏嚇一跳，卻見姜濟顯大踏步出去換衣服了，她忙問姜辭。「可是出了什麼事，你二叔怎地脾氣那麼大？難道得罪皇上了不成？」

「不是，二嬸莫擔心。」

在路上，姜濟顯就提了幾句，姜辭又如何不清楚。可穆戎主動示好，他沒道理不理，而且不知為何，他能感覺到穆戎與他親近是出自真心，多多少少還是高興的。

只不過二叔提的這些，也的確是個問題。依他今日觀察，皇帝對穆戎比對太子好，且穆戎不只長得像皇帝，玉樹臨風，學問也淵博，在林中，皇帝叫眾人題詩一首，穆戎隨口吟來的竟一點也不比他們差。姜辭還想到當年在宋州，他與穆戎談天論地，他還甚有雄才偉略，對用兵陣法一道獨有見解，確實是太子強勁的對手。

將來你死我活，興許是必將上演的戲碼。姜辭嘆了口氣，抬手撫一撫額頭，耳邊聽姜蕙問：「這麤子當真是三殿下主動送的？他可還說什麼？」

「叫咱們好好享用。」

姜蕙皺了皺眉，難不成他這是在拉近他與姜家的關係？她這邊思忖著，那邊老爺子已經教人把麤子抬到廚房去了。

晚上還真吃了一頓麤子肉，幾個姑娘吃完出來在園子裡散步，姜瑜道：「如蘭這幾日不知怎麼了，老是不出來，大夫看過又說沒什麼。」

「定是那日喝醉喝糊塗了，醉到現在呢。」姜瓊打趣。

「胡說，喝醉酒第二日就好了，怎麼可能還醉著？我看或許是有什麼心事，不過我問了，她也不說。」姜瑜嘆口氣。

少了胡如蘭，她們總覺得缺點什麼，說兩句就各自回屋。

胡氏很快就把女夫子領來了，也買了下人。姜蕙新得了兩個丫頭，一個叫彩蝶，一個叫雨蝶，不過她也用不慣那麼多人，還是只用金桂、銀桂，那兩個常在外面閒著。

有了女夫子，她們也不像往常那麼玩，又學起了琴棋書畫與規矩。胡如蘭歇得幾日倒是又出門，學習比往日裡還刻苦。

這日休沐，胡氏請了賀家來作客，幾位姑娘打扮好出來見賀夫人。上房裡，老太太正與賀夫人說話。「見過賀大人，一直想著何時見見妳們呢，只是才來京城諸多事情，上回妳們相請，咱們也不曾得閒，如今總算看到了。妳這公子英偉，姑娘嬌俏，真是好福氣。」

賀夫人笑起來。「老爺雖然與咱們不在一處，可信裡也常提到姜大人，言詞間頗是敬佩，故而我得知妳們來京，急著便請了，倒是不周到，還煩勞妳們回請，反倒是打攪。」她看向姜瑜。「妳們家大姑娘端莊大方，可比我嬌兒好多了，別看她現在安安靜靜的，調皮得很呢。嬌兒，妳要多向大姑娘學習。」

賀玉嬌連聲答應，立時就坐到姜瑜身邊。「好姊姊，妳聽我娘說了，以後可得多教教我。」她掃過去，又看看姜瑜幾個。「妳們家姑娘真多，真熱鬧，不似我家，就我一個人，不知道多冷清。」

這人跟姜瓊是一個性子，只是比姜瓊會說話一些。姜蕙好笑，目光又朝賀家公子看去。他穿一襲深青色的直裰，濃眉似劍，鼻如懸膽，眼眶很深，襯得他一雙眼睛尤其有神采，她總覺得在哪兒見過，忍不住側頭輕聲問姜辭。「哥哥，這賀公子叫什麼？剛才可曾說了？」

姜辭有些奇怪，還是答了。「叫賀仲清，在兵部任給事中。」

賀家世代錦衣衛出身，賀老爺是升了官調去宋州衛任指揮使，但賀仲清卻是走科舉，考上進士授官。姜蕙聽得他名字，再瞅一眼，終於想起來他是誰了。八年後赫赫有名的大將軍，時任山西總兵，便是穆戎提起他都有幾分敬佩，稱他是難得一見的軍事奇才。沒想到這人是賀大人的兒子，姜蕙心裡驚訝，暗道世事奇妙，這命運一旦改了，什麼都有變化。

賀仲清如此將才，與他們賀家結交，倒真是有益無害。

不只她，胡氏都朝賀仲清看了好幾眼。剛才介紹時說他十九歲，應當是還未成親了，不然定是要說一說少夫人的……她想著，臉上笑容越發溫和，拉著賀玉嬌誇讚，說像是姜瓊的親姊姊，又令姜瑜好好照顧姜瓊，還提到家中請了女夫子，問起賀夫人可知這女夫子。

看起來東一句西一句，其實都沒有離了姜瑜。賀夫人心思玲瓏，賀大人生性低調不愛應酬，可她不是，故而一聽說他們來京城，便送了請帖來的。她在京都貴婦人中，算是廣結善緣，如今胡氏這般，她自然瞧得出來，也不由得多看了姜瑜幾眼。自家兒子也是要訂親的年紀，只是不曾遇到合意的，這姜家大姑娘要說還真有幾分大家閨秀的風範，待人接物很是得體，生得也頗是清秀。

就是姜家根底有些薄，好在姜二老爺立過大功，如今已做到三品官，那大房的公子也考中了舉人，上回聽說一同陪皇上去狩獵呢，可見在皇上心中地位不低，因此賀夫人也是和顏悅色。這種事，雙方都是心知肚明，不挑明，不拒絕，只要不定下來，回頭考慮考慮，總是穩妥的。

姑娘們稍後就去園子裡逛。賀玉嬌看寶兒可愛，拉著她去盪鞦韆，又問寶兒。「可學寫字了？」

「學了，請了新女夫子，我便跟著學了。」寶兒嘟嘟嘴。「不過手指好累，寫一張紙就疼了。」還把手指舉給賀玉嬌看。

賀玉嬌哈哈笑起來，給她揉一揉。「寶兒真乖。」

姜蕙見她居然在新認識的姑娘面前撒嬌，也是無言，與賀玉嬌道：「她是個小懶鬼，以前都不曾學的，後來祖母與娘說，這麼大該當學一些了，這才會寫幾個字。」

「可見妳們也疼她呀。」賀玉嬌嘆口氣。「我五歲就學了，不過這都怪哥哥，見我無所事事的，居然跟娘說幫我請個女夫子，妳們說說，哪有這樣的哥哥的？」

眾人都笑起來。兩家處得很是愉快，不只姑娘們，年輕公子也一樣。

第三十三章

過幾日，因胡氏要去租鋪子，姜蕙對自己的藥鋪也是蠢蠢欲動，派了小廝把寧溫請到家中相商。上回來京城，寧溫跟著隨行，老太太對他印象不錯，聽說是為開鋪，只叫姜蕙注意些分寸，二人便在園子裡說話。

姜蕙頭一句就打趣起來。「不知可妨礙寧大夫做夥計了？」

寧溫哈哈一笑。「也差不多該回來掙錢了。」

「寧大夫在濟世堂這麼多日，想必應知道藥材去哪兒買？」姜蕙不跟他客氣。「我今日請你來，也是為此，希望寧大夫幫我這件事，與我阿爹去採辦藥材。」

寧溫笑道：「這容易，我已經辭了夥計。」

其實姜蕙還是很好奇，不由得問道：「寧大夫你可是缺錢？真如此，盡可與我說，不然以大夫之資做夥計未免太委屈了。」

寧溫露出古怪之色。「真缺了點，妳能借我多少呢？」

「這個……」姜蕙道。「盡我所能。」

寧溫目光深了一些，在她臉上打了個轉。「好，借個一千兩吧。」

姜蕙瞪大了眼睛，寧溫噗哧一聲笑了。「打趣罷了。我不缺錢，至於去濟世堂，不過是為……」他咳嗽一聲。「為學藝。」

「啊？」姜蕙驚訝，眉頭皺了皺，輕聲道：「偷師學藝啊？」

「只是為解妳疑惑才說，但也沒什麼大不了的。」寧溫自嘲。「一是父母雙亡，手中無錢，二是世人身懷絕技不願傳授，便只能自己偷學了琢磨。」

姜蕙不曾想到他那麼坦白，一時不知說什麼，只見寧溫看過來，才笑了笑，道：「寧大夫能自學成才，想必比旁人艱辛多了。」

她一點沒有露出瞧不起的樣子，反倒頗是理解。看她眸光溫和似水，寧溫在這一刻，心裡滿是暖意。他孑然一身，四海漂泊，從不曾遇到那樣信任與關懷自己的人，當真想伸出手把她抱入懷中。

他忍住這衝動，輕聲笑道：「總有所得，且我四處流浪，從滇南到隴西，又從隴西到宋州，如今又至京城，也看盡了這世間風光。」

姜蕙神往道：「如此自由自在也教人羨慕，倒不知我哪一日也能如此？」她眸中盛滿期望。

寧溫瞧著她，微微一笑。「假使姜姑娘願意，在下倒願與妳去天涯海角。」

像是調侃的語氣，可是他的眼睛在這時收斂了笑意，顯得很是認真，姜蕙忽地感覺到臉上有些熱，她垂下頭，道：「寧大夫真會開玩笑。」

「既是玩笑，姜姑娘也不用在意。」寧溫看她迴避，也知姜家今非昔比，不說當初就不可能，更莫說現在了。

只是有些遺憾，他看得出來，姜蕙有與旁人不同的一面，可也與很多姑娘一樣，總是會顧慮家人，心甘情願做大家閨秀。

姜蕙嘴角抿了抿。是啊，她嚮往那些，可真要她離開家，她如何放心？

寧溫……是了，他說這話，哪一日仍是要走的，走南闖北，留下一個神醫的傳說，興許上輩子在京城，正巧是他在此停留的時候。

姜蕙想了想，擔心地抬頭問道：「寧大夫會在京城留多久呢？」

寧溫笑起來。「總是會留到妳藥鋪掙錢的時候，另外，我會收幾個徒弟，把所學傳授於他們。」

姜蕙很是高興。「真好，寧大夫，等我準備好，叫阿爹過去你那兒，你們說一下，抽空把鋪子開了。」

寧溫道好，身後忽地一個聲音道：「聽說寧大夫來了，果然是啊！」

卻是姜瓊。

寧溫笑道：「見過三姑娘。」

二人自然一早見過，在他印象裡，姜瓊是個極活潑的小姑娘，每當她在，那清脆的笑聲總是不絕於耳。

姜瓊年紀還小，並沒那麼多規矩，湊上去就與寧溫道：「寧大夫好呀，阿蕙要開鋪子了，寧大夫坐館，一定要給阿蕙多掙點錢！」她笑嘻嘻。「這樣寧大夫您掙得也多，兩全其美。」

寧溫哈哈笑了。姜瓊點點頭，又突然把臉歪過來。「寧大夫，我這臉上生了兩個痘，擠也不好擠，如何是好？阿娘又說沒什麼，可我看著就難受。」

她好幾次想去擠，可一碰就痛，胡氏早年也生過，只說她忍幾天就好了。

寧溫看一眼。「用銀杏仁膏搽搽便好了，一會兒我叫人送來。」他說完便告辭走了。

姜瓊笑道：「總算有法子了。」

姜蕙道：「妳少吃些油膩膩的，自然就不長痘。」

「誰說的，妳也吃啊，怎麼不長？」姜瓊哼了一聲，眼睛往她胸口瞄了瞄。「再說，吃肉才長那兒呢，瞧妳自己鼓鼓的了，還不讓我長啊？」

姜蕙噗哧笑起來。「妳才多大，別瞎說。」連癸水都沒來呢，長什麼胸?!

「肉是可以吃，但不要吃那些烤的、煎的，也不要吃上火的。」她叮囑。「至於那兒，妳再等一、兩年吧。」

二人說了會兒，姜蕙自去屋裡。

卻說穆戎這日正在看書，何遠突然進來，一臉古怪表情。「殿下，張彤史來了，還帶了兩個宮女。」

穆戎皺了皺眉。「沒說何事？」

何遠輕咳一聲。「回殿下，說是皇上派來伺候殿下的。」

因穆戎本來要成親，後來沈姑娘出事，皇帝見他這等年紀了，還得拖一陣子才能成親，就與皇后商量，好撫慰下穆戎。另外，不管太子、皇子要成親，這洞房之事總得懂一些，可偏偏穆戎還不曾碰過女人，早晚都要教的，早一些也無妨。皇帝為心愛的兒子著想，派了兩個美人兒過來，準備好好教導房中事宜。

穆戎知道什麼意思之後，表情有些尷尬。

何遠道：「皇上一片心意，屬下看，是不是先安置在西跨院？」

穆戎嗯了一聲，何遠這就吩咐下去。

到得晚上，那兩個宮女因得了命令，一早就梳妝打扮後，等待穆戎下令。結果天都黑透了，也不曾有任何人來傳話，不由得都有些失望。何遠在屋裡也奇怪，時不時地看穆戎一眼。

穆戎好像忘了這事，自顧自地下棋。可事實上，他面上平靜，心裡卻不是沒有想過。他確實有些心猿意馬，自從在姜蕙身上嘗了甜頭，他有時就控制不住，連夢都作過好些了，恨不得找個女人來發洩一下。

可另一方面，要他以自己處子之身去碰那兩個陌生的宮女，甚至還要她們來引導自己，卻又不願了。早前或許會，可現在，他有了喜歡的女人。興許到得洞房那日，會生疏些，會有些無措，可那樣的自己，他寧願讓姜蕙看到，也不想被別的女人看到。

他緩緩吐出一口氣。大概沒幾日，這事就能定下來了吧？他把棋子往前推了一步。

胡氏租鋪時，姜蕙也請父親代為出面，租了一處鬧中取靜、三間門面那麼大的鋪子。此事落定後，姜濟達便與寧溫出城到京都下屬的定安縣進藥材。因姜辭中了鄉試，來年三月還得會試，故而他不曾放鬆，姜濟達跟姜蕙都不想打攪，這次開鋪事宜不曾與他提起，都是姜濟達領著幾個小廝辦妥的。

二人走後，姜蕙便去與女夫子學習。新請的女夫子比起原先那個，性子有些孤傲，姜蕙不是很喜歡，但才情還是有的，彈得一手好琴，寫得一手好字，甚至四書五經都懂，難怪要慣也貴。這日竟與她們說起論語。

寶兒聽得直打瞌睡，姜瑜最是津津有味了，間或問兩句。胡如蘭聽不太懂，拿筆記了，一絲不苟。姜蕙托著腮，不知有沒有聽進。倒是姜瓊與她坐一起，她對論語不感興趣，側頭想與姜蕙閒話，見得她側面，一時竟看得入神。

好似一下子，她的堂姊又更漂亮了。她安靜坐著，長長的睫毛半遮著明亮的眸子，肌膚又白又細膩，那麼近看，竟是一點瑕疵都沒有，教人想起定窯的白瓷。姜瓊欣賞了會兒，正要開口，卻聽見門外的腳步聲，金桂氣喘吁吁地出現在外面，不顧規矩地叫道：「姑娘，大老爺受傷了，才叫人抬回來！」

姜蕙猛地站起來。「出何事了？」

「聽說路上遭遇劫匪，要搶藥材呢！」金桂怕姜蕙擔心，忙又添了一句。「不重，只是手受傷了。」

姜蕙連忙過去。出了這事，女夫子自然也不再教課，幾個姑娘都跟著去了上房。

路上姜蕙問：「那寧大夫呢？他不是一起去的？」

「寧大夫也一樣，不過傷的是腿，還是為給大老爺擋了，才受傷的。」

姜瓊誇道：「寧大夫真是好人！」

姜瑜卻問：「怎麼會有劫匪呢？是在官道上？不是還帶了小廝去的？」

「小廝哪裡會武功呀？」胡如蘭道。「都說是劫匪，定是帶了武器的。」

她們妳一句我一句的，姜蕙卻腳步匆匆，立時到了屋裡。梁氏已經在了，正給姜濟達查看傷口。姜濟達一見女兒，抱歉道：「阿蕙，這次毀了一些藥材，唉，都是我……」

「阿爹，這時候還說這些？」姜蕙上前道。「藥材算什麼，只要阿爹無事就好了。」

她問梁氏。「傷得可重？」

「幸好有寧大夫，路上已經包紮好了。」

姜蕙向寧溫道謝。「幸好叫你陪著，不然我父親只怕……只是連累你也受傷。」她看向他，他一身青衣染了血跡，像是從葉裡開出的鮮花，她問：「你的傷重不重？可上了藥？」

她面上滿是關切，寧溫笑一笑，道：「無妨，不深，今次買的藥材就有外傷之用。」

姜蕙鬆了口氣。「幸好，不然我真不知如何報答你。」刀劍之傷，可輕可重，萬一致殘，那她得欠寧溫多大一個人情。

老太太也道：「真是虧得有寧大夫在了，也虧得有個俠士路見不平呢，只可惜不知是誰，不然咱們總得好好去道謝一番才是。」她問姜濟達。「老大，你可記得那人樣貌？」

姜濟達搖搖頭。「長得挺端正，可惜不肯說是誰，便是記得樣貌，如何去謝？」

寧溫略一思忖，道：「應是軍中官爺，我見他行事作風不似江湖俠士。」那人雖武藝高強，能以一人之力抵五，可言行間並無江湖人的不羈，反似有規有矩的。他在外漂泊多年，見過的人多了，自然能分辨。

旁人都無甚反應，唯有姜蕙想到穆戎。上回他叮囑自己不要輕易出門，自是派人在盯梢的，此番或許是他的人救了父親？也應是他，不然不會有那麼巧的事情，正好遇到有人出手相助，還是那麼厲害的人。她嘴角挑了挑。他大言不慚說保護自己，這次倒真被他說中了。

不過既然沒有那麼巧的事，為何他們去買個藥材會遇到劫匪呢？她問姜濟達。「阿爹，你們去的路上，可曾聽說這道上危險？」假使真有人劫掠藥材，想必不只他們遭難。

姜濟達搖搖頭。「不曾，不然咱們豈會只帶幾個小廝，定是雇幾個鏢局裡的人了。」

姜蕙眼眸瞇了起來。

胡氏嘆口氣。「這可不是個好兆頭，阿蕙，妳這藥鋪還是緩一緩再開吧。」

也只能如此，父親跟寧溫都受傷了，要開也開不起來。「那賊匪抓到沒有？」開不成，那罪魁禍首她不能放過！

姜濟達道：「兩個死了，還有三個逃了，也不知那俠士追到沒有。」

「算了，這事交給衙門去管，我已命人去報案了。」老爺子叫姜濟達快些去休息，一邊又給寧溫道謝，並命人用馬車把寧溫送回去。

姜蕙卻沒有那麼容易打發。等到姜濟顯中午抽空回來，眾人就此事說了會兒，姜蕙等到姜濟顯獨自到園中，跟了上去。

見到姜蕙，姜濟顯不用猜，也知道她要說什麼。他這姪女兒心思重，出一件事，她定然想得很多。「阿蕙，坐吧。」姜濟顯招呼她坐在石凳上。

姜蕙鄭重道：「二叔，這事我思來想去，不是那麼簡單。我懷疑又是何夫人做的好事，因為此事太針對了，聽說那道上平常很是太平的，怎麼阿爹一去就出事？要不是有人撞見，興許連命都沒了。」一定是何夫人，她不出門，她無計可施，便去對付姜濟達。

那是她的父親，也是梁氏的丈夫，一旦出事，夠她們心痛的了！

姜濟顯思忖片刻道：「上回何夫人也是雇了人，假使是她，手段倒是相似。」

「可不是？她一介婦人，除了雇人，也不好使出旁的法子來。」姜蕙早看透了，何夫人沒有丈夫鼎力相助，無法在朝堂擊垮姜家，便只能做這些齷齪事。

想來，她娘家人也不願支持她，不然秦家為何沒有動靜？早該上奏疏彈劾了，或給姜濟顯下些絆子。是以這無可奈何的小人，只會躲在陰暗處。

她這話一針見血，姜濟顯沈吟會兒道：「我再多派些人手，看來得多添幾個功夫好的護衛了，不過此事妳莫急，那逃跑的三人已被抓獲，總會有個結果的。」

他先前回來時便提過，姜蕙也知，只道：「我明白，只是想告訴二叔，必是何夫人，二叔在朝中也得提防秦家。」

姜濟顯笑了笑。「二叔省得，妳莫擔心這擔心那了。」

姜蕙這便告辭，路上與金桂道：「我准妳出去半日，妳悄悄把這消息放出去，最好去集市透露給那些長舌婦，就說姜家大老爺去買藥材在路上遇到劫匪，是何夫人做的，把她當初在宋州做的事情也一併講了。」何夫人像隻瘋狗不鬆口，也別怪她了！

金桂驚得臉色發白。「這、這會不會……出事？」

「能出什麼事？」姜蕙笑了笑。「何夫人這事又不是假的，誰去查都能查出來，咱們家是受害者，總不會吃虧。再說，原先住在宋州又來京城的人還少？」

何夫人已經瘋了，見不得他們家好，她也不手軟。讓旁人看看，何夫人除了給夫家帶來不利，給娘家帶來羞辱，她還能做什麼？想緊咬著不放，索性就讓她一輩子抱著那些事吧！

「快去。」姜蕙催促。

金桂應聲走了。

——未完，待續，請看文創風379《不負相思》2

風 文創 378

不負相思 1

國家圖書館出版品預行編目資料

不負相思 / 藍嵐著. --
初版. -- 臺北市 : 狗屋, 2016.02
冊 ; 公分. --（文創風）
ISBN 978-986-328-551-9（第1冊：平裝）. --

857.7　　104027290

著作者	藍嵐
編輯	張蕙芸
校對	黃薇霓　周貝桂
發行所	狗屋出版社有限公司
地址	台北市104中山區龍江路71巷15號1樓
電話	02-2776-5889～0
發行字號	局版台業字845號
法律顧問	蕭雄淋律師
總經銷	知遠文化事業有限公司
電話	02-2664-8800
初版	2016年2月
國際書碼	ISBN-13　978-986-328-551-9
原著書名	**《重生宠后》**，由北京晉江原創網絡科技有限公司授權出版

定價250元

狗屋劃撥帳號：19001626

網址：love.doghouse.com.tw　E-mail：love@doghouse.com.tw